Pierre Berville

LA VILLE DES ÂNES

Pierre Berville

LA VILLE DES ÂNES

ROMAN

Dépôt Légal Octobre 2021
Copyright Pierre Berville
jenlevelebas@gmail.com

N°ISBN : 9798474046259

Préface

Pierre Berville ? Imaginez Simenon lisant *Les Pieds Nickelés*, Bibi Fricotin serrant la main de Maigret. Ce roman, qui tient à la fois de la mathématique et de la bouffonnerie, est un roman policier sans intrigue policière, un hommage à la littérature sans effets littéraires, une ode à la banlieue qui sent bon la campagne. Car il existe à la campagne des maisons, pleines de briques, où nous pouvons nous isoler pour lire ça. Je ne préface jamais de romans ; c'est un exercice de cuistrerie qui m'horripile. Mais chaque règle possède son exception – et je crois bien que Berville, qui vient de la publicité et connaît l'art de surprendre, est non seulement une exception mais un hapax. Ce type, qu'on ne rencontrait que mélangés aux pots de yaourts et aux croupes de bimbos sur les plateaux de tournage, a pris son bâton de pèlerin, l'a taillé pour en faire un crayon, et cela nous donne, de loin, l'un des plus beaux romans de l'année.

Résumer l'intrigue serait aussi vain, impossible et pénible que mettre en alexandrins le contenu d'un catalogue Ikea. Je vous épargne donc ce pensum. Mais s'il est une chose qu'il faut ici étudier, c'est la façon, maligne et perverse, dont Berville, Pierre, parvient sans se payer de manières à faire son entrée dans la galerie des « auteurs succulents ». Il manie la gouaille avec la virtuosité d'un dialoguiste des fifties et, surtout, parvient à toucher, à émouvoir, comme l'immarcescible Jules Renard. Les phrases, parfois, semblent s'ignorer les unes les autres ; les chapitres, se demander, le regard torve, s'ils font bien partie du même livre ; les personnages eux-mêmes, comme dans les films de Godard, donnent la sensation de savoir qu'ils sont embringués dans une intrigue et enfermés dans un roman. Bref, La ville des ânes est un drôle de machin. Non seulement comme on n'en fait plus, mais comme on n'en fera plus jamais ; et non seulement comme on n'en fera plus jamais, mais comme on n'en avait pas fait depuis très longtemps.

On pourrait pratiquer un jeu stérile, certes, mais que j'aime beaucoup : s'amuser à deviner qui sont les grands morts qui auraient goûté cette tisane-là. Je sors quelques noms du chapeau : Jules Renard, Frédéric Dard, Tristan Bernard et un certain nombre d'autres noms qui se terminent par « ard » mais qui ne me viennent pas immédiatement à l'esprit. Je plaisante, mais c'est parce que, ainsi que l'auteur du roman que vous tenez entre les mains, rien ne me mortifie tant que l'esprit de sérieux. Si je trouve Berville profond, c'est parce qu'il n'est jamais lourd. Il est allé à l'école des airs, loin des romans bitumeux et de leurs foireux rebondissements. Berville n'attend aucun grand prix littéraire ; il ne guette pas non plus la postérité. Il invite ses lecteurs à le rejoindre. Considérez-le comme un ami ; cela ira plus vite. Au revoir – et merci pour lui.

Yann Moix

Prologue

Dès la fin du 19e siècle, à la belle saison, les Parisiens aimaient se rendre à Asnières, ainsi nommée car c'est là qu'exercèrent longtemps plusieurs générations d'éleveurs d'ânes, animaux réputés robustes, de solide caractère, et bien moins ignorants qu'on ne croit.

En couple, en bande ou en famille, ouvriers et bourgeois venaient prendre l'air et se rafraichir sur ces rives enchantées. Presque deux lieues à pied depuis Montmartre à travers les faubourgs et Clichy, c'était déjà une bonne trotte. Et peu étaient véhiculés. Mais à l'époque, ce n'était rien ; on appelait cela une promenade.

Pour les invalides ou les paresseux qui préféraient économiser leurs pas, il y avait le chemin de fer. La jeune voie ferrée partait de Saint-Lazare, passait par le Pont-Cardinet et, après avoir emprunté un large viaduc toujours en service aujourd'hui, effectuait un arrêt à Asnières, avant de continuer vers Versailles et les cieux normands.

Au bout de la promenade, une boucle de la Seine, fleuve paresseux aux multiples méandres, attendait les arrivants. Sur ses berges tranquilles, parties de campagne et baignades proposaient tous leurs plaisirs.

On barbotait, on canotait, on pêchait. Les éclaboussures sur les flancs gourmands des femmes, échos aux écailles des ablettes et goujons arrachés à l'eau vive étincelaient au soleil. Et l'allégresse bruyante des enfants qui se poursuivent, les postures avantageuses des hommes en canotier, les trémoussements joyeux des femmes chatouillées près de l'eau claire : là se jouaient des scènes à la Zola, à la Maupassant. Les gens apportaient des piqueniques dans des paniers. Pour la soif, des bouteilles de vin étaient mises à rafraichir dans le courant ; et l'eau du fleuve était potable, personne ne pensait à se poser la question.

Pour le déjeuner, le peuple et les rupins se posaient le long des berges. Les moins désargentés s'offraient le restaurant. Des établissements accueillants et proprets alignaient leurs stores colorés. Fritures, vin du tonneau, rien de bien compliqué.

Les Romantiques avaient chéri les lacs, eaux entourées de terre. Après eux, les impressionnistes et leurs émules adorèrent les iles, terres entourées d'eau. Pour exercer leur art et traquer la lumière sans entreprendre le long voyage jusqu'aux cieux de Provence – comme plus tard ceux de Polynésie – les rapins de l'époque aimaient se déplacer le long de la Seine pour y chercher des points de vue et peindre sur le motif. Certaines iles furent immortalisées un grand nombre de fois. Dont les deux sœurs d'Asnières : l'ile Robinson et l'ile des Ravageurs, collées l'une à l'autre, presque siamoises.

Robinson, la plus grande des deux, a marqué l'histoire de la nouvelle peinture. C'est là que beaucoup d'artistes aimèrent à poser leurs chevalets et à sortir leurs couleurs en tubes, d'invention récente, qui leur permettaient de s'extirper des ateliers pour se rendre à la rencontre de la nature. Les luminosités du lieu ont attiré les plus grands. Renoir, Signac, Seurat, plus tard Van Gogh et tant d'autres laisseront nombre de vues des reflets liquides, de la verdure, de la chair rosée des baigneuses et des estaminets de l'ile Robinson. On peut maintenant admirer leurs œuvres, souvenir d'une époque enfuie, aux quatre coins du monde : le Louvre à Paris, le Metropolitan à New York, l'Ermitage à Saint-Pétersbourg.

L'ile voisine était l'ile des Ravageurs. Une terre plus étroite, abandonnée aux chiffonniers qui y apportaient chaque jour leur récolte de ferraille, vieux linges, papiers usés, bouts de bois récupérés. À cause de sa réputation d'endroit insalubre et mal fréquenté, le public ne se risquait guère à en explorer les recoins. Près de son accès, une curiosité attirait pourtant les visiteurs : le fameux cimetière des chiens, endroit rare et sentimental, première nécropole dédiée à la mémoire des meilleurs amis de l'homme jamais édifiée dans le monde. Elle abrite toujours les repos éternels de quantité de canidés, mais aussi de nombreux chats et oiseaux, de quelques chevaux, même d'un mouton. Pour chérir leur souvenir, leurs maitres leur ont élevé des sépultures parfois somptueuses, souvent modestes, toujours poétiques.

On accédait aux lieux par un pont en plusieurs tronçons. Il reliait Clichy à Asnières en trois petits sauts qui rebondissaient au-dessus des flots, de berge en ile, d'ile en ile, puis d'ile en berge.

À partir des années 70, au nom du progrès, la furie bâtisseuse s'installa, et pour longtemps, à l'ouest de la capitale. Après la guerre, poussée par le rush de la reconstruction, la région rêvait à nouveau de vastes projets architecturaux. Des quantités pharaoniques de matériaux étaient nécessaires. La zone portuaire de Gennevilliers, toute proche, prit de l'ampleur et devint le premier port fluvial de France. Les barges les plus grosses devaient naviguer à leur aise et sans se soucier de polluer les eaux claires, avec leurs charges de matériaux de construction trop lourds pour être transportés autrement à coût aussi bas. Les experts décidèrent de réaménager le fleuve. Pour élargir le passage et laisser passer des navires de fort tonnage, des iles furent supprimées ou vouées à l'engloutissement. Certaines terres émergées en réchappèrent : la Grande Jatte, l'ile Marrante, l'ile Saint-Denis, trop importantes pour être détruites ou rattachées aux berges. Mais, sans égard pour leur contribution à l'histoire, les deux sœurs d'Asnières furent purement et simplement anéanties, emportées par les nécessités de la circulation fluviale.

Les premiers travaux réglèrent son compte à l'ile Robinson, côté Clichy. Sa disparition permit à la Seine d'atteindre à cet endroit une largeur navigable de 170 mètres. Puis, faisant d'un monceau de pierres deux coups, les déblais servirent au comblement du bras d'eau qui séparait l'ile des Ravageurs de l'autre berge. Touche finale : pour traverser la Seine à cet endroit, un pont de béton d'un seul tenant remplaça l'ancien. Il accueille dorénavant, tracées côte à côte, une route à deux voies et la prolongation de la ligne 13 du métro.

En dessous du nouvel édifice, et en guise de maigre alibi destiné à calmer les grincheux qui s'opposaient à tous ces bouleversements, un jardin municipal fut créé sur les gravats. Longtemps laissé à la seule fréquentation des graffeurs et des fumeurs de weed, il est en voie de réhabilitation. Tout à côté, seul le cimetière des chiens, lieu paisible et surréaliste caché aux regards, est resté miraculeusement préservé.

Les quais d'Asnières ont d'abord accueilli les entreprises désireuses de diminuer leurs charges en sortant de Paris. Ensuite, on a bâti des logements pour leur population d'employés et de cadres. Et finalement, une clientèle de jeunes bourgeois flairant les opportunités a suivi. Encouragé par l'affairisme des constructeurs et la complaisance des municipalités, on a autorisé tous les bouleversements, créé des infrastructures rapidement embouteillées, et des plans d'urbanisme au goût du jour.

Que valurent alors quelques souvenirs face aux profits colossaux engendrés par le développement des nouveaux quartiers ? Peu importa la disparition des petites rues, des bouts de jardin, des allées sentant le lilas ; le temps de la grandeur urbaine avait été décrété et rien ne devait s'opposer à sa marche conquérante. Le fromage ne cessait de croitre et chacun en voulait sa part, sans égard pour les expulsions et les atteintes au sous-sol. On dédommagea au besoin, chichement de préférence. En guise de poudre aux yeux, tout ce chambard se proclama à tendance écologique, responsable, et démocratique. Du moins pour ceux qui auront les moyens de suivre l'augmentation inexorable des loyers et des coûts.

Là où riaient jadis les peintres et les iles, il n'y eut plus qu'eaux troubles.

1. ANGE

En général, il n'est pas donné aux hommes de choisir l'heure, les circonstances, ni le lieu de leur dernier souffle. Si Ange, mon ami et mon frère, l'objet de ma traitre affection, avait eu le privilège insensé d'apprendre qu'il perdrait la vie si tôt au pied de sa tour adorée, sans doute aurait-il tout fait pour modifier les données de son trépas.

La négociation constituait chez lui une seconde nature. Dans l'hypothèse où quelque forme surnaturelle ou quelque être divin serait venu l'accueillir aux portes de l'au-delà, Ange aurait commencé par férocement remettre en cause le délai. Il aurait mobilisé toute sa force de conviction pour obtenir un sursis et le plus long possible. Quarante-six ans, c'est bien tôt, surtout pour un homme en pleine forme et en pleine réussite. Hors de question de signer une clause aussi inacceptable.

Quant aux circonstances dramatiques de son décès, il aurait fait valoir que c'était une mauvaise blague scandaleusement rédigée par un scribe trop facétieux. Il existe bien des façons plus tranquilles de pousser son dernier soupir qu'au plus profond d'un hurlement de terreur pendant que le sol se rapproche de vous à la vitesse de 200 km/h. À l'évidence, Ange aurait préféré argumenter pour une fin moins terrifiante qu'explosé sur la tôle et le verre Securit. Un linceul d'hémoglobine constellé des débris de sa propre cervelle : entre gens raisonnables, on aurait pu envisager une meilleure option.

Mais hélas, en dépit de son statut d'homme habitué aux privilèges, aucune occasion ne lui sera accordée d'exercer sa maestria pour le baratin. Son sort sera celui du commun des mortels ; personne ne l'attendra pour discuter le bout de gras aux guichets du Ciel. Sans avoir son mot à dire, le promoteur quittera ce monde au moment et de la façon voulus par son mauvais sort. Trop tôt et trop brutalement.

Petite consolation, le lieu désigné pour son tragique décès : les bords de Seine, à Asnières. Une belle adresse chargée de souvenirs précieux et nourrie de projets d'avenir. Ange aurait peut-être même pu considérer qu'il n'était pas tombé (si l'on ose dire) sur le pire des choix.

Non, à bien y penser, trouver la mort juste au pied de sa chère tour Monet, Ange aurait peut-être même trouvé que ce n'était pas une si mauvaise idée. Une délicate attention du destin.

**

Face au souvenir des beautés disparues, un totem de verdure à usage d'habitation pose immodestement. L'immeuble élancé dresse sa structure, rythmée par les nombreuses terrasses disséminées le long des parois jusqu'au toit. La tour Monet, en état d'achèvement, surplombe le fleuve.

En cette belle matinée de mai, planté au sommet du bâtiment, au milieu des engins et des matériaux, un brun baraqué en costume Dior mordille tranquillement son bout de havane. L'homme dans la force de l'âge se nomme Ange Bastien et la tour Monet est son œuvre. Il est campé comme un capitaine pirate sur sa dunette, ignorant de sa fin proche, qui savoure le bilan de ses rapts et de ses conquêtes et se croit éternel.

Dans l'immobilier, les souvenirs, surtout quand ils touchent à la Culture, sont devenus valeur marchande. La peinture nouvelle de la fin du 19e siècle, mon ami Ange connaît. Comme moi, il a grandi tout près d'ici et, depuis l'école, s'en est fait rebattre les oreilles. Ces histoires-là, le promoteur en a appris les grandes lignes et a su les utiliser à son profit. Guidé par son instinct commercial, il en eut très tôt l'intuition : auprès des nouvelles clientèles, de plus en plus aisées et de plus en plus snobs, le passé pictural des iles disparues allait être un atout.

Connaissant mon goût pour la recherche, il m'avait demandé de rassembler pour lui plans d'époque et ouvrages tirés de mes collections. Entre deux dossiers, dans la quiétude de mon étude notariale, je lui en avais rédigé plusieurs synthèses. En survolant cette documentation, mon ami avait acquis pas mal de connaissances sur l'histoire et la géographie des lieux, même si sa curiosité s'était parfois montrée sélective.

— Maitre, range-moi un peu tout cela. La paperasse a toujours été davantage ta partie que la mienne. Raconte-moi plutôt. Alors, ton Renoir, il gagnait bien sa vie, à la fin, avec ses portraits de femmes bien roulées ? Et Toulouse–Lautrec, c'est vrai qu'on le surnommait la cafetière à cause de ses pattes courtes et de son gros zgueg ?

J'expliquai, et il mémorisait mes réponses bien davantage qu'il n'en avait l'air. Depuis, les noms et les images du temps des impressionnistes avaient nourri maintes brochures de la Colbas et servi à en baptiser les dernières réalisations.

Au pied du promoteur, en contrebas de la tour, s'étale un camaïeu de gris créé par le béton, les flots ternes et la poussière des chaussées. Dans l'immédiat, à l'aube de son avant-avant-dernière journée sur terre, Ange ne s'y intérese pas. Il savoure du regard un panorama plus vaste, vers l'Est et les nouveaux quartiers en bord de Seine auxquels il a tant contribué. Initiateur, fédérateur et responsable exécutif de très nombreux projets immobiliers mis à l'étude depuis le début des années 2000, son imagination et son énergie ont rassemblé un consortium de promoteurs, de fonds d'investissement et d'institutionnels. Il a défini les grands axes d'inspiration et recruté les talents. Il a sélectionné les partenaires, les bureaux d'étude et les maitres d'ouvrage. Il a dû en imposer aux experts récalcitrants, rassurer les investisseurs trop tièdes, amadouer les officiels. Il a fait partager sa vaste vision sans renâcler en même temps à se salir les mains et aidé chacune de ses constructions à sortir de terre mètre par mètre. La tour Renoir, la première, puis la Signac, la Sisley et maintenant la Monet, sa dernière œuvre et sa dernière fierté, se découpent sur l'azur limpide : des années d'efforts mis au service de cet alignement de bâtiments triomphants dressés vers le ciel, comme une allée de futurs cénotaphes dédiés à sa gloire, érigés le long du fleuve.

**

Sans prêter attention aux panneaux « Défense de Fumer » disséminés sur le chantier, Ange finit de mâchouiller le mégot de son Partagas D4, un solide robusto, rallumé de la veille. Pablo, un ouvrier aux yeux perpétuellement inquiets qui travaille avec lui depuis presque dix ans, s'approche de lui à pas prudents.

— Pardon patron.

Interrompu dans le cours de ses pensées, Ange se tourne vers lui. Pablo s'autorise :

— Vous devriez faire attention, c'est dangereux par ici. Les garde-corps ne sont pas encore bien posés. On ne nous a pas livré les bonnes fixations. Ça ferait un sacré vol plané.

Comme pour vérifier les lois de la pesanteur, le promoteur balance son bout de havane par-dessus bord. Après un vol de plusieurs secondes, le projectile s'écrase au pied de la tour, dans les gravas du chantier encore humide de rosée, non loin d'une Audi bleu marine à la carrosserie poussiéreuse garée le long de la palissade.

— Qui est le contremaitre de service aujourd'hui ? Walter ? Sergio ? Tu lui diras que je suis passé inspecter le chantier. Et que je veux que ce problème de rambarde soit réglé vite fait. Demain 13 heures, c'est l'inauguration. Il y aura des personnes importantes. Tout doit être nickel.

— Oui patron.

— Et où sont la pelouse synthétique et les arbustes en pot ? Ils étaient commandés pour hier. Tu es au courant ?

— Ils arrivent, patron, ne vous en faites pas, demain, tout sera en place. Il ne manquera pas un brin d'herbe. Ce ne sera plus un chantier, ce sera un vrai parc. Le château de Versailles ! On est dix sur le coup. Vous allez voir patron.

Comme toujours, Pablo en rajoute dans l'obséquiosité. Ange soupçonne que c'est sa façon de se foutre de sa gueule. Si ça l'amuse. Il laisse glisser. À chacun ses petites satisfactions.

Depuis son premier chantier, Ange a pris l'habitude de débarquer ainsi à n'importe quelle heure, juste pour se retrouver comme ce matin, perché au grand air. Dans sa vie encombrée de conseils d'administration et de réunions fastidieuses, il a besoin de se régénérer. Après une dernière grande goulée d'oxygène comme un plein d'énergie, il se dirige vers le monte-charge, vaste boîte à crémaillère étonnamment confortable qui peut transporter sans gémir jusqu'à une tonne et demie. Il récupère son casque de moto des mains de Pablo qui l'avait rangé avec précaution et redescend retrouver sa monture, une Triumph Bonneville d'un modèle récent, garée au pied de la tour. Il doit venir me rejoindre à l'Étude. Nous avons bientôt rendez-vous pour une réunion organisée par Viard, son directeur de la Communication. Un trajet de seulement quelques minutes.

Au pied des quinze étages de la tour Monet, à travers le pare-brise poussiéreux de l'Audi fatiguée, deux gars ayant fait le voyage depuis les quartiers chauds du Merlan guettent. Deux guignols bêtes et méchants, à l'affut.

2. LES FRÈRES

La fine équipe était née sous les ciels plombés du Pas-de-Calais. Les joies de la paternité ne l'attirant guère, un chauffeur routier d'origine belge fut peu séduit par les couches de deux jumeaux braillards. Il les abandonna vite à leur sort, ainsi que leur mère.

Pour assurer sa survie et celle de ses bambins, la douce Patricia aux rondeurs attirantes avait dû se débrouiller. Elle possédait pour bagage une vague formation d'esthéticienne et proposait quelques soins à domicile qui venaient compléter de maigres allocations. Quelques années étaient ainsi passées pendant lesquelles Patricia épiça son art de pratiques plus licencieuses. La qualité de ses prestations boosta sa renommée locale. Peu à peu, une clientèle d'amateurs (et de quelques amatrices !) qui appréciaient ses doigts de fée se développa. Une copine, masseuse comme elle, lui avait présenté un de ses amis, un Tunisien au sourire charmeur dont Patricia avait fini par s'amouracher. Entrevoyant des possibilités, l'homme la convainquit de quitter les charmes de Béthune pour le suivre jusqu'à Marseille, dans le nord de l'agglomération, où il avait de la famille. Il s'était fait fort de dégotter pour elle de nouveaux débouchés, et avait tenu parole. C'est ainsi qu'avec ses deux polichinelles maintenant âgés d'une dizaine d'années, la jeune femme passa sans transition de la détresse pluvieuse du Nord à la misère ensoleillée du Sud.

Bonne mère autant que bonne fille, Patricia espérait de tout son cœur que ses rejetons allaient suivre les voies de l'enseignement prodigué par l'école de la République et graviraient grâce à l'Éducation quelques barreaux de l'échelle sociale. Elle dut vite déchanter. En peu de temps, les frangins prirent la mesure d'enseignants dépassés qui oscillaient perpétuellement entre l'apostolat le plus naïf et la terreur la plus vile et décidèrent de sécher les cours à intervalles de plus en plus rapprochés. Ils finirent par déserter définitivement l'établissement public de l'avenue Merleau Ponty (13003) censé les préparer à une entrée au collège dont ils ne discernaient pas l'utilité. Une fois débarrassés du fardeau de la scolarité, d'autres joies de la vie les attendaient : après un lever tardif, l'oisiveté en compagnie de l'écran télé et d'une poignée de jeux vidéo, suivie en fin de journée par l'exploration de leur nouveau quartier.

L'art de la relaxation exercé par celle qui leur avait donné le jour se déroulait quotidiennement selon plus ou moins le même planning. Ce que Nassim, son protecteur carthaginois, se plaisait à nommer avec un gros clin d'œil son heure de pointe trouvait son plein développement en fin d'après-midi et en début de soirée. À ces heures, les activités de bien-être prodiguées par Patricia à sa clientèle contraignaient ses rejetons à lui laisser la jouissance du F3 familial. Pendant que Patricia recevait ses clients dans son hlm, Jean-Philippe et Didier, enfin désireux de dissiper l'ennui de leurs mornes glandouilles quotidiennes, s'aventuraient hors de leur tanière pour se lancer à la découverte de leur nouveau biotope et tenter d'y nouer de nouvelles relations.

Au début, on ne saurait dire que la proverbiale solidarité des cités se mit spontanément au service de leur démarche. Bien au contraire, elle se mobilisa plutôt à leur détriment.

Munis de leurs canettes de bière 8,6 et de leurs grinders bien remplis, un groupe de garçons au verbe haut et multicolore avait pris habitude de se rassembler au bas de leur immeuble. Les deux frères eurent l'idée hardie de nouer connaissance. Sous les regards goguenards de la bande qui les regardait venir, ils tentèrent de se présenter à eux, via quelques phrases à vocation amicale. Les innocents n'avaient pas pris conscience que leur teint blafard et leur curieuse prononciation allaient les disqualifier d'office. Ils tâtèrent le terrain :

— Salut. On vient d'emménager. Moi c'est Jean-Philippe et lui c'est Didier, mon frère. On peut trainer avec vous ?

Les autres ne daignèrent pas leur répondre, mais commentèrent entre eux la demande sur le mode du sarcasme.

— Oh pauvre, tu as entendu comme ils causent les Nordistes ?

— Ah oui, pute. Trop mortel leur assent !!

— Une bestiasse et un bras cassé : pas très balès, les 2 totis.

Puis, en guise de bienvenue, leurs nouveaux camarades de jeux aux muscles secs et à la peau tannée par le brûlant soleil phocéen mirent au parfum les frangins en les passant à tabac.

Plusieurs rencontres se déroulèrent ainsi. Faisant preuve d'une belle obstination (les autres possibilités d'interaction sociale étaient maigres, il faut bien l'avouer), les nouveaux venus s'étaient entêtés. Chacune de leurs tentatives d'approche se solda par une sévère rouste.

Pour éviter toutes ces raclées, les jumeaux tentaient bien quelquefois de rester tranquillement chez eux, mais devaient alors subir les foudres de Nassim. Le protecteur de leur mère se révéla un activiste sévère des plus pures doctrines néo-libérales. L'entrepreneur voyait dans la présence importune des frangins une tentative d'entrave insupportable à la liberté du travail de sa protégée. Il les dérouilla à son tour.

Cette navigation périlleuse, sorte de Charybde et Sylla version aller et retour, aurait pu continuer longtemps, si l'entrée en scène du leader du quartier n'avait mis fin à cette douloureuse routine. Après une énième rossée, Osama, un garçon de haute taille d'origine malienne, vêtu d'un costard taillé dans un pagne de wax jaune et bleu pétrole, sortit d'un pas indolent de l'ombre du porche où il tenait ses réunions. En voyant les frangins roulés piteusement en boule dans la poussière de la cité, un sourire miséricordieux brilla comme un éclair d'espoir au creux de son visage aux reflets bleutés. Du haut de ses quinze ans, il se pencha sur les corps meurtris des deux arrivants et décida de faire œuvre de pédagogie. Une consigne aussi simple qu'encourageante franchit le seuil de la denture adamantine du leader à la peau d'ébène.

— Bon, écoutez-moi les baltringues, on veut bien vous accepter. Mais ici, vous faites ce qu'on vous dit, sinon, vous y aurez encore droit, OK ?

Clair, net, précis. La sobriété du chef.

À partir de ce jour, les deux frangins mis au parfum eurent à cœur de respecter scrupuleusement ces limpides directives. Après leur intronisation, leurs nouveaux camarades, plus disciplinés qu'ils n'y paraissaient, les tapèrent moins et acceptèrent peu à peu de leur abandonner quelques responsabilités. Faire le guet, s'acquitter de livraisons, un peu de gardiennage, quelques menus travaux d'entretien et de décoration. Des jobs faciles.

— Oh Ducon, va me chercher des clopes au Carrefour sinon je t'en mets une, pôvre.

— Oh les frangins, Osama a besoin de vous ce soir pour repeindre sa Mob. Il a dit que si c'est pas fini impec demain, on vous en met une, con.

— Oh toi, tu sais siffler dans tes doigts ? Bon OK, tu restes là et si tu vois se pointer les cognes, tu préviens. Si tu foires, tu connais le tarif, pute.

Bref, peu à peu, les deux jeunes citoyens s'habituèrent à leur nouvel environnement, allant jusqu'à perdre une bonne partie de leur accent chti au bénéfice de celui des supporters de l'OM et des panégyristes dévoyés de Frédéric Mistral, prononçant soigneusement chaque syllabe de chaque mot, modifiant le son de leurs voyelles, et ponctuant avec soin par pute et con la plupart de leurs phrases. Bref, au fil des ans, ils suivirent avec application les chemins d'une intégration réussie pour accéder à la dignité de membres à part entière du groupe rassemblé sous l'autorité d'Osama, maintenant âgé de vingt-trois ans.

Le Malien a grandi en taille, en force et en sagesse. Il a déjà effectué deux séjours aux Baumettes, de durées assez brèves, sortes de stages de formation. Là, en quelques mois, il a diversifié ses perspectives, rencontré quelques futurs partenaires commerciaux aux débouchés prometteurs et approfondi ses idiosyncrasies.

Surtout, grâce à la bibliothèque de la prison et à force de lectures, en développant la fréquentation de quelques grands de la littérature, il a amélioré sa syntaxe et son vocabulaire. Il est tombé amoureux de la langue de Chateaubriand, de Saint-Simon, et de Benjamin Constant. À leur contact, s'est développé en lui le goût du vocabulaire précis et des périodes bien structurées. Doté d'une vive intelligence et d'une forte ambition, il a compris, à l'instar de toutes les élites hexagonales – y compris un certain nombre de rappeurs dont les non-initiés méconnaissent la dimension lexicale –, que l'usage d'un langage soutenu est l'un des secrets d'une autorité bien exercée.

3. MISSION DE CONFIANCE

Pendant que leur leader a crû en âge, en expérience et en ascendant, les caractéristiques de ses deux affidés ont également suivi une certaine évolution. Question physique, Jean-Philippe a gagné quelques centimètres, insuffisants à son goût, et culmine désormais à 1,62 cm. Cette particularité physique lui a attiré le sobriquet évident de « Le Nain ». Didier, lui, s'est développé davantage que son frangin, mais tout autant en largeur qu'en hauteur, ce qui lui a fait décerner l'imaginatif surnom de « Le Gros ». Quant au chapitre de leurs dispositions intellectuelles, personne n'aurait pensé à en dresser un inventaire trop précis. À quoi bon ? Un test de QI rigoureusement mené montrerait sans doute qu'elles atteignent le niveau de l'escargot, estimable gastéropode, mais ne le dépassent pas de beaucoup.

Hier, Osama les a fait convoquer.

— Bon, les gars, vous savez ce que disait Machiavel : « En politique, le choix est rarement entre le bien et le mal, mais entre le pire et le moins mal. »

Après ce préambule, il jette à la ronde un regard satisfait pour voir si sa référence a été appréciée à sa juste valeur. Les frangins n'arrivent pas à dissimuler leurs mines perplexes. Mac Yavel ? Peut-être un souteneur rosbif ou tchèque croisé aux Baumettes par leur leader ? Celui-ci enchaine, vaguement déçu par le résultat de ses observations :

— Ce qui signifie que, faute de meilleurs éléments disponibles, je pense que l'heure est venue de vous confier une mission d'importance.

Devant les airs de plus en plus dépassés des deux lascars, il décide de ne pas insister. Tant pis, il se résout à reprendre la langue vernaculaire à laquelle ses nervis sont habitués.

— Bon, en bref, vous allez mettre sa race à un mec. Ce mec-là…

Pour illustrer son propos, le chef exhibe une sortie d'imprimante, en format A4, fruit d'une recherche récente sur Google Images.

— Voici la cible : Ange Bastien. Moitié corse, moitié parisien. Le pire. Il s'agit de laisser ce bâtard sur le carreau, le plus amoché possible. Un service à rendre. J'ai promis.

Jean-Philippe et Didier se penchent sur le cliché : un beau mec bien sapé, à la large denture étincelante. Le personnage exhibe à son bras une Barbie blonde toutes options. Il semble heureux, riche et sûr de lui. Bref, une tête de con.

Le Malien poursuit son exhortation :

— Eh oui, ce type exprime toute l'outrecuidance du Bastiais conjugué à la morgue du supporter du PSG. (Ça l'a repris !) Je ne suis pas raciste, mais reconnaissez que l'alliage représente un mélange absolument repoussant. Il aura que ce que son engeance mérite. Je veux que vous me le laissiez en miettes, compris ? Son nom et son adresse sont au dos de la photo.

— OK chef, répondent sans hésitation ses auditeurs. Ça doit se passer où ?

Même le leader le plus impitoyable peut se laisser émouvoir quand la mission qu'il annonce réclame un héroïsme particulier. Le chef prend un air navré.

— Oui, euh, désolé les gars, c'est en région parisienne. (Il soupire) Mais, bon, vous connaissez. Vous êtes nés pas loin, non ?

Après avoir plié puis rangé le document dans son jean crasseux, Jean-Philippe réclame timidement une précision.

— Tu veux dire qu'il faut le buter, c'est ça ?

Osama possède son franc-parler, mais sait également cultiver la prudence. Avec ces deux zouaves, des impondérables peuvent toujours se présenter. Il ne désire pas leur délivrer d'instructions par trop explicites. Pour arriver au résultat souhaité, mieux vaut tabler sur la férocité naturelle de ses séides rendus vicieux et méchants par des années de sévices, mais en leur en révélant le moins possible. Imaginez qu'ils foirent quelque part et qu'on les fasse parler. En cas d'embrouille, leur chef de mission pourra toujours dire qu'il n'avait pas commandité d'assassinat, et que ces deux couillons ont compris de travers.

— Ça, ce sera à vous de voir. Je m'en remets à votre jugement. Imaginez qu'il ne se laisse pas faire. Vous auriez le droit de le dérouiller « à fond ». Légitime défense. C'est vous qui voyez. Une affaire entre votre conscience et vous.

Il écarte les mains à hauteur de la poitrine.

— Moi, je ne vous ai rien demandé, hein. Juste qu'il faut lui faire cracher ses dents. Mais je ne vous en voudrais pas de faire un peu de zèle.

Les frangins se regardent d'un air entendu. Derrière sa forme tarabiscotée, le message semble clair. Il s'agit tout simplement de zigouiller le connard, et voilà tout. Chouette ! Enfin une mission d'homme.

Désignant le portait de leur cible, le Nain ose cependant exprimer un commentaire.

— Euh, il a l'air baraqué, non ?

Le Gros surenchérit avec une question pertinente, subordonnée à la précédente :

— Et, il n'y aura que nous deux ?

Osama les contemple d'un air apitoyé. Connaissant la hardiesse à géométrie variable des deux bras cassés, il a prévu l'objection.

— Non, vous serez trois, pute. Je vous ai prévu un peu de renfort.

Taataaa ! Dans un effet de prestidigitateur, il sort de son ample vêtement chamarré un imposant calibre gardé coincé sous sa ceinture, près de ses abdominaux bien sculptés. Sa face expressive affiche un large sourire de père

Noël en train de gâter deux bambins émerveillés. Les glandus échangent joyeusement un regard incrédule.

— Votre compagnon d'expédition. Matez, les blaireaux : un authentique Sig de police. Une beauté piquée à un condé. En général, il suffit de l'exhiber et tout le monde se tait. Je ne vous dis pas la taille des trous qu'il fait dans la chair des connards. Toutefois, il est possible que l'arme possède un pedigree, disons embarrassant. On m'a rapporté qu'elle aurait parlé dans un casse qui a mal tourné ; le mec d'Avignon qui me l'a filée était vague. De toute façon, ni vous ni moi ne voulons rien connaître de ces détails. Mais ne me l'égarez pas. Ce pétard, je le veux de retour une fois votre mission accomplie. Impératif. Capice ?

Il tend le Sig Sauer à Jean-Philippe dont le poignet se courbe sous le poids de l'engin. Didier pose à son tour une question qui se veut d'expert :

— Ça se charge comment ?

Renversement immédiat. Le bon sourire d'Osama cède la place à une grimace de Père Fouettard.

— Des munitions ? Ça ne va pas ? Pour déclencher des complications ? Non, croyez-moi, il vous suffira de le braquer sur le client pour le voir s'écraser comme un finnochio. Garanti.

Intrépide, le gros risque une dernière demande.

— Et pour nos dépenses, ça se passe comment ?

Il se fait accueillir.

— Vous plaisantez ? Et pourquoi pas des notes de frais ? Croyez-vous qu'en s'engageant dans leurs conquêtes, les légions de César, les hordes d'Attila, les phalanges d'Alexandre s'attachaient à ces menus détails ? Non, elles se payaient sur la bête tout simplement. Non pas en comptables mais en vrais guerriers ; au hasard de leur périple, au fil des rapines et sur le dos des autochtones. Ne vous alarmez pas, une fois votre devoir accompli, je ne serai pas ingrat. Mais en attendant, à vous de vous démerder.

Ayant fait le tour de la question, le boss reprend.

— Bon, je veux que l'affaire ait lieu au plus vite. Demain si possible. Prenez l'Audi bleue, là. Nasser vient de changer les plaques. Elle n'a pas de papiers, mais vu que vous n'avez jamais eu le permis, ça équilibre… Évitez juste les péages, prenez les nationales, ça devrait rouler sans problème jusqu'à Paris. Pensez quand même à effacer vos empreintes quand vous serez arrivés là-haut. Une fois le taf effectué, vous me rappliquez ici, au rapport, et sans trainer en route.

Le briefing est achevé. Toute autre discussion est inutile, il ne s'agit plus que d'obéir. Ils font un rapide passage chez eux pour se changer, sans pouvoir prendre congé de leur maman, tout occupée qu'elle est à exercer ses talents auprès d'un employé de la préfecture, relation toujours utile. Équipés de peu, ils grimpent dans le véhicule désigné. Après tout, une petite balade à Paname, ça les changera un peu du quotidien. Depuis leur arrivée du Pas-de-Calais, ils ne se sont guère aventurés plus loin qu'Aubagne, et Montélimar représente désormais la limite septentrionale de leurs déplacements.

**

Au fil des kilomètres, ils découvrent que la voiture est un ravan, mais qu'elle roule. Ils ont quitté les Bouches-du-Rhône, passé Pont-Saint-Esprit et font le chemin à leur rythme. Nationales, départementales. Le Gros ronchonne.

— Il est dur quand même le Malien. Il va bien falloir qu'on bouffe. Même pour un Mc Do, il faut des ronds. Comment on va faire pour la fraiche ?

— Pas de soucis, le rassure son frère. On va trouver un distributeur de pognon.

— Ah ah, quelle idée moisie ! D'abord, on n'a pas de carte de crédit, et, ensuite, regarde autour de toi. Ce n'est pas le genre de coin où poussent les DAB.

Autour d'eux, rase campagne. Des champs, de la vigne, quelques bosquets, parfois dans les lointains un gros mas endormi.

— Mais si, frangin. Chouffe deux secondes. En voilà un, de distributeur.

À une centaine de mètres devant eux, la silhouette d'un cycliste d'âge mûr sur le point de s'engager peinard dans un petit chemin de terre. Le Nain emballe le moteur pour rattraper le laborieux pédaleur, et manque de déraper en virant à sa suite. Sans ralentir, l'Audi percute violemment la bicyclette par l'arrière. Vol plané. Le malheureux et sa monture valdinguent à quelques mètres. Hilare, le Nain se hâte de descendre de l'Audi, suivi du Gros.

— Et même pas besoin de code, tu noteras !

Les deux farfouillent en vitesse dans les sacoches du vélo, sans se préoccuper du cycliste accidenté, un brave pépé qui rentrait des courses. Le vieux git inerte à proximité. Dans sa chute, sa tête a porté sur un gros caillou qui bordait une ornière. Un mince filet de sang serpente à sa narine.

À l'exception d'un paquet de café, d'un journal détrempé et d'une brique de lait qui a explosé sous le choc, leur recherche ne donne rien.

— Nib, tu parles d'un connard, rage le Gros bredouille en balançant un coup de pied au corps inanimé.

— Attends un peu. Il a aussi un sac.

Les frères explorent le contenu de la besace portée en bandoulière par leur victime qui s'est laissé retourner sans réaction.

— Ah ! Tu vois, quand on cherche un peu, triomphe le Nain en extrayant un porte-monnaie fatigué.

La bourse du vieux est encore relativement garnie. Quelques billets pliés en quatre, un peu de monnaie.

— Bon, on fera avec, conclut le Nain, aide-moi et on s'arrache.

Les deux ordures font rouler du pied le corps du cycliste dans le fossé afin de le dissimuler un peu aux regards puis remontent en voiture. L'Audi redémarre en trombe.

Fin de l'affaire. Personne n'est passé. Peu de chance qu'on les ait repérés. Tout l'épisode n'a pas pris plus de trois minutes.

***

Plus tard, ils s'arrêteront à hauteur de Livron, pour se restaurer enfin dans un Courtepaille en bord de route. Après avoir comparé les prix de la carte au montant de leurs maigres ressources, Jean-Philippe opte pour du classique : une entrecôte avec des frites. Quant à Didier, il commet l'imprudence de suivre les recommandations de la serveuse, une quinquagénaire à gros genoux, pourtant peu aimable. Il se risque sur la daube de veau « de nos régions » accompagnée des mêmes frites que le frangin, un choix de garniture certainement dicté par le patrimoine génétique des deux faux jumeaux, forgé à proximité des Hauts-de-France.

Pour l'expédition, le Nain a fait un effort de toilette : il porte une chemise rayée, moche mais neuve, car piquée il y a quelques jours seulement au Zara de la Cannebière. L'autre ne s'est pas donné tant de mal. Il s'est contenté d'enfiler un tee-shirt jaune vif, oubli d'un des habitués de leur mère, employé chez Calberson. Les choix gastronomiques du Gros ont laissé des traces. La surface du tee-shirt canari est maintenant parsemée de taches brunes. Et, autre conséquence de la daube, son possesseur n'a cessé de parfumer l'habitacle de ses flatulences. C'est le Nain qui a repris le volant, en tant que celui qui conduit le moins mal. À chaque louise lâchée par son partenaire, il râle.

— Putain, t'es un porc, toi. On t'a élevé au Butagaz !

Le plein a été fait et, bien que peu reluisante, l'Audi avale peu à peu les kilomètres. À une heure du mat, l'objectif est atteint : le domicile d'Ange Bastien à Neuilly-sur-Seine, une belle et luxueuse propriété rénovée, bâtie dans les années 60 non loin de l'Hôpital Américain. Les voyageurs trouvent une place de stationnement qu'ils occupent toutes vitres ouvertes dans l'espoir d'évacuer les miasmes intestinaux du Gros. Les températures sont douces et ils se sont garés en face de la propriété cossue, ceinte de grilles peintes en noir et or où, selon leurs informations, loge leur cible. Vers minuit, une Maserati Levante se pointe. Le temps que les grilles s'écartent par la magie d'un portail électrique, ils peuvent reconnaître la silhouette de leur cible, et repérer à ses côtés une chevelure blonde.

— C'est eux ! On y va ?

— Attends, dit le Nain, il y a peut-être des alarmes, du personnel. On ne connaît pas la crèche. C'est bon pour aujourd'hui, on attend demain pour le chopper en solo.

Ils guettent encore quelques instants la sortie d'une possible baby-sitter, mais personne ne se pointe.

Pas de chiard, se dit le Nain sans trop savoir pourquoi. Il est temps de faire dodo. On reste sur place. Pas beaucoup de sous pour l'hôtel et pas question d'abandonner le poste. Après ces bonnes résolutions, il se cale sur le siège de l'Audi pour entamer son guet. Et en quelques minutes, les deux frères zonzonnent comme des toupies.

Vers les 7 heures, saisi par la fraicheur des heures rosées du petit jour, Jean-Philippe se réveille la tête sur le volant. Il a le corps moulu par sa position inconfortable et les moustiques l'ont dévoré comme un gnou assoupi dans un marigot. À ses côtés, le Gros continue de ronfloter, tranquille. Les barbes ont poussé ; les faces des jumeaux évoquent vaguement deux hérissons lépreux. Le quartier est tranquille, malgré le passage de quelques élèves en route pour leurs cours. Les gamins affichent des mines d'enfants bien nourris et en bonne santé.

— C'est rupin dans le tiek ! T'as vu comment ils sont sapés les mômes.

En effet, les jeunes passants n'arborent que des vêtements et des chaussures de marques. Presque tous possèdent des iPhone avec lesquels ils traversent en dehors des clous, écouteurs aux oreilles, au mépris de toutes les règles de sécurité urbaine. Des parents accompagnent les plus jeunes. Au milieu de cet accès d'activité, le duo doit affronter quelques regards soupçonneux lancés en vitesse dans sa direction, mais la berline allemande ne dépare finalement pas trop dans le décor. Une fois le calme revenu, le Nain secoue son frère qui est sur le point de s'assoupir à nouveau.

— Gros, émerge. Il faut que tu continues à checker la crèche, moi j'ai besoin d'aller pisser.

L'autre s'ébroue en grommelant pendant que Jean-Philippe va plus ou moins se planquer derrière un épais marronnier pour y effectuer sa miction.

— À mon tour, dit le Gros, quand le Nain revient.

Comme de bien entendu, c'est pendant que le garçon s'active que les grilles s'ouvrent à nouveau. Cette fois-ci, c'est une puissante Triumph qui apparaît. La moto sort de la propriété en traversant le large trottoir sans trop se presser. Le Gros rapplique tout en se reboutonnant et reprend sa place sur le siège passager.

— Tu crois que c'est lui ?

— Pas sûr, on ne voit pas vraiment avec le casque. Mais ça ressemble. Allez, on le suit.

Heureusement, le conducteur du deux-roues conduit prudemment et ne se montre pas trop difficile à pister.

— Moi, avec une bécane pareille, je mettrais la sauce, commente le Gros.

— Ah bon ? Tu préfèrerais qu'il nous largue ?

La filature commence sans encombre. Mais une fois la Seine franchie au pont de Courbevoie, et après quelques minutes de voie « rapide », l'Audi reste bloquée dans un embouteillage. La proie continue tranquillement son chemin. Impossible pour ses suiveurs de se faufiler dans les files des voitures qui stagnent devant eux à la queue leu leu.

— Ah ! Pute borgne, sacre Didier, on l'a perdu.

— Non, attends, le rassure son frangin. Regarde, le revoilà, il se gare.

En effet, le pilote de la Triumph a fait demi-tour un peu plus loin pour revenir dans leur direction. Il se gare maintenant sur le trottoir d'en face, près d'un Algeco aux couleurs de la Colbas et dévolu à la commercialisation d'un nouveau bâtiment. Devant la palissade de chantier parallèle aux voitures, un vaste panneau publicitaire indique : LA TOUR MONET. VIVEZ VRAI, VIVEZ VERT. Ils lèvent la tête. Au-dessus d'eux se dresse la masse des étages d'une tour en voie d'achèvement.

De l'autre côté de la circulation, le motard finit de garer la Triumph contre la palissade qui encercle la zone de travaux, retire son casque, installe son U antivol et se dirige vers l'entrée du chantier.

— C'est lui, on le tient ! se réjouit le Nain pendant qu'Ange compose le code d'accès.

Avant que ses suiveurs aient pu prendre un parti, la porte se referme sur lui dans un claquement de métal.

— On n'a plus qu'à se poster là, attendre qu'il ressorte et on lui fait sa fête.

Ils ont pu avancer jusqu'à trouver un espace dans le terre-plein central pour effectuer un demi-tour prohibé. Ils se garent à leur tour juste sous le panneau d'affichage, à proximité de la moto. Tout semble baigner, ils expriment leur soulagement.

— Pute ! commente le Nain avec un sourire satisfait.

— Pute ! confirme le Gros.

4. L'ÉTUDE

Comme chaque mardi, j'ai quitté mon club de sport à 8 h 39. Mon heure de départ a tenu compte des retards générés par les feux piétons et les travaux. Je sais que 2,1 kilomètres – en gros 2000 foulées menées d'un bon pas – séparent la Salle de l'Étude. Mon pouls moyen est à 55. Le parcours est plat et, totalement réveillé par le sport, je me déplace à une moyenne d'environ 6,2 kms/h. J'arriverai pile à 9 heures à l'office notarial. Toutes ces données m'ont été fournies par l'Apple Watch qui a remplacé un moment à mon poignet ma vieille Oméga à remontoir. Elle n'y est pas restée longtemps. Après avoir pris connaissance de ces informations parfaitement inutiles, j'ai soigneusement rangé l'engin dans sa boîte d'origine ornée de sa pomme. Et me suis dépêché de retrouver ma fidèle montre suisse mécanique au bracelet en cuir d'un contact plus familier. On me dit homme de précision. Ce n'est pas faux mais il ne faut pas exagérer.

Je me suis levé de bonne heure pour mon entrainement bihebdomadaire. La Salle ouvre tôt ses portes pour accueillir les membres désireux de décrasser leurs muscles avant leur journée de travail. J'entretiens l'état de mon corps avec assiduité. Saut à la corde, gainage, série d'abdos, travail au sac et à la poire et conclusion détente au hammam confortable et impeccable dont est équipé l'endroit. « Men's sauna and corpore sano », le slogan de la Salle, s'étale en lettres d'or derrière le ring d'entrainement.

Hakim, mon entraineur, m'encourage souvent à tenter la compétition en amateur.

— Tu as le niveau, Maitre, je t'assure. Il y a un challenge dans trois semaines au centre sportif de l'Ile Marrante à Saint-Denis, c'est à deux pas. Tu ne veux pas que je t'inscrive, juste pour voir ?

Chaque fois, je refuse poliment. Ce genre de combat m'intéresse peu. Et je m'imagine mal signer un acte d'acquisition immobilière ou superviser les clauses d'un testament authentique affublé d'un nez dévié ou d'un œil au beurre noir. Le sentiment d'être en forme et l'afflux d'endorphines procuré par les entrainements me suffisent. J'accepte parfois quelques reprises contre les autres membres du club, pendant lesquelles je suis casqué, où les gestes sont contrôlés et les coups simulés ou faiblement portés. Inutile d'aller me frotter, même en amateur, à la rage mal domestiquée de quelque bagarreur des cités voisines.

Les rues sont déjà encombrées. Parfois, je dois ralentir derrière une femme qui roule son bébé parmi les gaz d'échappement, contourner un ou deux vieux qui trainent en chemin, attendre qu'un feu rouge passe au vert. Mais il me suffit ensuite d'allonger le pas pour recoller à l'horaire. En chemin, j'observe avec satisfaction les changements du quartier. La proximité avec la gare SNCF fait que les nantis qui débarquent à Asnières ont toujours préféré s'installer dans la partie la plus à l'ouest de la commune, la plus cotée. Depuis une dizaine d'années, un nouvel élan a dopé le quartier, en a modifié en partie la physionomie et fait flamber les prix. La rénovation sera bientôt chose achevée et la gentrification fait son œuvre. Coincé entre un restau fusion et un fleuriste spécialisé en cactées et plantes succulentes, le bistrot du coin de la rue Waldeck Rousseau a fini par fermer ses portes. Un contreplaqué barre la vitrine de l'établissement en travaux et un panneau annonce l'ouverture prochaine d'un nouvel espace de restauration. Le menu est déjà affiché. En lieu et place des petits noirs, café crème, tartine ou croissant, on proposera désormais pour attaquer la journée thés aromatisés, jus frais vitaminés, muffins, etc. Je remarque que ces nouveaux commerces affectionnent l'usage des langues étrangères. L'anglais et l'italien (quand ce n'est pas le turc, l'hindi ou le mandarin) semblent souvent préférés à l'utilisation du français. En dépassant le panneau, j'ai le temps de déchiffrer les mots brunch, lounge, happy hour, bagels, cappuccino et latte. OK, cool.

Au coin, le Codec de mon enfance, déjà rebaptisé « Huit à huit » il y a dix ans, vient à nouveau de changer d'enseigne. Dans ce Carrefour Market, barres Raiders, boisson Tang à l'orange, préparation Danino prête à glacer, laitages Chambourcy ne sont plus que des lointains souvenirs. Thé aux baies d'açai, mélange de quinoas, yaourts de chèvre et de brebis : les modes ont remplacé les modes. Et pendant les changements, les affaires continuent.

Tout ceci a ses bons côtés. Le renouvellement des activités locales développe la clientèle. Mon office notarial a conseillé l'acquéreur du nouveau magasin de végétaux et mené la transaction de l'espace de restauration. Et je suis bien placé pour savoir que la mercerie voisine, qui bat de l'aile, cherche discrètement un acquéreur. Sa propriétaire m'en a confié la vente.

À 9 heures précises, me voici arrivé ! L'étude occupe un immeuble à deux étages édifié dans le style moche mais fonctionnel des années 80. Près de la porte, apportant un peu de majesté à la façade banale, le traditionnel emblème du notariat, le reconnaissable panonceau doré de forme ovale est apposé en hauteur. C'est le grand sceau de la République, avec tous ses symboles qui représentent les Arts, le Commerce, l'Agriculture et l'Industrie. Allégoriquement, toutes ces nobles activités sont protégées par le sujet central : le bouclier de la Justice, incarnée par la fière Junon.

Je franchis avec entrain le seuil de l'étude. À l'intérieur, tout respire un parfum de tradition mâtiné de quelques discrètes touches contemporaines. Dès l'espace de réception, je constate que tout est en place, tout est en ordre. Satisfaction. Sur l'horloge murale, la petite aiguille trace avec la grande un parfait angle droit. La moquette, les portes capitonnées, les triples vitrages et les fauteuils aux formes arrondies créent une atmosphère calfeutrée, loin des bruits de la ville. Les rayons de chêne sombre sont envahis d'austères traités de droit et d'archives soigneusement rangées, de portes étiquetées de sigles mystérieux. Tout est imposant mais rien n'est authentique.

Derrière ce décorum, l'informatique s'est faufilée partout dans l'étude. L'omniprésence du numérique dont je me suis fait le héraut dès mes débuts ici a rendu peu à peu obsolète le contenu de tous ces rayonnages. Néanmoins, les ordinateurs et leurs câblages ont été soigneusement dissimulés. Pour le prestige des affaires, il importe que les lieux conservent un petit air d'éternité.

En passant devant Lola Novak, postée près de l'entrée derrière son petit bureau, je réponds poliment à son salut.

La réceptionniste vient de mettre la dernière touche à son discret maquillage matinal. Elle a consulté le planning et organisé l'accueil des premiers visiteurs attendus à l'étude. Elle m'accueille avec un sourire chaleureux.

— Bonjour, Maitre. La salle de réunion est prête, et il y a du café. Le premier rendez-vous est à 9 h 15.

Sagement installée à son poste de travail, avec son visage d'égérie Instagram et ses formes de pin-up, Lola Novak est plus que mimi. On voit ses longues jambes dépasser sous le bureau suranné et son cou gracieux s'élancer dessous un sobre chignon. Elle fait de son mieux pour ne pas détonner dans l'ambiance austère. Chemisier blanc de jeune fille porté sous un sage ras-du-cou de mohair bleu, jupe en lainage de longueur à peu près raisonnable. Mais son sex-appeal fait de la résistance : un petit tatouage discret, un éros ailé, dépasse à peine de son col. Un autre de nos éléments fiables est Dunod, le coursier de l'étude. Un garçon sans grande malice, mais sur lequel on peut compter. Avec lui, rien ne s'égare jamais. Les plis sont toujours portés à la Poste ou livrés à l'heure, scrupuleusement, et cela suffit à la satisfaction de son employeur. Mademoiselle Novak m'apporte tout autant de satisfactions. Elle sait accueillir avec politesse les visiteurs, prend les messages sans oublier d'en avertir les destinataires, et répond avec courtoisie et efficacité aux appels téléphoniques. Fille d'un immigré polonais fondateur d'une petite entreprise de chauffage installée rue Freycinet, on lui a inculqué depuis son plus jeune âge les vertus du travail sérieusement accompli. Sans tabler sur ses yeux améthyste, sa crinière de jais et ses courbes attrayantes, elle se comporte avec professionnalisme et c'est tout ce qui m'importe. Une excellente réceptionniste est une denrée rare.

Valorso le premier clerc n'a pas de telles délicatesses. Il est sensible aux charmes de Lola et le lui fait savoir avec ses façons lourdingues de dragueur à l'ancienne. Rendu familier par des années de dossiers bouclés à mes côtés, il a tenté un jour de jouer au coin d'un couloir, « entre hommes », la carte de la complicité.

— Elle est quand même drôlement roulée, la petite Lola, vous ne trouvez pas, Maitre ?

— Calmons-nous, Valorso, je vous prie, lui avais-je répondu d'un ton plat. Il ne m'a pas échappé que mademoiselle Novak est charmante, mais elle est avant tout un excellent élément. Toute perturbation hormonale excessive de votre part ne saurait être qu'un danger pour la bonne marche de l'étude. Je vous rappelle que nous avons tous signé une charte de déontologie qui rappelle les valeurs fondamentales de l'entreprise. Respect, laïcité, mixité, probité. Elle inclut le fait de bien vouloir considérer le personnel féminin comme des êtres humains à part entière, ce qui semble être la moindre des choses, et non comme des morceaux de chair livrés au harcèlement libidineux de leurs collègues. Relisez donc la charte, Valorso. Vous savez que je vous apprécie. Ne vous mettez pas inutilement en porte-à-faux avec ce genre de petites réflexions.

Depuis ce jour, tout est en ordre. Valorso s'est calmé et une sorte de complicité discrète, exempte de démonstrations inutiles, s'est nouée avec la jeune femme, que je soupçonne d'avoir entendu tout ou partie de mes remontrances à mon adjoint.

Il me reste quelques minutes pour m'arrêter dans mon bureau. Sauf très rare exception, je préfère recevoir clients et collaborateurs dans les nombreuses salles de réunion dont est équipé l'office. Dans la tranquillité feutrée de mon havre de paix, je peux me concentrer sur mes dossiers, passer mes appels sans être dérangé, étudier tranquillement le Monde du Droit et l'édition notariale de la Semaine Juridique, lire mon courrier et rédiger mes e-mails. C'est aussi là que, parmi les livres d'art, les ouvrages historiques et les fac-similés cadastraux, je m'adonne à mon violon d'Ingres, l'histoire locale. Par profession et par inclinaison, j'ai toujours adoré collectionner les archives. Celles sur Asnières et ses environs sont un de mes sujets de curiosité favoris. Apprendre qu'on y a découvert un menhir en 1933, découvrir que ma commune était surnommée « poufiasse ville » en 1880 à la suite d'un afflux soudain de prostituées chassées de Paris par un préfet zélé, savoir que le centre-ville a été victime d'une tornade meurtrière en 1897 : chacune de ces trouvailles m'enchante.

Ce matin, je n'ai pas le temps de m'attarder dans mon sanctuaire, mais il m'importe de me livrer à mon petit cérémonial quotidien. Dans un tiroir, mon nécessaire à brosses, acquis dans une bonne boutique de Jermyn Street à Londres, m'attend.

Je n'aspire pas à la gloire d'être croisé chaussures de sport aux pieds par un client matinal. J'ai toujours refusé de venir en running au bureau et de me changer une fois arrivé. Je laisse ce genre de pratiques aux executive women new-yorkaises. Nous ne sommes pas à Wall Street ni sur Madison Avenue. Je préfère me changer intégralement à la Salle, y laisser mes affaires de sport dans mon casier personnel (code : 444, le numéro de l'article du code du Commerce qui régit nos honoraires !) et dépoussiérer soigneusement mes souliers à mon arrivée à l'étude. Bien entretenue, une paire de Church's peut durer toute une vie. Après avoir choisi dans la trousse de chevreau une bonne brosse en poil de sanglier, je les chouchoute avec application. Une fois que le cuir a retrouvé son aspect impeccable et que la brosse est à nouveau sagement rangée dans son étui, ma journée de travail peut enfin commencer.

Dans la salle de réunion principale, je décide de prendre quelques minutes pour jeter un dernier coup d'œil au fichier préparé par Valorso. Il s'agit du projet du document qui sera joint, une fois certifié par nos soins, à la brochure de présentation de la prochaine tour, la Van Gogh. Depuis la première édition de l'imprimé mis à la disposition des clients de la Colbas, la législation a évolué sur pas mal de points, pour la plupart secondaires, mais parfois très techniques. Les hautes instances législatives adorent rédiger et voter de nouvelles lois, même si elles ne sont pas toujours appliquées, ni même applicables. Mais l'écrit est sacré. Gare à qui ne pourra pas présenter de documents à jour. À chaque innovation, pour la paix de l'esprit, une version avec des textes revus doit être produite. On devra y trouver en détail la marche à suivre pour l'acquéreur d'un futur logement, mise à jour sur le plan juridique. Sinon, les ennuis guettent.

Après m'être servi à la thermos un petit café, un seul – attention au cœur –, non accompagné d'un des croissants pourtant à disposition dans leur corbeille d'osier – attention à la ligne –, j'allume l'ordinateur, tape mon code et un numéro de fichier. Puis je m'occupe à surligner sur l'écran les quelques points qui devront être détaillés lors de mon premier rendez-vous du jour.

Je jette un coup d'œil à ma chère Oméga Constellation. Neuf heures quinze. À moins d'être retardé, mon vieil ami Ange Bastien, accompagné de Viard, son Directeur de la Communication, ne devrait plus tarder.

5. AGRESSION

Pendant ce temps, au pied de la tour Monet, les frangins ont pris le temps de préciser leur modus operandi.

— C'est quoi le plan ? a demandé le Gros.

— C'est simple. Je me sers du flingue pour l'entrainer derrière l'angle de la baraque, sans problème. Et là, tu lui fous un coup de parpaing sur la gueule. Ensuite, on se le termine facile à coup de lattes et on lui crame sa moto de merde.

— Coooool, bien trouvé ! a commenté le Gros, admiratif.

En préparation du massacre du beau gosse, il s'extirpe de l'Audi, en quête d'une caillasse de bon volume qu'il va planquer derrière l'angle de l'Algeco, hors de vue du flux des voitures. Un panneau près de la porte indique les horaires de commercialisation. Il n'y aura personne avant l'ouverture du bureau annoncé à 12 h 30. Et les ouvriers vont bientôt être occupés dans l'enceinte du chantier. Le Gros et le Nain seront tranquilles.

Le duo n'a plus qu'à attendre qu'Ange refasse son apparition. Pour le moment, c'est surtout dans le sens des entrées qu'il y a du mouvement. Quelques retardataires, en jeans ou en salopette, grosses chaussures de protection aux pieds et récipient à casse-croute coincé sous le bras, tapotent à la hâte le digicode ou se font ouvrir par le gardien. Puis le calme revient.

Pendant que les frères poireautent, il faut bien passer le temps. Le vaste panneau publicitaire apposé au flanc de l'édifice attire leur attention.

— T'as vu le dessin ? Ce doit être une image du bordel une fois fini. Drôle de crèche.

— T'as raison. C'est pas un immeuble, leur connerie, c'est une salade !

— Chez nous, on a des cages à lapin. Ici, ils font un potager volant !

Ils se marrent.

— Ouais, quelle cagade ! Et tu parles d'un nom à la con. Monnaie, ça veut dire que ça douille à mort, ça donne pas envie d'acheter.

— Non, là, c'est Monet, ça s'écrit pas pareil. Il y a une avenue à Marseille qui s'appelle comme ça ; j'y ai bossé trois jours pour une entreprise de nettoyage. C'est le blaze d'un peintre. Pareil Renoir.

— Ah lui, on le connaît, Auguste Renoir même. C'est un parc tranquille près de la Castellane. (Ils échangent un sourire complice) Le parc municipal Auguste Renoir. Celui qui réussit à serrer une meuf et qui veut la gérer à la cool, il n'a qu'à lui dire : « Attends, je vais t'emmener faire un tour chez Auguste ! »

Sur le panneau, sans anticiper ces commentaires érudits, les professionnels de la communication ont voulu représenter ce à quoi ressemblera la future réalisation. Le cahier des charges établi par la municipalité lors du concours a stipulé que la plus grande attention devra être portée aux dimensions de responsabilité environnementale, de bioécologie et de convivialité intra-urbaine. Le cabinet d'architecte, soutenu par les promoteurs et les rêves de développement durable des politiques locaux, n'a pas mégoté. Le projet est articulé autour d'une idée révolutionnaire : on va installer plusieurs étages de jardins, y compris sur le toit, chacun d'entre eux étant dévolu à un appartement. La Colbas a commandé une illustration aux contours léchés, qui s'étale sous le slogan : Vivez vrai, vivez vert.

Un vaste tag à la peinture rouge en rabat un peu sur le lyrisme de la fresque. Il la souligne sur presque toute sa largeur en proclamant : NON AU MASSACRE DE NOTRE SOUS-SOL. Signature au pochoir, en moins gros caractères : Les pavillons en colère.

— Fais gaffe, le revlà !

Vivement, Jean-Philippe bondit hors de la voiture, pendant que son frangin se met en mouvement pour rejoindre sa place derrière l'angle de la barrière.

Ange a posé le casque sur le siège de la moto et débouclé l'antivol. Il regarde tranquillement le Nain approcher. Un avorton aux yeux rougis qui vient de s'extirper d'une Audi poussiéreuse qu'il lui semble avoir déjà vue.

— Tu es Ange Bastien ? demande le minable à l'air mauvais qui planque quelque chose derrière son dos.

Il a un drôle d'accent, plutôt méridional, mais pas complètement. Son passager, un patapouf guère plus reluisant qui porte un tee-shirt jaune et froissé, est sorti à son tour du véhicule, avant de s'éloigner d'un pas pesant. Le promoteur trouve la paire louche. D'où le connaissent-ils ?

— Qu'est-ce que tu lui veux, à Ange Bastien ?

Le petit sort son flingue. Un truc lourd et menaçant.

— Discuter avec. Allez, on bouge vers là-bas. On sera plus tranquille.

D'un geste du menton, il désigne la direction vers laquelle s'est dirigé son acolyte. Le Casimir vient de disparaître derrière la muraille du chantier.

— OK, répond Ange, les bras écartés en signe d'apaisement.

Il fait deux pas en direction de son agresseur. Ensuite, l'action est à la fois très lente et très rapide, comme dans les films d'action asiatiques, où la rapidité de mouvement est soulignée par un savant ralenti. Ébahi, sans avoir le temps de réagir, le Nain voit la pogne du promoteur s'emparer de l'arme qu'il brandit maladroitement et la lui arracher des mains sans effort apparent.

— M'en bats les couilles, a-t-il juste le temps de se dire sottement, comptant sur le fait que le flingue n'est pas chargé.

Il reçoit deux coups du lourd métal dans l'arcade sourcilière. Le sang pisse. Ange saisit le minable par le col et l'entraine vers l'angle où l'attend le gros. Quand ils franchissent le coin, Ange découvre son second agresseur qui, dans l'attente, tient à bout de bras un solide parpaing. L'individu s'est préparé à lâcher son projectile sur la cible dès qu'elle se présentera. Hélas pour lui, de sa main libre, le promoteur se sert du petit comme d'une boule de bowling et le propulse d'un geste ample dans l'estomac du Casimir qui perd l'équilibre. Le parpaing chute et vient s'écraser sur son genou. Le Gros glapit de douleur. Deux à zéro. Ce n'est pas le jour des deux frangins.

— Foutez-moi le camp, ordonne Ange en retournant à sa moto, laissant le couple emmêlé sur le sol. Moi, je confisque votre petit outil. Je ne vous demande pas qui vous envoie. J'ai ma petite idée.

Et, après avoir glissé le Sig dans une des sacoches de la Bonneville et bouclé l'attache de son casque, il démarre, à petite vitesse, après avoir prudemment vérifié la circulation de la voie sur berge. Les deux lascars en déroute ne sont plus en état de le poursuivre et le laissent partir. Le Nain soutenant le Gros et réciproquement, ils se relèvent et claudiquent en direction de l'Audi. Ils vont devoir s'inquiéter de ce qu'ils raconteront à Osama, une fois de retour à la Rose. Il va falloir forger quelque galéjade. Ou bien trouver un plan B.

6. RÉUNION

Alerté par une sonnerie feutrée, je décroche le téléphone de la salle de réunion. C'est Mademoiselle Novak qui me prévient que M. Bastien est arrivé et a rejoint M. Viard qui l'attendait à la réception. Sans me laisser le temps de venir les accueillir, Ange, suivi de son collaborateur, fait une irruption joyeuse.

— Salut Maitre, s'exclame Ange, en posant sa main carrée sur mon épaule en un geste chaleureux. Pardonne-moi, j'ai été retardé à la dernière minute. Un contretemps amusant, je te raconterai plus tard. Vraiment désolé. Mais j'étais sûr qu'au moins, notre cher Viard serait à l'heure. Comme toujours.

Je salue aimablement le directeur du marketing. Nous avons eu maintes fois l'occasion de collaborer. Dans mon métier, sauf nécessité impérieuse, il faut être bien avec tout le monde, y compris les médiocres.

— Mais bien sûr. Ce cher monsieur Viard est la ponctualité faite homme. Une de ses nombreuses qualités. Bienvenue. Un petit café ?

Viard refuse le café. Il en a déjà bu un et doit s'affairer. Tout chez lui est trop gris et trop petit. Sa tête, son costume qui remonte, son col qui l'étrangle, même ses mains menues qui s'agitent sur le câble destiné à la connexion du laptop qui doit piloter sa présentation PowerPoint.

Après nous avoir installés, Mademoiselle Novak quitte les lieux en refermant soigneusement la porte derrière elle. Pendant qu'elle opère, Ange a suivi sa silhouette d'un regard appréciateur.

— Elle a un copain ?

J'écarte les bras en signe d'ignorance. Pendant qu'Ange se saisit sans façon d'un deuxième croissant, il me vanne.

— C'est ça, prétends que tu ne sais pas. Sacré Maitre ! Toujours à jouer les innocents. Bon, on démarre, Viard ? Ça y est, vous avez réussi à brancher votre bousin ? On peut commencer ?

Notre complicité date de toujours et dépasse le cadre strictement professionnel. Ange aime bien houspiller ce pauvre Viard devant moi. Il soupçonne que ça m'amuse.

L'homme en gris a réussi les branchements nécessaires. De son air perpétuellement exténué, il fait apparaître, page après page, sur l'écran plasma disposé entre deux lambris de chêne, le projet de brochure de la tour Van Gogh, que la Colbas qui se lance à l'assaut des marchés régionaux va ériger à Avignon. En jonglant entre nos agendas chargés, c'est lui qui a sollicité cette réunion, dont l'objectif est d'obtenir notre aval sur les textes. Viard est un homme qui aime sortir couvert. Nous allons passer en revue tout le baratin de vente déjà rodé sur les tours des Hauts-de-Seine. Il n'oublie aucun détail à soumettre à notre approbation, et lit sur un ton monocorde. Page 6, il s'arrête sur la légende de la carte qui représente l'emplacement du projet :

— Et euh, la Tour Van Gogh est idéalement située en Avignon, en bordure de Rhône sur la rive droite, à moins d'un kilomètre de la cité Papale, et près de tous les accès.

Je me permets de l'interrompre :

— Pardonnez-moi, Monsieur le Directeur du Marketing, mais je crois que nous commettons là une petite erreur.

L'œil froncé, Ange se tourne vers Viard, exagérant son expression réprobatrice. Il adore mettre mal à l'aise son Directeur, qu'il méprise cordialement. Sans en rajouter, je développe mon commentaire.

— Comme beaucoup de Parisiens, vous pensez devoir dire et écrire « en » Avignon, pour faire local sans doute. Or, il se trouve que je suis natif de la région. Toute cuistrerie mise à part, je me permets de vous signaler que l'expression date de l'époque où les possessions des Papes qui siégeaient là s'étendaient bien au-delà de la cité. Tout ce qui se trouvait alors sur ce territoire papal était effectivement dit « en » Avignon, comme on dit « en Provence » ou « en Bretagne ». Ces temps sont révolus. Aujourd'hui, pour désigner les limites de la commune, il faut dire « à Avignon », tout simplement, aussi disgracieuse que soit l'apocope. Tout comme l'on dit « à Paris » ou « à Strasbourg » voire « à Amiens » ou « à Ajaccio ». En tous cas, c'est l'usage recommandé par l'Académie française.

— Oui, évidemment, à Avignon, commente Ange. On s'en tape de l'apocope ! Pourquoi pas « sur » Avignon tant qu'on y est ? Il faudra corriger cela, hein Viard.

Il se tourne vers moi, faussement compatissant, comme pour excuser son subordonné dont la face blême vient de passer à l'écarlate.

— Il a cru bien faire.

— Je n'en doute pas. Nous savons tous que l'enfer est pavé de bonnes intentions. M. Viard veut toujours bien faire.

Dans une grimace servile, préférant feindre de prendre le commentaire comme un compliment, le désigné courbe l'échine et note la correction « à Avignon » en pattes de mouche sur l'exemplaire papier de sa présentation.

— Pas si mal finalement de relire ce bazar ensemble, déclare Ange. Tu connais la boîte, je dois m'occuper de tout. Imaginons qu'il faille corriger ce genre de coquilles une fois la brochure imprimée. Un tirage de 6 000 exemplaires au bouillon, plus bon à rien. Finalement, ça tombe bien que monsieur Viard ait préféré comme d'habitude prendre ses précautions plutôt que ses responsabilités.

Pure mauvaise foi. Viard n'oserait jamais lui rappeler que c'est Ange qui exige de ne jamais laisser sortir la moindre doc sans qu'il ait formellement confirmé son accord. À quoi bon... Le directeur du Marketing, cramponné à sa souris, continue de développer le contenu du document.

— Vous voyez qu'on a systématiquement repris la mention : « Vivez vrai, vivez vert » sur la largeur de chaque page.

Le slogan a été pondu par l'équipe de publicitaires que le Directeur du Marketing a sélectionnée. La proclamation, répétée à chaque occasion, a paru suffisamment putassière pour séduire la cible de futurs propriétaires écolos urbains identifiée par les études de marché. Ceux-ci sont les seuls à même d'accepter un prix d'acquisition de plus de 9 000 euros le mètre carré dans une municipalité où, il y a peu, il dépassait encore rarement les 5 000. L'Agence est la filiale spécialisée dans l'immobilier d'un grand groupe de communication américain. Depuis qu'il l'a recrutée, Viard use de son pouvoir pour persécuter les malheureux prestataires tombés sous sa coupe avec autant d'enthousiasme qu'Ange met à le tyranniser, lui. Petite satisfaction d'ego. La prochaine fois qu'il les reverra, l'histoire d'en Avignon leur vaudra un bon savon.

Au fil des pages qui apparaissent sur l'écran s'égrènent à peu près les mêmes arguments que ceux développés dans la version Monet. L'agence a intégré au discours quelques notes rassurantes. On mentionne que la réalisation est confiée à une équipe de professionnels expérimentés. (Manquerait plus qu'ils ne le soient pas ! commente Ange) On mentionne la garantie Green : le gros œuvre et les finitions sont garantis 10 ans (La clause, au passage, est usuelle. C'est sa non-observation qui serait illégale, fais-je remarquer.) Et surtout, comme il se doit, on évite les sujets qui fâchent. Nulle mention des embouteillages, de la rareté des parkings, de la proximité avec Monclar qui est l'un des quartiers les plus défavorisés d'Avignon. Pourquoi ternir un rêve qui passe ?

Le plus important, c'est le concept architectural. Dès les débuts de la Colbas, Ange a eu du nez en sentant venir la vague verte. Il a convaincu Colombani d'y aller à fond sur l'écologie. À chacun son carré de chlorophylle et d'air frais, pleine vue sur la terre, la Nature est dans notre nature, etc. Les nouveaux gogos adorent l'idée d'avoir leur propre jardin, même s'il est minuscule et enclavé dans le béton, parfois à quatre étages d'eux. Une fois les premiers enthousiasmes passés, ils n'y mettront sans doute jamais les pieds, laissant les pâtissons bio et les plans de roquette trop montés se dessécher faute de soins. Peu importe, l'essentiel est de faire rêver pour vendre. La recette a séduit dans les Hauts-de-Seine, on repasse le plat dans le Vaucluse.

Cette passion des temps pour l'écologie a assuré la prospérité de la Colbas. À côté des tours, étendards de sa réputation, la société a initié plusieurs programmes de maisons individuelles. Des lotissements dotés de tous les aménagements souhaités par la nouvelle morale : panneaux solaires sur tous les toits, bacs à compost systématiques, et bien sûr, jardins préparés selon les meilleurs principes de la permaculture. Ces pavillons se vendent comme des petits pains et ont déjà rapporté des fortunes à leur promoteur.

Les plans de la Monet et de la Van Gogh sont issus du cabinet d'architecte Beuvy et Groucho, déjà couronnés par plusieurs prix nationaux et internationaux. Ils prétendent mettre leur créativité au service du Good en général et des valeurs économiques et humaines en particulier. Selon eux, la nouvelle architecture doit se penser dans toutes les nuances de la vertu verte. Un jour de zèle créatif, ils ont même suggéré de proposer une option végane aux ouvriers du chantier pour la pause-restauration de midi. Question de storytelling. Pas à un retournement de veste près, Viard a trouvé l'idée intéressante avant de la trouver nulle une fois qu'Ange la lui a mise à la figure en ces termes fleuris :

— Ah, ces archis ! Des poètes, je les adore. Toujours les pieds dans les étoiles et la tête dans la merde. On devrait les leur faire servir eux-mêmes, leurs plats végétariens, aux ouvriers. On rigolerait. Toucher au casse-croute des gars ?

Quelle brillante idée ! Tiens, moi aussi j'en ai une : et si on coupait dans leurs honoraires pour acheter des arbres et planter des forêts au pôle Nord. On verrait s'ils seraient contents, les rois du prêchi-prêcha écolo. Ils auraient vite fait de retrouver les vertus du sauciflard.

Pour illustrer les aménagements intérieurs. La maquette réutilise les photos de l'appartement-témoin de la Monet. Les pièces semblent toutes de bonne taille. Rien d'étonnant, on a privilégié l'utilisation d'objectifs à courte focale et les meubles sont systématiquement sous-dimensionnés. Avec un lit qui ne mesure plus que 170 centimètres de long au lieu des deux mètres habituels, n'importe quelle chambre à coucher semble bien plus grande. Je laisse glisser. La pratique est courante, et même si je la trouve peu sincère, rien ne l'interdit sur le plan juridique. On pourra toujours dire qu'il s'agit de chambres d'enfant. Après une heure de projection et de commentaires, la partie présentation du projet Van Gogh est enfin bouclée. Avant d'entamer la suite, Ange se tourne vers moi.

— Votre avis de juriste, Maitre, sur cet argumentaire de vente ?

— Écoutez, sans être absolument expert en la matière, il me semble que dans le texte supervisé par M. Viard, rien n'est faux, bien que peu soit vrai. Ceci le rend difficilement attaquable.

— Bravo Maitre, applaudit Ange devant son collaborateur soulagé, vous venez de donner une excellente définition de la communication !

Pour les aspects juridiques, notre tour est venu de prendre le contrôle du système de projection. Valorso a été demandé. Il a abandonné son travail en cours pour venir assurer de bonne grâce la deuxième partie de la réunion. C'est à l'Étude qu'a été confié le soin de rédiger et certifier ce cahier spécial, soigneusement mis à jour. Toute cette cuisine, si elle est bâclée ou inexacte, peut représenter une inépuisable source de problèmes. Nous y détaillons les différentes étapes du processus notarial, revues selon les dernières réglementations du droit à la construction. Puis nous passons aux modalités des prêts proposés aux acquéreurs, aux précisions qui concernent les appels de fonds, des obligations de planning aux garanties qui les accompagnent. Valorso a peaufiné cette partie. Son exposé est clair et précis.

Malgré son petit retard et l'ennui du sujet, Ange ne fait rien pour accélérer le mouvement. La réunion traine en longueur, mais le promoteur semble la prendre comme un moment de détente. Il apprécie ce moment avec moi, entre copains, même si c'est pour le travail. Ici, Ange se sent un peu chez lui. Chacun à l'étude sait tout ce que la boîte lui doit. La Colbas est le plus important client de l'office notarial. Elle représente à elle seule 37% de notre chiffre d'affaires et assure le socle de notre prospérité.

Quand je rappelle Lola pour proposer aux participants un autre café ou une autre boisson, Ange en profite pour lui glisser quelques compliments que la jeune femme élude sans se braquer. Comme toutes les sirènes, elle sait esquiver en souplesse, du moins tant qu'elle le désire, les lignes et les filets des dragueurs. Lola Novak, parfaite équilibriste, chemine avec grâce sur la crête qui sépare la diplomatie de l'indifférence aux hommages.

Quand la réunion se termine, Ange me prend en aparté. Il a donné congé à son directeur de la Communication – allez-y mon vieux, prenez un Uber, moi je rentre en moto, on se retrouve là-bas tout à l'heure – et Valorso a regagné son bureau. Mon ami m'entraine près d'une fenêtre pour me narrer ses aventures de la matinée, abandonnant le vouvoiement de façade que nous utilisons en présence de tiers dans la sphère professionnelle.

— Je ne voulais pas t'en parler devant Viard, trop pipelette, mais figure-toi qu'il m'en est arrivé une bonne ce matin…

L'agression qu'il a subie au pied de la Monet l'a malgré tout un peu secoué. Il me raconte l'incident dans les grandes lignes.

— Probablement un coup des Avignonnais, ils ne sont pas contents qu'on leur ait piqué le marché.

Puis, ne souhaitant pas s'éterniser sur le sujet :

— Il est bien ton Valorso. Tu devrais l'amener à l'inauguration demain. Et toi, tu n'as pas oublié notre diner de ce soir ? Ice et moi comptons sur toi.

Je suis effectivement convié chez Ange le soir même. Il est important pour ce chef de tribu d'avoir son petit monde rassemblé. Ce genre de réunions m'assomme. Tout cela fait beaucoup de mondanités pour moi, mais je rassure mon ami.

— Ne t'inquiète pas, évidemment je serai là. Ce soir et demain sans faute. Comment rater un tel évènement ?

Sur le pas de l'étude, nous nous donnons l'accolade pour prendre congé.

— À bientôt, Ange, et embrasse bien ta chère épouse pour moi.

— Tu l'embrasseras toi-même tout à l'heure, elle est ravie de te voir. Elle t'adore, tu sais.

— Ah ah, fais gaffe, je vais finir par te la piquer.

— Pas grave. Comme disait Winston Churchill, « l'intérêt d'épouser une jolie femme, c'est d'être sûr qu'un jour, un autre va vous en débarrasser ! »

Je m'esclaffe poliment. C'est de Guitry, mais pas grave. La boutade reste amusante.

7. ENFANCES

Enfant unique, j'étais destiné à le rester. Les toutes premières années de ma vie se passèrent à Valréas, grise agglomération endormie sous le ciel azuréen de l'enclave des Papes, une curiosité de la carte. L'hôpital et la maternité, aujourd'hui fermée, n'y étaient pas fameux. Après m'avoir mis au monde, ma mère dut y être opérée des suites d'une infection du post-partum mal surveillée, ce qui la privera à l'avenir de connaître à nouveau les joies de la maternité. Elle en resta toujours vis-à-vis de moi trop couveuse, et pleine d'inquiétudes diffuses. J'étais devenu son bien le plus précieux et la source de toutes ses angoisses.

Il arrive que l'excès d'amour vous bouscule la croissance presque autant que son absence. Mais ceux qui connaissent bien ma région natale savent que les cieux peuvent vous dispenser tour à tour et sans préavis malédiction et don immense : le mistral, vent âpre et violent, vous transit et vous tord comme un figuier noueux avant qu'à cette désespérance sans horizon succède en un rien de temps une atmosphère apaisée et parfumée qui rétablit l'harmonie en vous. Heureusement pour moi, c'est ainsi que j'ai grandi, entre les chagrins de ma mère et la joyeuse tendresse dispensée par mon père, un homme de cœur sans états d'âme inutiles, plein d'enthousiasme et d'attentions. Sous mes airs d'enfant sage, grâce à lui, poussa ma confiance en moi.

Mon père débuta comme cartonnier. Valréas avait été le plus important centre de l'activité du carton en France. Des ouvriers d'élite le fabriquaient et l'assemblaient pour en faire des boîtes destinées aux industries du luxe, soucieuses de présenter leurs produits de la façon la plus raffinée possible. La fabrication d'emballages prestigieux avait toujours assuré réputation, prospérité et plein emploi aux ouvriers du lieu.

Hélas, peu à peu, excepté chez quelques rares grandes maisons, des solutions à base de matière plastique furent préférées par la clientèle pour des raisons d'économie. Fonctionnalité, tarifs, modernité étaient devenus les nouveaux critères. Quant aux fidèles du cartonnage, ils s'orientèrent pour la plupart vers des fournisseurs asiatiques de moindre qualité, mais aux conditions imbattables. Dans la région, le chômage en alla grandissant. À la fin du vingtième siècle, une innombrable quantité d'usines avaient fermé. Aujourd'hui, il n'en reste qu'une ou deux.

Le jeune chef de famille essaya de se faire embaucher à Saint-Donat, dans le nord de la Drôme, où la société Louis Vuitton avait ouvert une unité de production. On n'y offrait plus d'emplois, mais sa démarche lui apprit que le célèbre malletier recrutait dans sa fabrique principale, dans la banlieue ouest de Paris. Mon père écrivit pour postuler. On le convoqua. Son expérience en tant qu'ouvrier spécialisé dans une activité qui réclamait méticulosité et intérêt pour les matériaux de qualité avait intéressé la marque. Il prit sans hésiter le train pour la ville-lumière. L'entretien se passa bien. On lui fit passer quelques tests avant de lui proposer, finalement, un poste à potentiel.

Une fois avertis de la nouvelle, mes parents décidèrent de quitter les tilleuls et les lavandes de leur ville natale pour monter à la capitale, où les attendaient désormais d'intéressantes perspectives. Le jeune couple débarqua bientôt à Asnières, affublé de son marmot (moi !), pour y découvrir un monde nouveau.

***

À l'époque où les impressionnistes découvraient les charmes des berges d'Asnières, Louis Vuitton, le fondateur de l'entreprise qui porte encore son nom, avait débarqué en ville. Malletier à succès, avec déjà des bureaux à Londres et à New York, c'est ici qu'il avait choisi d'installer sa nouvelle fabrique. Le vaste ensemble de style Eiffel était entouré d'un terrain assez vaste pour y stocker les réserves de troncs de peuplier nécessaires à l'ossature de ses fameuses malles. La forme de ses bagages, plate plutôt que bombée selon l'ancienne habitude, s'était montrée comme une astucieuse et profitable innovation technique. Ces volumes étaient plus adaptés aux espaces de rangement des transports naissants : le train et le paquebot de ligne. La clientèle s'en était entichée, ainsi que du soin artisanal porté à leur fabrication. Le développement des moyens de locomotion modernes avait multiplié le succès de la marque auprès d'une clientèle mondiale de princes, d'aristocrates, de maharadjas et d'acteurs célèbres. La marque était lancée. Depuis, l'engouement ne s'était jamais démenti.

Longtemps, la signature Louis Vuitton restera exclusivement dédiée aux voyages : malles, valises, sacs, trousses, etc. Quand mon père intègre la fabrique, un siècle après son édification à Asnières, la maison est encore familiale. Elle ne s'est pas encore vendue au conglomérat qui la lancera sur les voies d'une diversification tous azimuts. (De ce jour, on trouvera au catalogue des parfums, des maillots de bain et même, horreur, des jeans et des sneakers.) On y travaille toujours les belles matières, toiles et cuirs précieux, et, la demande augmentant, l'entreprise recrute régulièrement de nouveaux ouvriers, dont, à sa manière perfectionniste et paternaliste, elle assure elle-même la formation.

Dans le même esprit, on a proposé un logement à mes parents. L'immeuble de la rue Mauriceau est un ensemble en Loi de 42, propriété de la société, destiné à ses ouvriers et leurs familles qui arrivent de province et ne trouvent pas à se loger ailleurs. L'appartement est propre, clair, et relativement spacieux avec sa salle à manger, son salon et ses deux chambres à coucher. Dans la deuxième chambre, près de mon lit d'enfant, ma mère a installé son coin couture et mon père s'est réservé, luxe suprême, un espace bureau. Plus tard, quand je grandirai, ils déménageront la paperasse et la machine à coudre vers le salon et retapisseront la pièce. Le papier peint aux motifs de chat jouant avec sa pelote de laine restera longtemps en place pour veiller sur mes rêves et alimenter mon imagination.

***

Au même moment, en Corse, les plasticages des ennemis à la cause nationaliste, ou prétendus tels, n'étaient pas chose rare. Ils servaient de moyen de pression sur quantité d'honnêtes commerçants qui avaient pour seul tort de refuser de régler l'impôt révolutionnaire. César Bastien avait dû quitter l'Ile Rousse, le berceau de sa famille, et le travail qui l'attendait tout naturellement à l'horlogerie-bijouterie que ses parents tenaient dans le centre-ville. Suite à une sombre histoire de racket, le commerce familial avait été réduit en fumée. L'explosion de l'engin incendiaire avait eu lieu en pleine nuit, n'occasionnant pas de dommages corporels. Mais la modeste horlogerie-bijouterie où l'on réparait plus de vieilles tocantes qu'on ne vendait de diamants n'était plus. Le petit Ange, le premier enfant de César, venait de naitre ; ses grands-parents, soucieux de sa sécurité, conjurèrent leur fils d'envisager d'autres perspectives pour sa jeune famille. Qu'ils partent sur le continent, loin du chômage et de la violence.

À l'instar de mon père, César avait appris que Louis Vuitton embauchait dans sa fabrique, non loin de la capitale. Et comme lui, il eut l'idée que son savoir-faire pourrait intéresser la firme. Tout comme la cartonnerie de prestige, l'horlogerie est une activité qui réclame soin, précision et proximité avec des matériaux nobles. Il s'était présenté quelques jours après mon père et, comme lui, sa candidature fut retenue. On envoya sans tarder les deux recrues en stage de formation pour apprendre leur nouveau métier. Ils allaient devenir sorciers dans les assemblages du veau grainé, de l'alligator et du galuchat, et dans l'usage de l'aniline et de la gutta-percha qui servaient à la fabrication des illustres bagages.

**

À la fin de l'été, un midi où ils se sont posés dans la cour ombragée pour fumer une cigarette entre deux sessions, César Bastien et Jean-Claude Gardinier font connaissance. Entre l'atelier de parage des cuirs et celui de l'encollage, assis sur le même banc, ils se retrouvent à bavarder tranquillement. Aiguillés par leurs accents chantants, ils découvrent que l'un arrive de l'Ile de Beauté et l'autre du Comtat Venaissin. Vite mis en sympathie par leurs origines méridionales, ils s'aperçoivent que tout les rapproche. L'âge et leurs parcours, qui les ont entrainés loin des parfums de farigoule et de menthe sauvage de leurs terres natales. Ils sont tous deux déjà pères de famille, chacun avec un garçon de cinq ans, le Corse étant en prime papa d'une petite fille nouvellement née.

Le soir, quand ils retrouvent leurs femmes, chacun raconte avec animation avoir fait connaissance à l'atelier d'un collègue charmant et de bonne compagnie et s'émerveille de tant de coïncidences.

Peu de temps après, quand, sans tenir compte des avertissements épouvantés de ma mère, je suis en train de dégringoler depuis le 4e étage les escaliers soigneusement encaustiqués par la gardienne, nous croisons sur le palier du deuxième une souriante brune bien encombrée. Elle rentre de courses. L'immeuble ne possède pas d'ascenseur et la voisine transporte d'une main une poussette pliante, tout en tenant acrobatiquement sous le bras opposé un bébé vêtu de rose. La bambina, amusée d'être secouée au rythme des marches, supporte la pose en gazouillant. Derrière elles, un jeune garçon d'à peu près mon âge aide de son mieux en véhiculant vaillamment un panier à provisions trop grand pour lui.

— Bonjour, s'écrie Maman. Vous voilà bien chargés. Attendez, laissez-nous vous aider. Tiens, mon chéri, aide donc le petit.

Je propose au garçon de me saisir d'une anse du panier. Un peu vexé de l'appellation, « le petit » refuse mon aide avec dédain.

— Non non, ça va, ce n'est pas lourd.

Ma mère s'empare d'autorité de l'encombrante poussette.

— Vous allez à quel étage ?

— Troisième, merci. Mais nous sommes presque arrivés, ce n'est vraiment pas la peine...

En entendant l'accent chantant de la femme surchargée qui se répand en remerciements, une intuition vient à ma mère qui l'interrompt d'un ton ravi :

— Mais c'est vous les Corses !

Elle vient de réaliser que cette petite famille n'est autre que celle du nouveau camarade d'atelier de mon père. Il lui a dit qu'ils venaient juste de quitter un premier appartement que des cousins leur avaient prêté vers la gare Saint-Lazare pour s'installer à leur tour à Asnières.

Pendant que les deux femmes sympathisent en finissant de hisser le chargement jusque chez les Bastien, le garçon et moi nous observons, vaguement méfiants. Ça nous paraît suspect, ce copain potentiel du même âge envoyé par le hasard.

— Entrez, entrez, propose Madame Bastien en enlevant son petit manteau au joyeux bébé qui se prénomme Maria, vous boirez bien un petit quelque chose ? J'ai du sirop si vous voulez, ça désaltère. Et tiens, Ange, montre un peu ta chambre à ton camarade.

Pour se présenter, nos mamans se serrent la main avec cérémonie. Blanche. Agathe.

Dans la chambre du jeune Ange, quelques cartons pas encore déballés indiquent que la famille vient juste d'emménager. Et à côté de son lit d'enfant, il y a un lit encore plus petit : celui du bébé Maria.

— Tu n'as pas de jouets ?

L'autre fait un geste vague vers les cartons.

— Si, plein. Seulement, on ne les a pas encore sortis.

Je me lance, il n'a pas l'air si méchant.

— Si tu veux, tu viendras chez moi. Moi aussi j'en ai beaucoup. Et même un jeu d'échecs. Je commence à y jouer. Je t'apprendrai si tu veux…

— OK, si ça te fait plaisir, répond Ange.

Cinq ans, c'est l'âge où chaque découverte est une aventure. Je me suis rendu à la fenêtre. La vue est intéressante à observer. C'est la même que celle de ma propre chambre, mais un étage plus haut, avec de subtils changements de perspective. Le mur de la propriété voisine semble plus élevé, la cime des arbres n'a plus la même forme.

On nous rappelle dans le salon pour les sirops. Les deux mères ont entamé un papotage enthousiaste, ravies de faire plus ample connaissance. Maman en a oublié sa vague neurasthénie. Le fait d'être voisines – et d'un seul étage ! – est pris comme un signe du destin. Elles aussi se découvrent des points communs. Elles sont également brunes et de petite taille. Et elles possèdent toutes deux un caractère affirmé et une langue bien pendue. Agathe ne veut pas s'attarder. Nous étions en route vers la Poste de la place Aristide Briand pour acheter des timbres. Elle désire éviter l'heure de pointe.

— Nous devons filer. Merci pour le rafraichissement. Mais venez prendre l'apéro ce soir vers 7 heures, propose-t-elle. Nous aurons plus de temps. Et ça fera une surprise à nos maris !

Ainsi sera fait, et ainsi démarre l'amitié entre les deux familles au complet.

N'ayant guère le temps ni l'occasion de nouer de nouvelles connaissances, chacun va trouver un miroir dans lequel s'identifier. Outre la nostalgie de leurs garrigues d'autrefois, les parents se reconnaissaient dans la fierté d'avoir réussi leurs reconversions. Ils sont heureux de faire partie d'une maison réputée qui bluffe même les m'as-tu-vu de Parisiens. Ensemble, ils vont pouvoir affronter les froideurs de la région et de ses autochtones.

Quant à nous, les gosses, la première timidité passée, nous nous découvrons. Dans la chambre aux chats, devant ma collection de petites bagnoles, va naitre une grande amitié. Comme dans beaucoup d'ententes réussies, nous possédons des personnalités complémentaires. Une fois dépassé le stade de sa première réserve, Ange montre un tempérament décidé et éveillé. Il enchaine les histoires. Je suis impressionné par la faconde de mon nouveau copain. Poliment, j'enregistre toutes les vantardises de mon hôte et me montre un public parfait.

Bien vite, mis tous deux à la même école, nous serons comme larrons en foire. Nous sommes devenus inséparables, et nous nous installons aux mêmes tables de classe dès que nous le pouvons. Le flamboyant et l'assidu.

Le sanguin et le réfléchi. L'actif et le rêveur. L'aventurier et le prudent. Nous sommes identiques et dissemblables. Nos complémentarités s'accordent à merveille. Deux faux jumeaux. Deux vrais amis.

Quelque temps plus tard, on recrutera à nouveau chez Vuitton, cette fois-ci à l'emballage, qui est resté, pour les industries du luxe, un art à part entière. Carton, sacs ou sachets de feutrine sur mesure, enveloppements de papier de soie, art du nœud et du ruban, calligraphie ; tout doit concourir à l'aspect précieux des chefs d'œuvres qui sortent de la fabrique. Puisque mes journées sont maintenant occupées par l'école et que je déjeune à la cantine, ma mère dispose de temps et peut se faire embaucher à son tour. Et dès que bébé Maria sera en âge d'être inscrite en maternelle, son amie Blanche Bastien suivra le même chemin.

Avec quatre salaires spécialisés, les revenus des deux familles s'arrondiront. Elles vont vivre dans une aisance confortable, presque bourgeoise. Mais il ne leur viendra pas à l'idée de déménager de la rue Mauriceau. Elles préféreront économiser pour de bonnes études, plus tard, pour les enfants. Et puis, les amis aiment bien leur quartier, encore un peu provincial où chacun connaît presque tout le monde.

Avec Ange, pendant toute la primaire, on n'osera pas nous séparer de classe. L'école communale n'est pas très loin de l'immeuble, au bout de la rue d'Argenteuil, sans qu'il soit presque besoin de changer de trottoir. Cette sécurité trompeuse rassure les parents. En attendant leur retour du boulot, ils nous ont autorisés à rentrer seuls. Dorénavant, en preuve de confiance, nous portons nos clés accrochées autour du cou par un cordon pour ne pas les perdre. En cas de problème, nous n'aurions qu'à aller voir Luisa la gardienne, qui récupère Bébé Maria à la sortie de la maternelle. Nous ferons peu usage de cette consigne, préférant notre autonomie.

Sous l'influence d'Ange, nous prenons tout notre temps pour regagner notre immeuble. À la place du pain et du chocolat laissés pour le goûter par nos mères, nous préférons faucher des paquets de Schtroumpfs et de Tagada au Monoprix. J'essaie bien de dissuader mon copain de nous livrer à ces larcins, mais le délicieux frisson de l'aventure l'emporte le plus souvent. Le délit commis, Ange apaise mes scrupules en partageant le butin équitablement. Je râle quand même, un peu inquiet des suites possibles, pendant que mon compère se marre sans complexe. Nous nous dépêchons ensuite de rentrer en nous bâfrant en chemin.

Conséquence de notre indépendance, nous avons désormais la responsabilité de veiller nous-mêmes sur nos devoirs scolaires que nous avons pris l'habitude de faire chez Ange. Une fois posés devant la table de la cuisine, nous sortons livres et cahiers, et nous nous y mettons ensemble. En dépit de nos espiègleries, nous sommes bons élèves, et comme d'habitude, nous nous épaulons l'un l'autre. Ange est un crack en maths et en géo, et j'assure davantage en français et en histoire. Nous nous aidons mutuellement à saisir ce qui a pu nous échapper. Les parents, qui ont de grandes ambitions pour leurs enfants, sont contents de nos bons résultats.

Les dimanches sont des moments privilégiés de retrouvailles entre les deux familles. La coutume des déjeuners dominicaux s'est installée. Le marché Flachat, tout proche, est bien fourni en produits frais de qualité par plusieurs maraichers qui opèrent dans les environs. Une semaine chez les uns puis la semaine suivante chez les autres, les amis aiment communier sous les auspices de l'ail, de l'huile d'olive et de la gourmandise, dans une ambiance d'affection joyeuse. Chacune à son tour, la famille invitée apporte le dessert.

Les femmes préparent la pissaladière, le gigot d'agneau au romarin, le clafoutis aux cerises. Ces mets du soleil les rapprochent. En saison, c'est la soupe au pistou ou le ragout de marcassin, quand on en trouve. Des souvenirs de garrigue et de maquis, de chant des cigales et d'herbes parfumées montent des marmites pendant que les hommes comparent les mérites du Patrimonio et du Beaumes-de-Venise versés dans leurs verres. Nous jouons dans un coin, sur une table basse ou devant la télé au son réglé au minimum, pendant que bébé Maria qui a bien grandi se désaltère de Tang, une épouvantable boisson aromatisée à l'orange dont elle adore le goût de chimie. Ensuite, pour digérer, c'est la promenade au parc qui jouxte le château d'Asnières. Ou bien alors, on va au cinéma, quand l'Alcazar tout proche projette un film familial. C'est la belle vie.

8. PREMIERS SUCCÈS

Dès l'âge de 15 ans, avec l'appétit qu'il mettra toujours en toutes choses, Ange collectionne les conquêtes. Il a le charme, le culot et la manière. Son mojo fonctionne à fond. Nombreuses sont les soirées où j'en suis encore à de laborieux travaux d'approche qu'Ange a déjà emballé une nouvelle rencontre. Ça m'épate, forcément.

— Je ne comprends pas comment tu fais. Surtout, je ne comprends pas comment tu fais pour les comprendre. Les filles sont tellement compliquées.

— Oh la la, répond Ange, pour une fois vaguement perplexe. Là, tu pars d'un mauvais pied. Si tu vas sur ce terrain, tu perdras toujours. La gamberge c'est leur truc, pas le nôtre. Nous, tout ce qu'elles nous demandent c'est d'aller de l'avant, dans la direction qu'elles ont déjà choisie avant même que tu les remarques. Nous ne faisons pas le poids. Le plus agréable c'est quand même de les embrasser et tout le reste, non ? Ça ne te suffit pas ? Tiens, regarde, la mignonne petite Sandra, tout le monde a remarqué sauf toi qu'elle te bouffe des yeux depuis deux semaines. Qu'est-ce que tu attends pour l'emmener manger une pizza ?

— Je l'ai fait ! Je l'ai emmené chez Alberto...

— Ah voilà ! Top. Et alors ?

— Elle a pris une Margarita et moi une 4 fromages…

— Très drôle. Comment ça s'est passé ?

— On a bien discuté. Et en sortant de la pizzeria, j'ai essayé de l'embrasser.

— Ah bravo. Avec les miettes de pâte et les fils de mozza coincés dans les dents ? Mais bon, tu as fini par la pécho ?

— Ben, non, quand j'ai essayé, elle m'a dit qu'elle préférait attendre d'être sûre de ses sentiments. Qu'elle n'était pas prête… Tu crois que c'était à cause de mon haleine de fromage ?

Silence navré d'Ange.

— … Bon, écoute, tu veux un conseil, frangin ? Tu devrais essayer la méthode western.

— La méthode western ?

— Oui, dégainer d'abord, parler après. La prochaine fois, commence par l'attraper et emmène-la ensuite à la pizzeria. Tu verras.

Je suivrai le conseil et, dès la première occasion, oserai embrasser Sandra avant l'apéritif. Ce jour-là, Alfredo n'aura pas le plaisir de notre visite.

La romance se terminera quelques mois plus tard quand je surprends Sandra en train de flirter dans un square. Sa tête est penchée sur le giron de Réginald, un grand couillon de sa classe. Je ne supporte pas.

— Tu sais quoi ? dit-elle, quand, noyé dans le drame et le ressentiment, je lui annonce ma décision de cesser toute relation avec elle. C'est dommage, tu étais le garçon le plus gentil que j'ai jamais rencontré. Et en plus super mignon. On aurait pu continuer. Il n'est pas important, Réginald.

Je juge comme le sommet de l'effronterie ce qui n'est finalement que franchise et gentillesse et tourne les talons. Après quelques semaines de bouderie, je suis pris de regrets, mais c'est trop tard. Sandra s'est mise à la colle avec Réginald.

Une fois le bac en poche (avec mention), la voie des études supérieures nous est ouverte. Grâce à la laborieuse épargne des parents, toutes les filières s'offrent à nous. Les miens me rêvent médecin ou ingénieur. Je préfèrerais d'autres voies.

J'opte pour le droit à Nanterre. Faute de places à la cité universitaire (elles sont réservées en priorité aux étudiants venus de province), on me prend une chambre d'étudiant non loin de la rue Mauriceau. La fac est aisément accessible par le 304... Dans mon nouveau chez-moi, je découvre les délices de l'autonomie et mes parents celles d' une liberté oubliée. À la maison, la machine à coudre et le secrétaire de son père retrouvent le chemin de la chambre aux chats. Je viens dîner une fois par semaine, et en profite pour apporter mon linge sale et embarquer celui que ma mère a repassé.

De son côté, Ange s'installe dans un petit studio à Boulogne Billancourt, non loin d'une école de commerce post-bac de bonne réputation dont il suit les cours.

Nous avons envisagé un moment une colocation, mais j'ai craint que la noria des conquêtes d'Ange ne dissipe trop souvent ma concentration. Je connais mon ami et ses scénarii amoureux beaucoup trop frénétiques. La perspective quasi certaine qu'Ange débarquera à l'improviste en gracieuse compagnie pour réquisitionner l'appartement pendant que je serais plongé dans l'exploration des méandres du droit administratif ne m'enchante guère. Au fond, je déteste les surprises et préfère rester tranquille dans mon petit chez-moi.

Quand nous sommes en seconde année, Ange perd ses parents. Pendant leurs vacances d'été, leur voiture est tombée dans un ravin profond. César a voulu éviter un couple de pourceaux plantés en plein milieu de la route étroite qui monte à Corte. Ni l'enquête ni les rumeurs locales ne révèleront de lien avec une quelconque affaire politique ou de racket. Les cochons appartenaient à une famille amie, commentera Ange, à moitié sérieux. Ma mère et mon père sont anéantis d'avoir perdu leurs âmes sœurs dans un accident aussi stupide. Ils s'inquiètent de l'avenir d'Ange et de sa sœur, qui les rassurent. Les Bastien avaient mis à la banque un pécule. Après règlement des droits de succession, Bébé Maria et Ange se partagent les économies parentales. Pas une fortune, mais de quoi terminer leurs études en faisant attention.

***

Avec l'enseignement reçu à la faculté Paris-Nanterre, je découvre un monde neuf. Certains sujets me passionnent, mais tout ne me plait pas. Je suis fasciné par l'étude du Code civil, cet épais bouquin rouge qui prétend recenser le mode d'emploi du monde et de la vie, rubrique après rubrique. Et je n'oublierai jamais les premières phrases dispensées dès mon premier cours de droit public par le professeur, un grand pédagogue très respecté de l'institution et de ses élèves :

« Il est très important de comprendre avant toute chose, pontifie le maitre, que la justice, ce n'est pas toujours la Justice. En droit, il n'existe que la Loi et ses interprétations. Ceux qui rêvent de la défense de la veuve et de l'orphelin déchanteront quand ils commenceront à découvrir le côté inattendu de certaines décisions. »

Ainsi averti, je comprends vite que la Morale et la Légalité sont deux choses différentes, parfois même diamétralement opposées, et que l'on ne saurait toujours prétendre servir la première lorsque l'on navigue dans les contours de la seconde. En vertu de ces principes, je réalise que je ne suis pas fait pour le métier d'avocat. L'activité favorise trop l'à-peu-près et l'improvisation brillante. Mon esprit et ma logique aspirent à davantage de précision. Je vais m'intéresser au notariat. Même si une certaine forme d'imagination y est indispensable, le souci d'exactitude y reste fondamental.

J'ai continué la pratique des échecs, faisant même partie un temps de l'équipe junior de l'Échiquier d'Asnières, club qui a fait la réputation de la ville en remportant régulièrement une palanquée de tournois prestigieux. Il m'est souvent arrivé de proposer une partie à Ange, bon joueur à sa manière. Il aime la castagne, l'attaque à tout prix. J'aime la rigueur quasi mathématique, la logique des ouvertures, la marche ordonnée des pièces. Parfois, sa fougue me pousse à la faute. Mais le plus souvent, son optimisme provoque sa défaite et c'est moi qui l'emporte.

Le côté méticuleux du notariat me plait. La vérification minutieuse des textes, la compréhension intime des méandres des lois, des décrets, et des règlements, l'étude de la jurisprudence, même les questions de comptabilité où l'important est avant tout de ne pas laisser passer l'erreur me passionnent comme la résolution d'autant d'énigmes à résoudre. J'ai trouvé ma voie.

***

Vers la fin de son cursus en école de commerce, Ange dégotte un stage en alternance chez Nivelle, un important groupe immobilier parisien. Au contraire de la majorité des autres étudiants, il n'est pas particulièrement attiré par la finance ni le conseil stratégique. Il se débrouille dans ces matières, où sa vive intelligence mémorise beaucoup d'éléments, mais il préfère de loin le concret. Toucher, voir, écouter, faire. L'univers de la construction et tous ses à-côtés l'intéressent.

Chez Nivelle, le jeune homme a l'occasion d'observer et d'en apprendre beaucoup. Il ne ménage pas ses efforts. Le soir, il reste tard. Pragmatique et sans inhibition, il profite des moments où le personnel est rentré chez lui pour mémoriser des dossiers classés, mal protégés, et s'autorise parfois à en photocopier quelques-uns pour les étudier en paix. Pour compléter, une fois rentré chez lui, il avale les bouquins techniques.

Il fait connaissance de Mme Deschamps, l'ancienne secrétaire du président de la boîte, une belle femme dans la cinquantaine, invirable car ex-témoin privilégié de tous les secrets de l'entreprise. D'une discrétion et d'une efficacité totales, elle n'avait commis qu'une faute, impardonnable à l'époque et dans ce milieu : refuser les avances de son patron. Par conséquent, elle s'était retrouvée reléguée à un poste secondaire d'administration en train d' attendre mélancoliquement une retraite encore lointaine. Ange et elle se sont rencontrés à la cafétéria. Jugée trop proche de la hiérarchie pour être considérée comme l'une des leurs par les employés, et ostracisée par ses supérieurs, elle s'ennuyait seule devant sa salade, sa pomme et sa mini-bouteille de Bergerac.

La dame n'a pas la fibre cougar, mais se prend d'affection pour ce jeune homme qui lui témoigne respect et attention. Peu à peu, ils désertent la cafétéria pendant la pause-déjeuner et préfèrent sortir à l'air libre pour s'asseoir sur un banc et grignoter un sandwich en bavardant. Il lui parle de ses grandes aspirations. Elle lui prodigue ses conseils, et détaille sans citer trop de noms le mécanisme de quelques turpitudes instructives auxquelles elle a assisté. Elle lui en raconte beaucoup sur les dessous du métier. Ils deviennent amis. Le moment venu, lors de sa fulgurante ascension, il ne l'oubliera pas. Il extirpera Mme Deschamps de sa voie de garage et en fera la secrétaire générale de la Colbas.

À l'issue du stage, sa décision est prise. Ange sera promoteur. Un job où il faut de l'autorité, du travail et de la chance, et qui réclame au plus haut point ce sens élastique de la droiture que l'on nomme le sens des affaires. Il n'est pas donné à tout le monde de savoir frôler les limites strictes du fair-play et de la légalité, tout en restant considéré comme un homme de parole, une personne loyale en qui on peut placer sa confiance. Ange sent déjà qu'il saura.

Il possède une puissance de travail phénoménale. Pour parfaire ses connaissances, il s'inscrit à une formation à distance de responsable de promotion immobilière. Ces cours qu'il suit en parallèle de ses études de business et de ses bouquins techniques vont finir d'assécher son maigre capital, mais pas une seconde il ne doutera de l'intérêt de ces investissements.

Avant même d'avoir son Master en poche, il se lance dans une première entreprise. Entre autres dons, Ange possède l'art de se faire des copains utiles. Pour ce galop d'essai, il fait appel à quelques amis de son école de commerce, fils à papa aux ego fragiles, pour les persuader d'investir dans son projet.

En fouinant, il a repéré une opportunité. Un appel d'offres modeste d'une petite commune des Yvelines pour la construction d'une poignée de pavillons sociaux. Les terrains appartiennent à la municipalité et une partie des études préliminaires est déjà réalisée. L'affaire n'est pas assez grosse pour intéresser une boîte comme Nivelle, mais d'une taille parfaite pour un débutant. Au flan, il monte un dossier, s'arrange pour rencontrer les responsables du comité d'attribution, avance ses pions comme il peut. Il comprend vite qu'un entrepreneur de travaux local, un nommé Colombani, pourrait être le mieux placé. Opportunité pour Ange, l'homme semble plus doué pour le technique que pour le commercial. Il est bien implanté, reconnu comme compétent, son entreprise générale a fait ses preuves, il a réalisé quelques travaux de voirie qui ont donné satisfaction, mais on le dit handicapé par une certaine timidité. Le jeune ambitieux demande un rendez-vous et l'obtient dans le restaurant de routier où l'autre a ses habitudes. Mi-culot, mi-charme, il va convaincre le type que son diplôme, ses relations et son expérience, dont il exagère l'importance sans tousser, sont les atouts qui manquent à son interlocuteur. Ange ne manque pas non plus de relever le patronyme corse de Colombani. Pourquoi ne pas postuler ensemble à l'appel d'offres, entre pays ?

Au début, Colombani renâcle un peu.

— C'est bien beau tout ça, fils, mais toi, tu veux quoi ?

Dans ce qui sera toujours sa manière, Ange poursuit alors son bluff sans complexe.

— Je vais me montrer raisonnable. En échange de mon aide, et du fait que je retire mon dossier qui représenterait une concurrence sérieuse pour vous, je me contenterai de la minorité. C'est-à-dire 49 pour cent.

Colombani est amusé par l'aplomb du jeunot. Il discerne le gars ambitieux, qui ne cherche pas un simple emploi salarié. Quand même pas tombé de la dernière pluie, l'entrepreneur hausse les épaules.

— Tu es fou, minot, lâche-t-il de sa voix rocailleuse, ça ne vaudrait même pas 10 pour cent. Grand maximum.

Ange jubile. L'entrepreneur est ferré, le reste n'est qu'affaire de négociation. Finalement, Colombani, qui n'est pas contre l'idée de tester un bonimenteur doué, acceptera de laisser un quart de l'opération à Ange, à une condition : après étude des devis à prix coutant, celui-ci devra assurer la moitié des financements en matériel et en ouvriers, qui sera remboursée si tout se passe bien. Le deal est avantageux pour la trésorerie de l'entrepreneur, et Ange se retrouve le pied à l'étrier. Il n'aura plus qu'à convaincre sa petite bande de fils à papa de taper leurs familles pour rassembler les sommes, finalement raisonnables, dont il a besoin.

L'affaire va se réaliser sans problème. La nouvelle paire d'associés remportera le contrat et saura mener la construction à terme. Colombani se montrera loyal et efficace. Avec son bagout et son assurance, Ange a fait merveille dans les contacts avec les financiers et les institutionnels. Il sait aussi rassurer et encourager son partenaire quand il le faut, prenant peu à peu l'ascendant dans le duo.

Bastien et Colombani rembourseront avec intérêts les camarades d'école d'Ange. Les mêmes qui, plus tard, désireux de renouveler cette bonne opération, viendront d'eux-mêmes proposer à leur ami d'accepter d'autres mises de fonds et l'aideront à se lancer dans d'autres opérations.

Pour fêter ce premier résultat, Ange invite cette fois son partenaire chez Taillevent, à la grande. C'est la première fois qu'ils mettent tous deux les pieds dans un restaurant étoilé aussi prestigieux mais le jeune homme s'y montre parfaitement à l'aise. Face à un Colombani impressionné, il a une nouvelle proposition. Pourquoi ne renouvelleraient-ils pas le coup, mais pour des projets plus ambitieux ? Ange propose de réinvestir les bénéfices de la première affaire en montant une société ad hoc, mais où les proportions du capital seraient inversées : 70% pour Ange et 30% pour Colombani, ce dernier conservant toute faculté de poursuivre en parallèle d'autres chantiers avec sa propre entreprise. Colombani n'a pas grand-chose à perdre et il est déjà sous l'emprise de l'énergie, de l'intelligence et de la puissance de travail de son jeune partenaire. Banco, il accepte. Il n'aura pas à le regretter.

Désormais, Ange va se consacrer à fond à la conquête de nouveaux marchés. Il se concentre sur l'ouest de Paris, où la concurrence est importante mais les projets innombrables. Le duo va gagner appels d'offres sur appels d'offres et l'association va se développer de façon spectaculaire. En quelques années, la Colbas, puisqu'ils ont ainsi baptisé la société sur la base de leurs deux patronymes, postulera à des opérations de plus en plus importantes.

***

Le succès semble aussi accompagner la jeune sœur d'Ange. De son côté, bébé Maria a bien grandi. Elle est retournée s'installer en Corse. Après avoir passé un diplôme d'œnologie, elle a quitté le continent pour se consacrer avec passion à quelques arpents de Nielluccio et de Sciacarello, cépages endémiques plantés autrefois par ses grands-parents maternels du côté de Figari. Par chance, la propriété attenante et son terrain, plantés d'une baraque à retaper, sont à vendre pour une poignée de châtaignes. Avec le reliquat de sa part d'héritage et l'aide du Crédit Agricole, elle parvient à financer l'acquisition de l'ensemble pour développer l'exploitation.

L'investissement se révèlera excellent. Enthousiasmée par les antiques principes de la bio dynamique qui ne sont pas encore redevenus à la mode, Maria va réussir à produire une poignée d'hectos d'un vin au caractère unique et de grande qualité. Le nectar sera encensé par un célèbre critique international. D'autres louanges suivront vite, qui en consacreront le succès. Fière de son terroir, devenue profondément insulaire au pays de ses ancêtres, Maria ne remettra plus qu'exceptionnellement les pieds en métropole.

9. NOTAIRE

Pendant qu'Ange est occupé à devenir un acteur important de l'immobilier d'Île-de-France, j'avance à mon propre rythme. Une fois mon diplôme de droit en poche, j'ai adressé ma première demande d'emploi à l'étude la plus proche de chez moi. C'est celle de Maitre Charmignac, le titulaire de la plus ancienne charge d'Asnières. À ma grande surprise, le vieux notaire m'accorde rapidement un rendez-vous, un bref entretien où il me pose quelques questions précises, portant sur le droit mais aussi sur mes connaissances en informatique, que j'ai mentionnées dans mon CV. Grâce à mon goût pour la logique et les protocoles, j'ai acquis quelques lumières sur le sujet, beaucoup moins défriché qu'aujourd'hui. Satisfait de mes réponses, Charmignac accepte tout de suite de me prendre à l'essai, en CDD et au salaire minimum. On va me trouver un recoin dans un bureau.

Rapidement, je me rends compte que les affaires de l'étude, qui compte une poignée de collaborateurs peu alertes, ne marchent plus qu'au ralenti. Bien que madré et expérimenté, Maitre Charmignac est fatigué et lassé de la routine notariale.

Pour continuer à faire tourner la boutique, le vieux notaire se contente dorénavant de déjeuner avec ce qui reste de ses relations, aussi chenues et gourmandes que lui. Ils se remémorent leurs vieux coups, les mille petites arnaques qui les ont rendus prospères. Chacun de ces repas dure trois heures et il rentre fréquemment de table en milieu d'après-midi, l'haleine chargée et le teint fleuri. L'étude survit encore grâce à ces inamovibles responsables municipaux qui restent de bons apporteurs d'activité. Mais s'il se sent encore protégé de la concurrence par le numérus clausus et l'exclusivité géographique, Charmignac sait qu'en banlieue, ce n'est qu'un avantage relatif.

Avec des adjoints mal organisés et peu motivés, l'étude a délaissé de nombreux dossiers. Lassée, une partie de la clientèle locale ne se privent pas d'aller porter leurs affaires ailleurs, chez les notaires plus jeunes des agglomérations voisines de Clichy, Bois-Colombes ; certains vont même jusqu'à Paris. Il faudrait remédier à l'érosion lente du chiffre d'affaires. Peut-être qu'une jeune recrue apporterait à Charmignac un peu de sang neuf.

Il a eu une intuition. En vertu d'une règle déontologique surveillée par la Chambre des Notaires, la publicité est censée être interdite. Mais, lors de ses agapes, il a entendu dire que ce nouvel outil étrange, là, Internet, encore balbutiant à l'époque, pourrait devenir un fantastique moyen de développement économique pour les entreprises. L'ensemble de la profession regarde ces nouveautés avec méfiance. Mais Charmignac a toujours été un esprit libre. L'iconoclaste pressent qu'internet pourrait permettre de déroger à certaines contraintes. La mission qu'il me confie est simple : il me demande d'étudier le dossier de la modernisation informatique de l'étude, de lui faire une synthèse claire du sujet et de lui présenter sous quinzaine mes recommandations chiffrées et argumentées.

Je m'y attèle. Le sujet est passionnant et je vais travailler la question jour et nuit en monopolisant l'un des rares ordinateurs de l'étude, bécane rudimentaire à laquelle les collaborateurs n'osent pas toucher. Il se trouve que l'intuition du vieux L'intuition du vieux Charmignac est géniale. En peu de temps, je reviens vers lui avec une présentation fignolée accompagnée de quelques suggestions. Pourquoi ne pas développer un site Internet qui pourrait assurer un recrutement de clientèle efficace ? Certains critères compétitifs (langues étrangères parlées, spécialisations des collaborateurs en immobilier, droit de la famille, ou gestion de patrimoine, compétences en médiation...) pourraient être mis en valeur en toute régularité. Tout cela permettrait une certaine forme de publicité, tout en restant dans le respect de la déontologie.

A terme, ce site pourrait aussi favoriser la présence à l'esprit des prospects et clients du nom de l'étude, imposer un logo et une image graphique, animer les réseaux sociaux qui commencent à se développer fortement auprès des jeunes adultes, relayer une veille juridique, présenter des comptes rendus d'évènements. On pourrait aussi créer dans le système des espaces réservés à chaque client, ce qui permettrait de simplifier et de fidéliser grandement la relation. Bref, nous pourrions regagner une image de modernité, une entrée en fanfare dans le 20e siècle. La vieille institution locale en aurait bien besoin.

Mon conseil final est de foncer. Il faut profiter de cette occasion avant que les concurrents, empêtrés dans leurs coutumes et peu versés en technologie s'y mettent à leur tour.

— Bon, mais les sous ? se contente de répondre le vieux notaire.

Je présente rapidement – tous les détails seront en annexe – une première approche relativement raisonnable des investissements nécessaires. Et si l'on veut bien me faire confiance, je me déclare volontaire pour piloter cette mutation, en procédant aux appels d'offres, en briefant les prestataires extérieurs, et en fournissant des compte-rendu réguliers.

J'ai pris la précaution de présenter mon rapport à Charmignac et à quelques membres de l'équipe à 11h du matin, avant que le déjeuner obscurcisse l'esprit du notaire. Parfaitement réveillé, il a écouté attentivement. Une fois mon exposé terminé, les autres se sont regardés en chien de faïence, incapables de se prononcer. En guise de réaction, Charmignac s'est contenté de se lever et d'inviter tous les participants de la réunion à déjeuner. Sans moi.

Quand ils rentrent, vers les 16 heures, le vieux notaire fait convoquer sa jeune recrue dans son bureau, toute affaire cessante. Il veut me voir en tête-à-tête.

— Petit, dit le patron d'une voix épaisse, j'ai demandé aux autres ce qu'ils pensent vraiment de ton projet. Je vais être synthétique. En résumé, ils jugent que c'est de la merde. Ils ne m'ont pas laissé d'autre choix que te virer à la fin de ton CDD.

Bon, j'ai perdu. Sans mot dire, je referme mon dossier. Je suis déjà à la porte quand le vieux notaire me rappelle.

— Eh ! Deux minutes, petit, attends que je finisse. Rassieds-toi une seconde.

Il reprend son souffle.

— Tu n'as pas encore compris que je me torche de l'avis de ces couillons ? Ou plutôt que, comme ce sont des boussoles qui ne savent indiquer que le Sud, il suffit d'aller dans le sens contraire de ce qu'ils disent pour repérer la bonne direction ? Ne t'inquiète pas, on va le faire ton machin. Et exactement comme tu l'as présenté.

Ainsi débute ma collaboration au sein de l'Étude que je ne devrai plus jamais quitter. Je vais devenir peu à peu le second de Charmignac, qui m'entoure de ce jour d'une affection quasi paternelle. Il me délègue de plus en plus de dossiers, qu'il se contente de signer, et me présente de plus en plus souvent comme son bras droit. Il préfère cette solution à celle, pourtant plus couramment pratiquée, de faire venir à l'étude un nouveau notaire associé.

***

De son côté, la Colbas s'est développée à vitesse grand V. Ange m'a présenté à Colombani, et ils ont pris l'habitude de me consulter, d'abord de façon informelle, puis sur de plus en plus d'affaires. Ils me demandent parfois de leur adresser une note d'honoraires, ce que je fais au nom de l'étude et qui met du beurre dans les épinards de l'étude. Un peu par jeu, un peu par affection, ils prennent l'habitude de m'appeler Maitre. Je n'en tire aucune vanité, mais appréciant peu mon vrai prénom, je laisse sans protester l'habitude s'installer.

Je devine vite que, par pudeur ou par prudence, Ange ne me raconte pas tout, en particulier de ses nombreuses manœuvres de prévarications et de subornation des officiels qui, depuis leurs bureaux, pouvaient décider du sort de tel ou tel dossier. Mais j'en comprends suffisamment pour m'autoriser en toute franchise à tempérer certaines de ses initiatives fougueuses :

— Attention, Ange, sois prudent, tu vas mordre la ligne. Certaines choses ne se font pas, ou du moins pas ainsi. Il y a la même différence entre le commerce et la malhonnêteté pure et simple qu'entre l'érotisme et la pornographie. C'est une question de degré et de manière.

— Oui, tu as raison, une différence d'un poil de cul, répond mon ami.

Mais il enregistre mes conseils et il lui arrive parfois d'en tenir compte.

***

Deux ou trois années plus tard, le vieux notaire de plus en plus fatigué me convoque à nouveau solennellement. Il a préparé deux documents. Je les examine rapidement et en comprends la teneur avec émotion. L'un est la demande, à adresser à M. le Garde des sceaux, de m'octroyer le titre officiel de Notaire et d'en exercer les fonctions. Il existe en effet une disposition, que l'on nomme « la passerelle » dans notre jargon professionnel, qui permet d'être intronisé à cette charge sans passer par l'école du Notariat, pour peu qu'on possède un niveau de droit suffisant et qu'on ait pratiqué plusieurs années au sein d'une étude. Charmignac entend m'en faire bénéficier.

— J'ai encore quelques amis là où il faut. Ne t'inquiète pas, notre demande sera rapidement approuvée.

L'autre document est un projet de cession de l'étude notariale d'Asnières à mon profit pour quelques milliers d'euros symboliques, un montant dérisoire.

— Tiens, fiston, tu devrais signer avant que je change d'avis ! Comme tu sais, je n'ai pas d'enfant à qui transmettre ce bazar, et je ne compte pas sur mes crétins de neveux, mes seuls héritiers, pour prendre la moindre décision intelligente.

Et comme j'ouvre la bouche pour le remercier, ému par cette générosité :

— Ne me remercie pas, les nouvelles dispositions prises par notre nouveau Président de la République afin d'élargir le numérus clausus et de multiplier les nouveaux offices diminuent de beaucoup la valeur des charges, même les plus anciennes comme celle-ci. Depuis ton arrivée, tu as fait beaucoup pour m'aider à redresser la barre, sans jamais rien réclamer. Dieu sait ce que l'office serait devenue sans toi. Personne ne mérite davantage d'en devenir le patron. L'avenir de l'Étude sera assuré. C'est moi qui devrais te remercier. Allez, dépêche-toi de me faire un chèque d'acompte, pour que tout soit régulier. Tu me diras quand je pourrais le déposer.

Puis, une fois l'affaire conclue et les documents paraphés et signés, il se lève pour me prendre affectueusement par l'épaule et me diriger au travers de son bureau bourré de souvenirs.

— Allez viens, fiston, il est midi passé. J'espère que ton déjeuner est libre. J'ai réservé chez Gaston, près du marché des Victoires. Comme tu sais, ça ne paye pas de mine, mais c'est excellent. Et ils ont un Bourgogne très correct. Ça s'arrose un nouveau notaire à Asnières, non ? C'est toi qui m'invites.

**

Une fois les formalités réglées sans encombre comme l'a prédit Charmignac, j'annonce la nouvelle de ma nomination à Ange. Il pourra désormais m'appeler légitimement Maitre. Pour fêter ça, il m'invite fraternellement à déjeuner, en tête-à-tête, cette fois-ci au Grand Véfour, l'une de ses nouvelles cantines. Il voit ma nomination d'un très bon œil. Il s'est rendu compte que bien des tracas administratifs, dévoreurs de temps et de patience, peuvent se retrouver résolus voire évaporés avec l'aide d'un notaire de confiance. Outre tous les aspects techniques et financiers, le parcours du combattant qu'est toute promotion immobilière est jalonné d'étapes juridiques. Pour certaines d'entre elles, un notaire est incontournable, mais je pourrais aussi leur être extrêmement utile sur bien d'autres sujets. Il m'avoue aussi :

— Ton notaire, tu lui racontes plus de choses qu'à ta femme. Toi, je te connais depuis que nous sommes hauts comme ça, et je connais ton sérieux. Et ta franchise. Tu nous as bien aidés sur les dossiers où j'ai sollicité ton avis. Maintenant que tu es maitre à bord, tu devrais penser à t'équiper davantage. Vous allez avoir du boulot. Colombani sera d'accord, il t'apprécie. Nous allons te confier un maximum de nos affaires.

Ainsi motivé, je finirai de réorganiser l'étude en recrutant Valorso et en remplaçant certains collaborateurs arrivés eux aussi à l'âge de la retraite. La Colbas se montrera fidèle à ses promesses et nous continuerons à nous développer, chacun à sa mesure et dans une complicité sans faille.

10. ICE

Certaines représentantes de l'espèce humaine possèdent des caractéristiques atypiques qui les placent au sommet de la désirabilité. Leur ADN les a dotées de jambes plus longues, d'une taille plus mince et d'une poitrine plus ronde. Lorsqu'elles bronzent, leur peau sans défaut a vite fait de prendre une appétissante couleur dorée. Leur transpiration, peu copieuse, semble sans acidité. Même les recoins les plus secrets de leur corps semblent parfumés aux épices et à la vanille. Elles conservent beaucoup plus longtemps que leurs – dites – semblables, les dents très blanches, les lèvres naturellement rose vif et le teint pur et lumineux qu'elles possédaient dès l'enfance. Leur corps représente un parfait équilibre entre le souple et le musclé, et ne semble pas destiné à subir des variations de poids qui dépassent le demi-kilo. À leur vue, chacun partage les mêmes élans et les mêmes rêveries. Tous imaginent des escapades aux iles Éoliennes, des excursions blotties sous les fourrures au fin fond de steppes givrées sous les aurores, des nuits dans des alhambras aux arômes de jasmin et de fleur d'oranger. Et chacun fantasme par avance qu'avec elles il n'y aurait que deux moyens d'y arriver : être riche, puissant et féroce, ou, à défaut, pauvre, génial et beau comme un dieu. La plupart des humains n'étant ni l'un ni l'autre, ils se font une raison et se résignent, perclus de timidité, à subir sans rien tenter l'éternel éblouissement de ces intouchables beautés.

Autrement dit, pour peu qu'elles aient décidé de sourire, elles incarnent ces phénomènes que le commun surnomme volontiers bombes atomiques. Non sans raison. Pour banal qu'il soit, un tel trope illustre assez bien l'état d'anéantissement des prétentions des femelles concurrentes, à moins qu'il ne désire figurer la liquéfaction instantanée dans laquelle leur arrivée plonge la majorité des mâles.

Très tôt, Alice a compris qu'elle est un spécimen de cette catégorie exceptionnelle. Et aussi que la vie d'une très jolie fille a vite fait de ressembler à celle d'une gazelle dans la savane. Aussitôt en équilibre sur ses longues jambes, elle doit trouver très vite des schémas d'adaptation.

Cette ravissante personne ne tire aucune gloriole des dons que lui a octroyés la nature. « Ce n'est pas de ma faute si on m'a dessiné comme ça », susurrait déjà Jessica Rabbit d'un air hypocritement désolé. Mais elle a rapidement assimilé que son physique crée suffisamment de désordres pour que ses capacités intellectuelles, tout aussi remarquables, ne viennent pas en rajouter. Quoi qu'on en dise, les mâles mènent encore une guerre âpre et sans répit pour conserver leurs privilèges. Alice n'a rien d'une activiste. Comme nombre de ses sœurs depuis la nuit des temps, elle a préféré composer plutôt que combattre.

Elle a toujours jugé plus utile de dissimuler une partie de son intelligence et de sa vivacité. Elle travaille convenablement en classe, mais pas trop. Et lorsqu'on aborde des sujets qu'elle est capable de cerner en 30 secondes, elle a vite appris à feindre l'ignorance en société.

Elle adopte comme masque un sourire charmant et lumineux qui n'exprime rien de ses opinions ni de ses élans réels. Tenir cette attitude n'est pas toujours facile, car elle possède un esprit prompt accompagné d'une ironie mordante difficile à garder pour elle. Mais c'est le prix qu'elle accepte de payer pour sa tranquillité.

Lisa, une de ses copines du Moluquois Collège à New York où elle poursuivait ses études supérieures l'avait percée à jour.

— Toi, tu joues les idiotes épanouies, mais tu peux offrir mille saveurs. Toujours sur fond d'astuce et de sang-froid... Tu n'es pas Alice, tu es « Ice ».

Alice trouvera que le surnom lui va bien et le fera sien. Tendre et rafraichissante, délicieusement fondante ou dure comme le marbre selon les circonstances. Ice-cream ou iceberg à son gré. Saveurs sucrées forgées dans le diamant. De la glace. Ice.

Son père était un diplomate américain. Il avait épousé sa mère, une hôtesse de l'air française, à l'époque où, habitude encore ni illégale ni même jugée critiquable, les compagnies aériennes comptaient encore l'attractivité physique au nombre de leurs critères de recrutement. La famille se déplaçait énormément. Après un début de carrière à Buenos Aires, Mc Kinley a été nommé en Europe, aux consulats de Palerme, de Lisbonne, puis à celui de Paris. Grâce à sa mère, Alice est parfaitement bilingue et s'acclimate vite. Poussée sans frère ni sœur, transbahutée en voiture diplomatique de demeures de rêve en lieux enchanteurs, enfant gâtée adorée à temps partiel par des parents rendus absents par leurs obligations, fille à papa sans papa : telle a été sa première jeunesse, solitaire et égocentrique.

Ensuite, peu de temps après l'adolescence, Ice fait un peu de mannequinat, apprend à boire raisonnablement, rencontre ses premiers petits amis. Elle découvre avec ravissement les joies de l'amour physique. Une véritable révélation. Son corps parfait, déjà son meilleur ami, devient une source de plaisirs variés et inépuisables, un terrain d'expérimentation ensorcelant. Et une arme redoutable supplémentaire pour obtenir ce qu'elle veut, en fonction des refus et des accès qu'elle octroie à sa guise, au gré de ses désirs et de ses nécessités.

Quand un homme ne lui plait pas tout à fait assez mais peut lui être utile, elle convoque son hydre. Son fidèle allié mental pour le plaisir immanquable, conte de fées pour les grandes filles, son rêve éveillé, son dragon sexy et protecteur, l'infatigable créature ailée qui l'emmène immanquablement toucher les cieux. Quand sa présence est requise, la créature parfaite au souffle brûlant vient s'interposer entre son corps et son esprit et prendre la place de celui qui croit la posséder. Elle le convoque, s'abandonne et se pâme, puis n'oublie pas de remercier du geste ou de la voix son benêt de partenaire qui se croit à l'origine de ses spasmes.

Et l'amour alors ? Oui, bien sûr, elle n'a rien contre. L'amour, pourquoi pas ? Encore un mot si pratique et au sens si élastique. Les sentiments, les merveilleux élans de l'âme, Ice ne refuse pas d'en feindre les jeux, mais n'a jamais compris l'intérêt de tomber amoureuse, cette convention sociale bonne pour les mochetés.

Ice a des ambitions mesurées : les riches, même nouveaux, lui suffisent. Ceux qu'on nomme les super-riches ne sont pas sa tasse de thé. De même, les rejetons dynastiques ne l'attirent pas tant que ça. Trop gâtés, trop capricieux, pas assez armés pour la vie ; voilà désormais les infortunes des grands noms et des grandes fortunes. Ceux qui portent le nom et l'argent de leurs parents sont devenus insipides et peureux. Et surtout, ils sont devenus moins drôles qu'ils ne le furent. Les Maharadjas, les Aga Kan, les Rubirosa ; les aventuriers épiques et les rejetons flamboyants de grandes dynasties ont disparu avec le XXe siècle. Il n'y a plus d'hommes du monde déjantés ni de femmes à scandales, le politiquement correct s'est installé partout. Adieu les folles nuits et les fantaisies insouciantes de la haute société. Seuls les rappeurs en vue et quelques stars suicidaires se risquent encore à dépasser les bornes. Certes, les fortunes des puissants n'ont cessé de s'arrondir ô combien, mais contrôles fiscaux et scandales sexuels sont devenus la règle et gâchent presque tout le plaisir. La presse people et Internet les tiennent à l'œil, pire que la police. Il faut vivre calfeutré chez soi, et encore. Tout domestique possède un iPhone avec lequel il peut balancer sur la toile vos pires secrets. Aujourd'hui, n'importe quel grand financier peut finir en tôle à Rikers Island et, pire encore, n'importe quel prince de sang peut se retrouver crucifié dans un tabloïd à 25 pence. Partout, la prudence bride l'extravagance. Forcément, ça déprime les pauvres super riches. À quoi bon la fortune si l'on ne peut pas en jouir immodérément ?

Au bout du compte, il reste encore les voyages. Le circuit mélancolique de résidences de rêve en villégiature huppées, les bateaux et les avions privés, la montagne et les tropiques, les destinations hors-sol des nantis chics. Mais Ice a eu sa dose de déplacements aux coins du globe. Elle préfère les self-made men, plus inconscients et moins ennuyeux. Ceux qui travaillent à s'enrichir et que ça épate encore.

Elle sélectionne soigneusement ses protecteurs successifs. Puisqu'un choix quasi infini lui est offert, elle opte pour le dessus du panier. Des hommes puissants, épris et généreux pour qui elle représente le plus étincelant des trophées. Elle nourrit une affection réelle pour chacun d'entre eux, qui se muera parfois plus tard en amitié, et les conserve dans sa vie un temps raisonnable. Elle se retrouve successivement girlfriend officielle d'un patron de l'industrie pharmaceutique, puis d'un créateur de boisson gazeuse, d'un fabricant de yachts, et même d'un éditeur agrégé de philosophie (pour une courte période, car il ronfle). En dépit de ses facilités, pas question cependant d'en changer trop souvent. Trop fatigant et mauvais pour l'image. Elle a su refuser les avances d'un producteur de cinéma, et du patron d'une grosse maison de disques, jugeant que, dans ces univers, la concurrence, sans être vraiment inquiétante, serait probablement trop envahissante. Même si rares sont celles qui peuvent rivaliser avec elle dans l'art d'alterner le rôle de parfaite maitresse de maison et celui de parfaite maitresse tout court – et retour – avec autant de grâce, elle n'entend pas se fatiguer dans des rivalités inutiles.

Le chromosome de la fidélité ne fait pas partie de son génome. Chacune de ses liaisons est entrecoupée, parfois accompagnée, d'épisodes variés où elle peut donner libre cours à sa sensualité en compagnie des partenaires habituels de ce genre de distractions : photographes, joueurs de tennis, masseurs kinésithérapeutes, etc. Elle veille bien sûr à conserver le maximum de discrétion à ces divertissements. Elle sait que, lorsqu'on est blonde, gâtée et belle, les étiquettes malséantes et les termes infamants ne demandent qu'à surgir.

Le dernier homme de sa vie est Ange. Toujours désireuse de s'assurer une façade professionnelle, Ice avait su décrocher un job de journaliste, plus prestigieux que rémunérateur, dans une des publications du groupe Condé Nast. C'est en tant que telle qu'elle avait rencontré le « jeune loup de l'immobilier » ainsi que son rédacteur en chef, un vieux schnock. Elle avait tenu à le désigner dans le titre de son interview : « Manhattan sur Seine. Rencontre avec un jeune loup de l'immobilier. Par Alice Mc Kinley ».

Guère plus âgé qu'elle, le personnage central de son article n'est pas davantage fortuné (ni moins, quand même !), ni beau gosse, ni éduqué que ses prédécesseurs, mais il possède un petit truc en plus ; un mélange de goût du risque et d'impertinence qui lui plait bien. Quand toutes les autres conditions sont réunies, un petit côté bad boy ne peut pas faire de mal. Elle le juge moins ennuyeux et d'un esprit plus ludique que ses autres. Et se dit que leur dédain commun des conventions assorti à leur capacité à les singer sans complexe pourrait garantir une bonne alliance. Sans vouloir se l'avouer, elle a craqué un peu plus que d'habitude.

Surtout, un jour, en dépit de toutes les crèmes et de tous les soins, une ride était apparue. Minuscule, un simple sillon d'expression, au coin de la paupière. Presque invisible aux autres, mais inratable pour elle. Miroir, mon beau miroir. La réponse était venue tout de suite, évidente. Le temps était arrivé d'assurer ses arrières. Pour la première fois de son existence, elle va se demander si le dernier en date ne pourrait pas être le dernier tout court…

Côté famille, elle n'est plus encombrée. Après avoir perdu sa mère d'un AVC (attribué par de méchantes langues à une consommation excessive de Dry Martini), Ice a vu son père atteindre l'âge de la retraite. Autour de ce cher homme, voyages, honneurs, résidence, personnel, frais de réception se sont évaporés comme autant de flocons au-dessus d'un radiateur : la vie d'un diplomate est riche de tout, quand il est en activité, mais la suite est moins dorée qu'on ne l'imagine. Père se morfond maintenant dans son cocon de photos et articles en toutes langues, souvenirs de gloire soigneusement alignés sur les murs de la petite maison de famille du Maine et qui, comme lui, pâlissent peu à peu. Heureusement, ses économies et sa maigre pension suffisent à en régler les frais jusqu'à la fin de sa vie sans qu'Ice ait à considérer ces questions comme des charges.

En ce qui concerne Ange, la situation est tout aussi satisfaisante. L'accident sur la route de Corte a fait place nette. Pas de belle-mère à ménager ni à affronter. Aucun beau papa à entortiller. Une sœur unique exilée sur son ile à élever ses nectars. Et un vide dans le cœur orphelin d'Ange, qui ne demanderait qu'à être comblé par une présence féminine aimante. Tout bénef.

La décision est prise et l'itinéraire est tracé. Direction : mariage. Bastien est épris comme le sont les hommes au début de toute liaison. Question : combien durent les débuts ? Réponse : ça dépend. Ice met le turbo. Sorties romantiques, visions d'avenir enchanteur, cajoleries et épices diverses. Elle sait y faire, même avec un forban de l'envergure de l'élu. Résultat : peu de temps après, la décision est prise : Alice Mc Kinley deviendra Ice Bastien. Avec, quand même, un contrat de mariage auquel Ice n'aurait pu s'opposer sans endommager son rôle de fille pure et désintéressée, rédigé par Me Gardinier, l'ami du couple, votre serviteur et le témoin du marié.

Les enfants ? Ice entend bien rester psychologiquement très mure et physiologiquement très jeune... Rien ne presse. Ces petites créatures sont bien bruyantes, et même s'il y a des nurses pour s'en occuper, elles limitent considérablement votre liberté de mouvement. On pourra voir ce détail plus tard.

Ice a convié à la noce Lisa qu'elle a retrouvée à la colle avec un publicitaire en vue. La vieille copine trouve encore à redire... Alors même qu'elle lui raconte via WhatsApp les préparatifs de la fiesta, elle a le mauvais goût de plaider pour la cause féministe.

— Oui, mais quand même. As-tu bien réfléchi, Ice ? Le mariage, c'est un esclavage !

Esclavage ? Ah bon, première nouvelle. Et de qui par qui ? Si esclavage il y a, plus nombreux sont les maris qu'Ice connaît qui sont fièrement tenus en laisse par leurs femmes que le contraire. Pendant que Lisa pérore, Ice cache poliment son expression d'ennui en déconnectant en douce et comme par mégarde la fonction caméra de sa tablette. Sans même s'en rendre compte, son interlocutrice continue son discours tout fait. Ice bâille sans avoir besoin de se cacher. Quelle idée d'avoir invité cette casse-pied !

— Tu sais Alice, on ne peut plus vivre aujourd'hui une vie de potiche entretenue, continue la néo-conformiste. Il faut cesser de reproduire de tels archétypes. Pense à celles qui vivent malheureuses sous la dépendance d'un mari sans pouvoir revendiquer un autre statut. Le mariage, c'est le mur de leur prison. Nous devrions donner l'exemple de femmes capables de s'en sortir toutes seules.

Nous ? On en reparlera quand Lisa aura trouvé mieux que son publicitaire qui ne semble pas si arrimé. En attendant, la vieille amie joue le rôle de la donneuse de leçons. Elle a l'idéalisme féroce. « Pense à celles qui ». Ah ah. Voilà typiquement l'expression qui saoule Ice. Ça lui rappelle trop le « Et si tout le monde faisait comme ça... » dont famille et enseignants la bassinaient quand elle était petite. Eh bien non, ça ne fonctionne pas du tout comme ça. N'en déplaise à Lisa et aux autres, pouvoir porter des jupes trop courtes sans faire pouffe, décider en début d'année quel garçon on va faire tourner autour de son petit doigt, se faire offrir un cabriolet rouge comme dans les films pour ensuite le laisser moisir dans le garage, non, tout le monde ne fait pas comme ça, tout simplement parce que tout le monde n'en a pas le privilège. La vérité c'est que celles qui disent « pense à celles qui... » rêveraient la plupart du temps de faire partie du lot de celles qui ne pensent qu'à elles.

Ice se fout totalement des discours de sa camarade mais, par une sorte de politesse, se défend vaguement. Elle a charitablement remis la caméra sur « on » et trempe ses lèvres avec délicatesse dans le merveilleux thé Sencha qu'elle a dégotté dans un salon de thé du Marais avant de répondre.

— Écoute, je travaille, non ? Je suis journaliste.

Lisa esquisse une petite expression faussement compatissante.

— Oui bien sûr, je sais ma chérie ; mais ça fait combien de temps que tu n'as pas écrit un article, ni que ton éditeur ne t'en a pas commandé un ?

Coup bas ! Mais Ice admet que ça fait un bail. Elle se promet toujours de relancer le mondain en chef qui dirige la rédaction du titre prestigieux, mais, semaine après semaine, néglige de le faire. Il faut dire que la rémunération d'un papier sur lequel elle va suer sang et eau pendant une semaine ne représente même pas ce que lui coûte une heure de manucure (et encore !). Pas super motivant.

Pour avoir la paix et terminer la conversation, Ice fait mine d'avoir entendu en partie les commentaires de sa « bonne » copine.

— Tu as peut-être raison. Et c'est gentil de t'inquiéter. Mais moi, tu sais, je m'en suis toujours sortie. Je suis comme la mignonne petite grenouille qui rebondit de nénuphar en nénuphar. Celui-là est juste un peu plus gros et un peu plus confortable. J'ai enfin droit à un peu de repos. Est-ce un mal ?

L'allégorie zoologique est aussi mensongère que tirée par les cheveux. Plutôt que gentille rainette, l'image d'elle-même qu'Ice se plait à imaginer est celle d'une panthère au poil lustré qui marche fièrement son chemin sans se soucier des porcs-épics qui s'agitent au creux des buissons. Mais elle a bon cœur. La compassion (et la prudence) l'ont retenue. Cette pauvre Lisa, avec ses idées toutes faites et ses vaines épines, si son pubard la larguait, il est certain qu'elle serait dans de beaux draps. Pas sûr qu'elle pourrait attraper le prochain nénuphar sans se vautrer dans l'eau croupie, à la façon d'un vilain crapaud en fin de carrière alourdi par l' âge. Mais bon. Inutile d'insister sur leurs différences. Rien n'indispose Ice comme le conflit quand on peut l'éviter. Tant d'énergies négatives ! Et puis à quoi bon vexer cette pauvre fille ? C'est quand même une amie.

— J'espère que tu seras malgré tout des nôtres, Darling, ce sera une bonne occasion de me présenter ton jules et toi de rencontrer le mien. Nous parlerons du bon vieux temps. Allez bye, je dois filer.

Ayant pris congé, Ice finit de siroter son Sencha. Ah la la, quelle emmerdeuse cette pauvre Lucie ! Heureusement, Ice ne s'est jamais formalisée de ce genre de commentaires. Elle a l'habitude. Dans la vie, il y a A celles qui envient, et B celles que l'on envie. Être jalousée par les A quand on fait partie des B fait partie du jeu.

Le moment des noces, très réussies, arrive. Elles seront célébrées fastueusement et traditionnellement. Un week-end entier de festivités, dans un vaste château loué en Sologne. Le publicitaire de Lisa draguera parmi les invités une jeune décoratrice d'intérieur au décolleté intéressant et aux omoplates frémissantes. Entre deux obligations, Ice remarquera sa copine délaissée et de plus en plus désespérée qui explore les salons à la recherche de son cavalier. Celui-ci enfui ou caché dans quelques recoins avec sa nouvelle rencontre ne se laissera pas retrouver, sans doute peu désireux d'une scène en public. L'infortunée Lisa rentrera seule en taxi, pendant que son nouvel ex jouera les prolongations aux alentours du lieu de la fête en restant visiter les châteaux de la Loire avec son nouveau coup de foudre. « Ah Lisa, pauvre Lisa. Encore une victoire de l'indépendance des femmes. Et des hommes ! » conclut malicieusement Ice quand elle découvrira la mésaventure de son amie.

Depuis qu'Ice et Ange sont mariés, chacun respecte de son mieux sa partie du deal. Ice tient parfaitement le rôle d'une épouse représentative, drôle et sympathique, et se révèle même sur tous les aspects pratiques du quotidien une excellente partenaire. Quant à son mari, selon le mot-clé qui définit un bon parti dans le monde des chercheuses d'or, il « assure ». Il accorde à Ice tout ce qui lui fait plaisir sans jamais lui demander de comptes.

Pour le moment, ses pieds mignons fermement plantés dans le tapis ottoman, devant le vaste tiroir d'une commode ventrue, Ice est en train de choisir sa culotte. Une affaire importante. Elle aime à se répéter que contrairement à ce que croient les hommes, la plupart des dévergondées préfèrent en porter une. C'est tellement plus amusant quand vient le moment de la retirer. L'élastique claque joyeusement à la jonction de sa hanche parfaite et de sa cuisse longue. Impeccable ! Quelque chose de simple, en coton, sans fioriture : rien qui échauffe, d'une couleur mandarine, ou citron, ou lavande. Elle aime les teintes appétissantes et qui donnent bonne mine. Elle enfile par-dessus une petite robe no-logo dénichée à Londres, moulante et casual. Elle est prête pour la soirée. Les invités vont bientôt arriver. Il reste quelques préparatifs à superviser.

11. UN DINER

Chez Ange et Ice, les diners sont un élément clé de la vie sociale. C'est là que s'intronisent les nouveaux venus et que sont discrètement évalués ceux dont la disgrâce est envisagée. Là que se nouent et se défont les alliances. Là qu'ils confortent leur réseau. Les diners sont le plateau où Ange met en scène le tribunal social de ses intérêts ; la mise à jour périodique de son influence sous la cape de la légèreté et de l'hospitalité.

Le noyau dur des invités qu'on convie régulièrement vient d'horizons variés qui vont de l'art aux affaires. Ils sont friqués, plus ou moins célèbres, presque toujours reconnus dans leurs domaines respectifs. Les éléments féminins sont le plus souvent canons, astucieux et névrosés. La conversation est légère et brillante ; il est d'abord question de s'amuser. Grâce à ce premier cercle, on sait qu'on ne s'ennuie pas chez les Bastien.

S'y ajoutent les invités d'honneur, parfois à leur insu, qu'on veut flatter ou impressionner en les mêlant à cette belle assemblée. Un politique à cajoler, un investisseur à charmer, un partenaire à rassurer sont injectés dans la soirée et désignés comme la cible de toutes les séductions. En général, la tactique du promoteur fonctionne ; ils repartent charmés.

Ensuite, il y a les cas douteux. Les relations qu'on doit évaluer. Les soupçonnés de déloyauté ou ceux qu'on envisage de faire tomber en disgrâce. On les baigne dans cette cour joyeuse, pour mieux éventuellement les noyer ensuite. L'air de rien, Ange jauge et juge. À l'issue de cette mise en examen, les décisions d'exécution ou de sursis seront le résultat de ses observations.

Il arrive aussi, comme ce soir, qu'on ait convié quelques seconds couteaux. Je reconnais, entre autres, les deux archis, l'expert-comptable, des responsables de bureaux d'études de la boîte, certains venus avec leurs épouses. Ils doivent assister demain à l'inauguration de la nouvelle tour et Ange a voulu les traiter en privilégiés en les invitant chez lui, à la cool. Il en profitera pour leur glisser ses dernières recommandations. Des clients et des officiels importants seront présents, il faut réviser quoi leur dire.

Sur la scène de cette pièce bien rodée, je représente à moi seul une catégorie de personnage : l'ami d'enfance. Manuel, le maitre d'hôtel habituellement appointé pour ces circonstances, vient m'ouvrir. Son sourire est d'un blanc aussi éclatant que sa veste immaculée. Sa femme Émilia s'active en cuisine et son adjoint Rosario déambule entre les convives, plateau à la main. J'accepte un jus de pomme. On a ouvert les larges baies vitrées qui donnent sur le jardin, où sont installées tables et chaises pour le diner, tâches d'un blanc éclatant sur le vert qui s'assombrit. Je fais partie des derniers arrivants.

Je salue mon ami qui bavarde avec un groupe de convives. Il m'accueille affectueusement et me présente quelques nouveaux venus. À ma demande, il m'informe :

— Ice est encore à la cuisine, elle doit faire réceptionner à la dernière minute l'eau minérale qu'elle avait oublié de commander. Comme disait Léonard de Vinci, un célèbre collègue : « Ne pas être prêt, c'est déjà souffrir ». On voit qu'il ne connaissait pas ma femme.

À ce moment, justement, Ice apparaît. Elle est fraiche et détendue, tout comme si aucun tracas domestique ne l'avait retenue. Après avoir rapidement glissé un mot de bienvenue à chacun, elle nous invite à passer à table.

Avec la bénédiction d'Ange, et par délicatesse pour la tribu composite de leurs invités, Ice est adepte du chic bohème. Celui qui crée une zone de flou bienvenu entre le faste indispensable à ceux qui ont réussi très vite et très tôt et les maladresses d'étiquette inhérentes à leur inexpérience de nouveau venue. Au fil du temps, les aristocrates et les grands bourgeois ont bien su mettre au point un langage de signes subtils pour tenter de protéger un peu leur identité. En tant que fille de diplomate, Ice les connaît parfaitement mais elle a décidé de ne pas s'y conformer. « Ces singeries, on s'en fout, nous on est nature et sans chichi », proclame implicitement Ice en faisant trinquer ses convives dans des verres en cristal méticuleusement désassortis, mais accordés au Limoges chiné aux Puces et à l'argenterie de bonne maison. Ça met à l'aise ses invités qui, en retour, la trouvent délicieuse.

Les menus ne sont pas faciles à composer. Il s'agit de penser cher mais relax, voire canaille. Heureusement, quelques fournisseurs snobs (une spécialité à Neuilly) aident à la manœuvre. Primeurs rebaptisés « jardins », bouchers et poissonniers qui se prennent pour des couturiers ou des coiffeurs à la mode et signent leurs stores de leur nom propre matraquent sans remord quant aux produits dispendieux. Pour les recettes, c'est plus complexe. Ange ne jure que par les côtes de bœuf et le gigot d'agneau noyés sous le Figeac ; pour les copines, l'arrivée dans leur assiette d'une feuille de choux kale tiédie à la vapeur de sauge représente le maximum de calories tolérables ; entre les deux tendances, il faut jongler. Avec le soutien d'une poignée d'extras dument briefés, Ice se fait parfois l'impression d'être un chef étoilé dirigeant une brigade au moment du coup de feu. Et un paleron/frites pour la 4, une endive à l'artichaut pour la 2, une sole pour la cinq avec une mousse au chocolat à suivre, alors, ça vient, ce petit pois au gingembre, si léger sur sa sauce curcuma ? Tout cela en restant souriante, jolie, aimable et tout. Dans ces occasions, Ice ne se maquille pas trop. Rien aux yeux, inutile de jouer l'ensorceleuse. Un peu de rouge à lèvres pour la bonne mine suffit. Et, elle ne manque pas de s'intéresser à chacun et de relancer la conversation si nécessaire.

Ange, aussi, joue son rôle. Même s'il est capable d'écouter poliment quand il le faut, avec lui les discussions de table mollissent rarement. Il ne laisse pas s'installer beaucoup de blancs dans les échanges. Quand Ange est à table, aucun autre ange ne passe ! Il assure ses fonctions de mâle alpha-dominant-chef de tribu-numéro dix sans retenue et se plait à régaler son auditoire de son numéro de charme permanent. En revanche, quand un convive le félicite pour ses réussites, ou pire encore sa réussite, il sait baisser le ton. Comme tous ceux qui ont accédé à quelque pouvoir, il se méfie des flagorneurs. L'amphitryon préfère alors jouer les modestes et minimiser ses mérites. Ça tient à distance les tapeurs et apprivoise un peu les jaloux.

Il ponctue ses bons mots et ses cajoleries de grands rires cordiaux à l'égard des hommes et de grivoiseries débonnaires à celui des filles. Parfois, grisée par une coupe de champagne de trop, chatouillée par une avance trop leste ou par le souvenir de moments coquins, l'une d'entre elles s'esclaffe ou rougit abusivement. Élégamment, Ice prend l'air de celle qui ne se rend compte de rien.

Devant tant de jolies chairs et de bonne chère étalées, je garde mon self-control. J'essaie de veiller sur ma ligne, la sociabilité étant comme chacun sait l'ennemi numéro un de la sveltesse. Je lorgne avec envie sur la salade de quinoa aux courgettes proposée dans un grand saladier posé sur la nappe brodée – chacun se sert, on ne fait pas de manières – pendant qu'Ange s'obstine à balancer dans mon assiette des tranches de 200 grammes de côte de bœuf paraguayenne parfaitement maturée. Heureusement, il y a la Salle. Encore du saut à la corde et de l'entrainement au sac en perspective.

Au-delà des mondanités, j'ai toujours pensé être l'un des rares proches d'Ange qu'Ice a sincèrement à la bonne. Elle apprécie ma retenue et me cajole. Aux diners, elle m'assoit près d'elle, ayant opté pour un rôle de confidente, ravie de débusquer ma réserve. Sans guère de détours, laissant ma prudence usuelle pour une fois de côté, je réponds avec naturel à ses questions, que je trouve toujours pertinentes et bien intentionnées. Elle me dit touchant sous mes airs sévères et même souvent très drôle, et me témoigne l'affection d'une sœur. Ange n'y voit pas malice. Il est ravi de voir s'entendre si bien sa femme et son vieux copain. Avec son esprit efficace, il ne s'encombre pas de scénarii inutiles.

Au nom de l'amitié, et en dépit de mes protestations, Ice s'autorise souvent à mettre son grain de sel dans mes affaires sentimentales. Que son chouchou demeure en solo, elle se dit que c'est du gâchis. Elle m'a présenté des copines, des divorcées, des célibataires, même une ou deux épouses qu'elle a senti délaissées par leurs maris. Souvent mignonnes, souvent drôles, presque toujours intelligentes, bref d'un autre acabit, s'était-elle dit, que les poufiasses qui peuplent le répertoire d'Ange. Sans calcul, je me suis toujours montré courtois mais réservé, dans un recul poli qui ne semblait que les émoustiller davantage. Peut-être exaltées par mon statut professionnel, synonyme de secrets et de pouvoir pour certaines, à moins que ce ne soit par mes airs inatteignables et mon corps acceptable, certaines se montraient des délurées que rien ne décourageait et n'hésitaient pas à se montrer étonnamment explicites. D'autres, à peine plus subtiles, chargeaient Ice ou Ange de me transmettre des messages encourageants. Le couple me répercutait ces invites, chacun dans son style.

Ice : « Maitre, S. te trouve à son goût, et serait ravie que tu la rappelles. As-tu son numéro ? Tiens, je t'envoie sa fiche. »

Ange : « La petite B, tu sais celle qui a le sourire innocent et les yeux couleur de braguette, m'a dit comme ça qu'elle te kiffait. Évidemment pour que je te le répète. Souple et sans problème. Tu veux son 06 ? »

Il arrivait que les prétendantes arrivent à leurs fins. Parfois, puisque ça se fait et qu'il arrive que les pulsions commandent, j'avais la courtoisie de feindre d'en séduire une. En réalité, je me laissais séduire. Je ne faisais pas l'amour, je le contrefaisais. Je n'avais pas de problème physique particulier, mais mes élans n'allaient pas toujours jusqu'à l'aboutissement. Il m'arrivait de m'ennuyer dans l'étreinte. En conséquence, pour éviter les histoires, je simulais (peu de femmes savent que cela arrive aussi aux hommes). Elles jouissaient avec moi, mais sans moi. Au moment adéquat, je poussais les soupirs de circonstance en feignant quelques incontrôlables soubresauts. Puis, j'allais prendre ma douche.

Certaines, plus fines ou plus rouées, sentaient certainement mon manque de fougue. Mais elles préféraient garder leurs soupçons pour elles. Je suppose que quand leurs copines les interrogeaient (Alors, c'était comment ? Raconte !), elles devenaient évasives, affichaient une mine extasiée et remplaçaient les commentaires trop précis par un brouillard d'allusions flatteuses et de sous-entendus. Il n'est jamais bon de laisser supposer, même à ses meilleures amies, que l'on ne rend pas chaque amant fou d'amour et pantelant d'érotisme. Pas question de baisser son quotient désirabilité. Simple question de statut. En tous cas, Ice ne me rapporta jamais que des commentaires positifs de la part de mes partenaires.

Quelques-unes, pragmatiques, en ne me voyant pas tenter d'aller plus loin avec elles sur le sentier d'une union plus durable, anticipaient et décidaient de ne plus me trouver à leur goût. Elles n'étaient pas là pour perdre leur temps. Au suivant ! De préférence plus motivé. Nos chemins s'éloignaient sans histoire.

Celles qui s'accrochaient trop, je m'en lassais encore plus vite. Je rompais, poliment, dès qu'elles faisaient des scènes ou se mettaient à réclamer davantage d'investissement de ma part. Les ennuis m'ennuyaient. Je ne revenais jamais sur ces décisions. Dans le fond, aux jeux, énigmes et pantomimes de l'amour, je préférais ma tranquillité.

***

— Allez, mange un peu, Maitre, m'encourage Ange. Tu vas finir déplumé à force de ne pas t'alimenter. Il faut des forces pour tenir la distance avec des filles comme Patricia.

Ce soir, c'est Patricia, une jeune agent(e) littéraire qui, par la magie du plan de table, est placée juste à ma droite. Convenablement lettrée, bien sûr, et pas mal. La séduction, pour les contrats, ça aide. Dents blanches parfaitement orthodontées, la crinière d'un blond californien, vive et flirteuse, elle fait de son mieux pour incarner la culture avec un beau cul. Je sens le regard d'Ice posé sur moi. Le maitre de maison nous a présentés avec sa légèreté coutumière.

— Ça va les jeunes ? Pat, tu as fait la connaissance de Maitre Gardinier, mon notaire et néanmoins ami (plaisanterie répétée 250 fois) ? Vous devriez essayer un petit week-end tous les deux. Ça marche toujours, quand un bon parti rencontre un bon coup.

Il semble bien renseigné sur les talents de Patricia. À ma gauche, sans relever ouvertement, Ice note l'info dans son carnet mental. Elle me l'a confié il y a peu : elle ne sait ce qui l'agace le plus dans ces situations. Est-ce d'y voir un nouvel indice des indélicatesses d'Ange ou cette manie qu'il a de vouloir toutes les précipiter dans mes bras ?

Pour être précis, le sujet l'exaspère davantage depuis que nous sommes devenus amants.

12. FUSION

Ce qui devait arriver avait fini par arriver.

Sans y voir malice, Ange a pour habitude de me convoquer à tout bout de champ, pour tout et pour rien. Un soir, nous devons nous voir pour reparler d'un protocole d'accord avec le vendeur d'un terrain qui l'intéressait. L'affaire semble pressée, même si elle pourrait attendre au lendemain. Mais je connais mon ami et son impatience et ne me suis pas formalisé. J'ai accepté de passer en vitesse à Neuilly pour en discuter.

Ange n'est pas encore rentré chez lui et c'est Ice qui m'accueille. Pas d'alcool pour toi, je suppose. Elle me sert un jus de tomate pas trop assaisonné, comme j'aime ; elle connaît bien mes goûts maintenant. Pour me tenir compagnie, elle se sert un verre de jus de grenade qui teint sa lèvre de violine.

En attendant le retour d'Ange, nous bavardons gaiement, comme à notre habitude. Côte à côte sur le canapé écossais, nous partageons des anecdotes sur mes dernières aventures, mon chemin de croix ainsi que les surnomme Ice pour me taquiner. Je viens de rompre, encore une fois. Une belle plante nommée Debbie, qui vient d'obtenir son diplôme d'hypnothérapeute.

— En tout cas, on dirait qu'elle ne t'a pas hypnotisé longtemps, commente mon amie.

— Il faut croire que je fais partie des sujets rétifs à sa technique. Sa véritable passion, c'est sa carrière. Selon ses propres termes, l'hypnose est le dernier must dans le domaine des pratiques d'amélioration du comportement en entreprise. Elle vient d'obtenir un gros contrat pour un organisme de formation. Elle sera vite consolée.

Ice est en train de rire joyeusement à mes plaisanteries lorsqu'Ange l'appelle sur son portable. Il est retenu. Un problème sur un chantier, une histoire de béton vibré qui réclame son arbitrage. Il demande si je suis déjà arrivé et demande à Ice de passer sur haut-parleur afin de s'excuser et remettre notre rencontre à demain. Il semble pressé, et nous embrasse. Ice raccroche, muette. Elle tente de retrouver sa gaieté, mais je sens que le cœur n'y est plus. Au bout d'un moment, elle craque.

— C'est la troisième fois ce mois-ci qu'il me sort l'histoire du béton vibré. Il pourrait au moins faire un effort d'imagination pour ses excuses foireuses. Il a dû encore tomber sur une petite trainée de la boîte qui lui fait bien vibrer le béton, ton copain. Je m'en fous moi de ses amusettes, mais au moins, il devrait essayer de faire un effort pour rester crédible. Question de respect. Je me demande s'il ne commence pas à me ranger dans la catégorie des bobonnes dont on a fait le tour et qu'on traite sans égard.

Elle me regarde, droit dans les yeux.

— Dis, tu crois qu'il commence à me trouver tapée ?

Elle n'a pas encore trente ans et n'a jamais été si belle. Ses craintes sont absurdes. Mais les femmes les plus séduisantes ont de ces doutes incompréhensibles. Ice n'a jamais mieux su juger de sa valeur que par le désir qu'elle inspire. Comment la rassurer, dire l'évidence ? Pour exprimer la réalité de sa beauté incontestable, je cherche un peu trop longtemps mes mots, bafouille.

— Ah ! Tu vois, tu ne sais quoi répondre. Toi aussi, tu me trouves moins bien. On voit mes rides maintenant. Il y en a une nouvelle. Regarde, près de mon œil.

Sa lèvre inférieure aux arômes de grenade frémit tendrement.

Je m'approche. Comme sur une toile de Roy Liechtenstein, une larme se promène au bord de sa paupière et frôle un sillon infinitésimal. Je n'ai pas le choix. Il ne me reste que le moyen éternel qu'ont les hommes pour calmer les craintes absurdes des femmes. Je la prends dans mes bras et pose un baiser sur sa bouche parfaite.

Et là, boum... La mèche en feu atteint la poudre. L'alchimie est instantanée. L'explosion est dévastatrice. Nous nous embrassons et nous embrasons, nous jetant l'un sur l'autre comme deux cannibales qui cherchent à se dévorer mutuellement. Le baiser dure, nous ne pouvons simplement plus l'interrompre. Quand nous nous séparons enfin, nos souffles se mêlent encore. Nous tentons tous les deux de prononcer ces mots tout simples : « Arrêtons, il ne faut pas », mais n'y arrivons pas. Quel idiot coucherait avec la femme de son meilleur ami ? Oui, mais quel fou renoncerait à prendre Ice dans ses bras ?

Tout est devenu évidence. Sans dire un mot, nous nous dénudons et glissons sur la moquette. L'instant est parfait. Le lieu est parfait. Seuls dans notre espace, nous sommes en apesanteur. Nouvelle déflagration. Tout vibre. La mutation a lieu. Nous nous retrouvons animaux, l'un au sein de l'autre, entiers, unis. Les feux et la glace dans la même nuée. L'hydre reste à la niche, faute d'emploi. Le volcan refuse de s'éteindre. Le ciel et la terre ont échangé leurs places avant de les retrouver. L'instant est multicolore.

Ice me serre contre son sein délicieux, et me caresse tendrement le creux du cou. Prenant ma voix de notaire, je prononce en souriant :

— Le constat s'impose. Je n'ai jamais eu autant de plaisir.

— À vrai dire, moi non plus, cher Maitre, moi non plus, soupire la blonde qui s'étire langoureusement et ajoute : On n'est pas dans la merde maintenant.

13. CHEZ MOI

Tout petit, quand je passais devant ce qui deviendra ma maison actuelle, demeure mitoyenne du petit appartement où j'ai grandi, je voyais un palais de conte de fées. Depuis la fenêtre de ma petite chambre, j'en admirais sans me lasser les toits d'ardoises, la petite tourelle et les frondaisons de ses marronniers. Avec sa construction en belle pierre et ses balcons en fer forgé, la propriété avait été bâtie en même temps que la rénovation du château d'Asnières, sis non loin, un bâtiment historique qui avait occupé des comtesses de sang et vu signés des traités, une des fiertés municipales.

Peu de temps après mon entrée à l'Étude, la propriétaire de la vieille bâtisse qui me faisait rêver enfant trépassa, et le bien fut vendu à la bougie. Je savais l'affaire au-delà de mes moyens, mais poussé par Charmignac, j'avais voulu assister à la vente, par curiosité, dans l'espoir d'un hypothétique miracle. J'avais à tout hasard laissé un chèque de garantie, sans provision, que le confrère chargé de la vente avait accepté. À ma grande surprise, le prodige avait eu lieu. Je me retrouvai vite seul et dernier enchérisseur grâce à un tour de passe-passe dont je n'eus pas, sur le moment, conscience. Sans me le dire, Charmignac à qui j'avais raconté mon intérêt pour la maison s'était arrangé avec le confrère chargé des visites pour faire donner aux autres candidats à l'achat des estimations nettement à la baisse.

Ces concurrents étaient arrivés à la vente avec en tête un prix maximum à débourser ridiculement bas. Résultat : les enchères n'étaient pas monté bien haut. Une fois dépassée la fausse estimation, jouant de l'effet de surprise quand je levai la main, je pus obtenir le lot à la moitié de sa valeur. Certains établissements aménageaient des conditions imbattables pour les prêts immobiliers du personnel notarial. Une fois mon chèque récupéré, je pus assurer mon financement sans problème.

— Tu as eu de la chance, me dit le vieux notaire.

Je ne compris la combine que des années plus tard, une fois familiarisé avec les mille et un tours de la profession. Quand je m'en ouvris à lui, contrarié par ce manquement à la déontologie, l'œil de mon vieux maitre avait pétillé. Une belle occasion pour me transmettre encore un peu de son savoir.

— Tu as raison, la déontologie c'est important. Il faut toujours en tenir compte, surtout si l'on ne veut pas d'ennuis. Se faire prendre, voilà la véritable faute morale. Dans un tel cas, le conseil de l'Ordre condamnera absolument et les confrères conspueront en chœur. La vraie déontologie c'est la discrétion. Reste discret, tu n'auras pas d'ennuis.

***

Rien de tel que la réalité pour rapetisser nos terreurs et nos rêves. Une fois corrigée des parallaxes de l'enfance, la demeure n'était pas aussi grande ni aussi glorieuse que dans mes souvenirs. Le parc se révéla un simple jardin. Cependant, la propriété resta pour moi le plus beau des domaines. Je fis repeindre les murs intérieurs à la chaux par un artisan recommandé par Ange, et pus conserver la plupart des meubles et tapis d'origine.

J'occupe mon palais seul. Jum, la silencieuse femme de ménage philippine que j'ai recrutée via les petites annonces d'Asnières-Infos vient travailler quelques heures tous les jours de semaine. Chaque week-end, elle se rend chez sa sœur à Athis-Mons et le reste du temps, je suis presque incapable de dire si elle est chez moi ou pas. Pour le jardin, je n'aime ni les pelouses trop rases ni les végétaux trop à la mode qui constituent la bible habituelle des jardiniers professionnels. Un vieux kabyle s'occupe des plus gros travaux et je me charge moi-même des plantations, et de passer la tondeuse.

Désormais, mon éden a trouvé sa décoratrice. Parfois, Ice apporte quelques objets pour égayer la chambre, un vase avec des fleurs, une gracieuse vénus en bronze dénichée chez un antiquaire, un petit tableau pour le salon. Également, une parure de draps ou une paire de chandeliers. Quand elles se croisent avec Jum, chacune fait mine d'ignorer l'autre. Entre deux visites de mon amante, sans commentaire, l'employée de maison change l'eau des fleurs, époussète le tableau, remet toujours scrupuleusement le bibelot en place sur la console et disparaît.

Au bout de combien de fois dit-on une liaison ? Nous préférons parler de notre aventure. Nos étreintes ont des goûts d'Himalaya et de profondeurs marines. Je respire par ses lèvres. Je tourne lyrique. Ainsi sont les débuts des amours. Bientôt, Ice corse le jeu.

Elle se montre éperdument éprise, s'offrant totalement, me suppliant de la prendre sans merci, s'autorisant à jouir à répétition sous mes caresses prétentieuses. Avec Ice, le sexe ce n'est pas cochon, c'est mieux. Une balade enchantée au plus enivrant des parcs d'attractions. Des sensations inconnues, du frisson, de la découverte. Ice est une experte inspirée. La technique et le feeling, quelle meilleure définition du grand art ? À tous les coups, l'on gagne. Et on remet un ticket, jusqu'à épuisement total du carnet.

— Il faut que je te dise, murmure-t-elle dans mon cou, il m'arrive parfois de parler un peu pendant l'amour. Juste un petit peu…

— Ça ne me dérange pas, réponds-je, sans savoir.

Je découvre en prime que l'amour est un sport cérébral. Elle parsème désormais son festival de propositions prononcées comme sous le coup d'un désir incontrôlé. Ah ! Fais-moi mal, traite-moi comme ta jument, sois mon chien, baise ta petite femme, monte ta pute, obéis, j'aime t'engloutir comme une esclave, tu aimes mes doigts ? Tu es à moi, tu es mon maitre, je t'adore, avec toi je n'ai honte de rien, etc.

Cette fille a des pouvoirs qu'aucune autre ne possède. Épuisé en travers du matelas, l'imaginaire repu et les sens fourbus, je commente :

— Eh bien, qu'est-ce que ce serait si tu parlais beaucoup…

Ice est ma maitresse. Maitresse : nous nous amusons du terme qui cache et révèle tant. Celle qui règne dans son art. Celle qu'on aime en cachette. Celle qui enseigne et qui mène. Celle qui domine et ordonne. Dans l'amour-passion, tout peut arriver. Le jeu s'invite au bras du plaisir. Les masques tombent et les protections volent. Parfois, je suis son roi. Toujours, elle est ma reine. Quand vient mon tour, Ice continue de me donner malicieusement du « Maitre ».

Son corps parfait a presque échappé aux dernières bêtises de la mode. Elle a évité les piercings, trop trash pour sa blondeur diaphane, mais s'est autorisé un tatouage. Au creux de l'aine, un minuscule dessin de glaçon qui tombe dans un verre. Le nez sur le motif, j'interroge :

— Au fait, pourquoi ce diminutif d'Ice ? Tu n'as rien d'un glaçon.

— Ne me trouves-tu pas fondante, glissante et brûlante à la fois ? Ne changé-je pas de forme selon le froid et la chaleur ? Ne suis-je pas un été glacial et un hiver torride ?

C'est vrai. Sur les banquises brûlantes d'Ice, le coup de foudre assomme et brûle toujours un peu. Je ne discute plus. Doucement guidé par les doigts délicats de ma complice, je m'enivre de ses délicieux cocktails, on the rocks.

Après l'amour, détendue, elle fait encore des phrases.

— À toi je peux, je veux tout confesser. Toute ma vie, on m'a draguée. Les profs, les copains de classe – du plus moche au plus beau –, les coachs de tennis, les moniteurs d'auto-école, les copains de mes mecs. Je n'échappais qu'aux timides, mes préférés. Comme toi. C'est à peine si tu me regardais.

Ou alors :

— Quand j'ai rencontré Ange, nous ne pouvions faire autrement qu'être attirés l'un par l'autre, chacun fasciné par le reflet de son propre pouvoir et de sa propre imposture. Être jolie ou être riche, c'est pareil. La plupart de ceux qui nous entourent nous voient comme de mythiques idoles qu'il suffirait d'approcher pour en partager les secrets. Mais de secret, il n'en existe qu'un : c'est qu'il n'en existe pas. La chance, ou la génétique, qui sont deux formes du hasard, nous ont gâtés. Point à la ligne. C'est aussi bête que ça et nous n'y sommes pour rien. Hélas, personne n'a envie de croire. Penser qu'il n'y a qu'un tirage au loto et qu'il est impossible à chacun d'obtenir plus d'un billet, pour la majorité des gens, c'est insupportable. Excepté quelques normaux comme toi, mon petit maitre, qui restent sagement qui ils sont. C'est pour cette simplicité que je t'aime et que je n'aime plus Ange. Lui, il croit qu'il doit encore lutter pour être ce qu'il est déjà. Toi, tu ne te poses même pas la question...

Je n'écoute pas vraiment ses gentillesses. Je suis fou de la forme de ses yeux quand elle me sourit. Un sourire pour de vrai, pétillant. Avec les paupières qui prennent la forme de deux croissants inversés, comme la Lune sous les Tropiques, les deux pointes vers le bas.

Après l'extase, Ice est comme tout le monde. Elle repose sur le dos et regarde vers le plafond. En fait, elle contemple, au premier plan de son regard, la bague avec le gros diamant qui ne quitte jamais son annulaire, le cadeau de fiançailles d'Ange qu'elle fait scintiller dans la lumière de la lampe de chevet.

— Voilà le résultat : les hommes nous consomment, et nous, les femmes, nous consommons le monde grâce à eux. J'ai toujours été une fille trophée. La coupe au vainqueur. Même si en fait, c'est toujours moi qui gagnais. J'ai toujours eu le cœur et l'argent du cœur. Et toujours su siffler la fin de la partie à mon heure, en emportant ma médaille d'or.

J'essaie de la faire taire en l'embrassant à nouveau.

— Tais-toi, tu parles comme une catin.

Elle se dérobe. Elle a envie de finir sa démonstration.

— Et toi comme un bêta, mon petit maitre idiot. Et alors ? Tous les hommes ne rêvent-ils pas d'avoir une catin dans leur lit ? Les délices dont je te régale, crois-tu que je les ai apprises toute seule ? J'avais sans doute quelques dispositions, mais ce sont les hommes qui ont fait de moi ce que je suis. Je me suis contentée de répondre de mon mieux à leurs attentes. En échange, ils ont partagé avec moi quelques symboles de leur pouvoir de mâles qui a mis la planète en coupe réglée. De la joaillerie, des trucs de marques, des jolies voitures dont je sais bien que ce ne sont que bouts de cailloux, chiffons et assemblages de tôle, de la camelote pour esclavager les primitives. Chic contre chèques et le tout en toc. Donnant prenant. J'aime posséder, mais j'ai surtout aimé les déposséder. Leurs biens m'ont fait du bien. Les éponger. Leur liquide avec leur fluide. Moi, c'est d'abord cet échange qui m'a toujours fait jouir. Du moins quand je m'intéressais à mon partenaire. Le reste du temps, le sexe suffisait. Mon corps est une bonne petite machine.

— Une machine de guerre, dirait-on. Tu es si franche. Je ne me suis jamais considéré comme habilité à défendre les causes féministes, mais quand même, il me semble que tes idées sont rétrogrades.

— Tu as raison. Je dis n'importe quoi. Toi, tu ne m'offres jamais rien d'autre que toi et c'est bien pour ça que je t'adore. Allez, embrasse-moi.

Une après-midi, elle me dit encore :

— Écoute, Maitre, tu me connais, je ne suis pas du genre à attendre près du piquet en attendant de savoir si le tigre va me bouffer.

Je comprends qu'elle parle d'Ange. Ma réponse est spontanée.

— Alors quitte-le, suggéré-je. Sans enfants, pas de dégâts. C'est facile aujourd'hui de divorcer.

— Tu le connais, il me le fera payer. Et je ne veux pas tout perdre. Ce serait une lutte trop longue et épuisante pour moi.

Je la prends dans mes bras.

— Pourquoi te tracasses-tu ? Ce n'est jamais que de l'argent. Il y a nous, non ? Si tu redeviens une femme libre, je pourrais m'occuper de toi. Je trouverais toujours un bol de soupe et un coin de lit à t'offrir.

Son regard suit la fissure grise qui court sur le blanc irrégulier du plafond refait, erre sur les meubles de style démodés, les rideaux un peu passés. Elle fronce son adorable nez, prend son air attendri et désolé. Je sais à quoi elle pense. Il existe une infinité de strates dans la richesse. Un pauvre, c'est un pauvre, c'est simple. Il n'a rien ou presque rien, comme les autres pauvres. Les riches, c'est autre chose. On trouvera presque toujours plus ou moins fortuné que soi. On peut vivre dans une grande aisance sans jamais pouvoir s'offrir le bateau de ses rêves. Et celui qui possédera ce fameux bateau n'aura peut-être pas les moyens d'acheter un jet digne de ce nom. Etc., etc. Sans parler des terrains, des œuvres d'art, des objets et meubles de collection, des bijoux, du nombre de résidences, du personnel, de mille et une obsessions ruineuses que tout un chacun n'imagine pas.

Je gagne très bien ma vie. Enfin, pas mal. Bien mieux qu'un médecin-urgentiste par exemple. Mais à peine en un an le prix de quelques carats flawless montés sur une bague Tiffany qu'un milliardaire offrira comme une violette à sa copine. Pour le commun des mortels, mon train de vie est enviable. Mais qu'a à voir Ice avec le commun des mortelles ? Elle est habituée maintenant aux moyens générés par les activités d'Ange. Elle ne veut pas me dire, comme ça, crûment, que mes revenus, même confortables, ne sont pas comparables aux fortunes que brasse désormais mon ami d'enfance. Et elle n'osera jamais m'avouer à quel point, pour elle, ça compte. Sous couvert d'humour, elle prend un biais :

— Oui, je sais. Mais... tu ne préfèrerais pas te taper une riche veuve de vingt-huit ans ? Ce serait encore mieux, non ?

Les croissants de lune de ses paupières sont revenus et n'ont jamais été aussi craquants. Elle explique, pragmatique :

— Ce serait bien s'il n'y avait plus d'Ange. Il est capable de tout. Imagine qu'il lui arrive malheur. Ce serait plus pratique, tu ne crois pas ? Il passe son temps sur les chantiers, il pourrait glisser sous un camion, se noyer dans une bétonneuse, s'empaler sur un fer à béton. Je ne sais pas moi, aide-moi, trouve quelque chose.

Je la regarde, les yeux ronds. Que suggère-t-elle ? Devant ma réaction, elle éclate de rire.

— Laisse tomber, je plaisante.

Puis elle conclut :

— Je suis une éternelle rêveuse.

J'ignore encore que le sujet de la disparition d'Ange va devenir une obsession qu'elle distillera à coup de petites phrases. « Ah ! Si Ange n'était plus là... », « Malheureusement, il y a Ange... ». À plus d'une reprise, sans avoir l'air d'y toucher, elle remettra la disparition rêvée de son mari sur le tapis avant de conclure par un commode « c'est pour rire, bien sûr. » Puis, un jour, jugeant à juste titre que les plaisanteries les plus courtes sont les meilleures, ou constatant que la blague ne m'amuse décidément pas, elle renoncera à ses allusions.

14. L'INAUGURATION

Depuis l'étude, on peut se rendre à pied à la Monet. Je fais le chemin avec Valorso. Nous en profitons pour récapituler les affaires courantes. Même si la Colbas requiert toute notre attention, il serait mal venu de négliger le reste de la clientèle. Valorso connaît ma doctrine : une réputation est longue à faire et rapide à défaire. Chacun de nos dossiers mérite le maximum de soins et de célérité.

Les festivités sont prévues pour se dérouler en plein air et le carton d'invitation précise 13h. Ce matin, j'ai consulté les prévisions météo. Elles annoncent encore grand beau temps. Le merveilleux ciel bleu installé depuis quelques jours va participer à l'ambiance festive des évènements.

L'inauguration de la Monet, c'est le grand carnaval. On a repeint le veau d'or couleur verdure et ses serviteurs sont venus l'adorer en masse. À ses pieds en attendant d'être élevée à son tour vers les cieux, une assistance composite est rassemblée à la gloire de sa verticalité écologique.

La Colbas a voulu se la jouer Hollywood sur Seine. Une petite foule se presse entre les barrières disposées pour séparer du public les curieux habituels et un long tapis rouge déroulé pour l'occasion délimite son parcours. Des hôtesses d'accueil en tailleur uniforme sont postées devant le portail d'entrée pour contrôler les invitations. La sono, de bonne qualité, diffuse des titres de George Harisson et de Jethro Tull aux résonnances intemporelles, en alternance avec, pour l'ambiance lounge, des morceaux agréables que je ne reconnais pas.

La Colbas a convié les investisseurs et les principaux partenaires du projet. Près de deux-cents personnes sont attendues. Je reconnais la plupart des invités du diner d'hier auxquels s'ajoutent de nombreux cadres de la boîte, et d'importants fournisseurs et partenaires techniques.

Est là aussi une poignée de prospects « chauds » cornaqués par des commerciaux tout sourires dehors. Également présents, quelques futurs propriétaires qui ont déjà acheté sur plan les meilleurs appartements et sont venus en couple.

Autorisations, subventions, avantages fiscaux, aménagements de l'urbanisme, de la voirie : je suis bien placé pour savoir que sans l'intervention de la municipalité, du département, de la région, rien n'est possible. Cajoler les uns, menacer les autres, c'est comme si Ange n'avait fait que cela toute sa vie. Ses soutiens les plus importants ont préféré la discrétion. Le Maire n'est pas venu. Il ne vient jamais. Dans le cadre de ses fonctions, il a connu par le passé quelques démêlés avec la justice. Il a fini par s'en sortir mais préfère éviter de jouer avec le feu. Inutile de réveiller de nouveaux soupçons de collusion et de trafic d'influence. Il est devenu d'une prudence de furet. Idem, le député s'est fait représenter. Seuls quelques sous-fifres ont cédé au plaisir de la publicité. Les attachés de presse ont bien œuvré. La presse locale et quelques titres à plus gros tirage sont déjà là, avec photographe.

En réalité, seul le gros œuvre est vraiment achevé. Les finitions sont loin d'être encore bouclées ; mais il s'agit avant tout d'impressionner clients, chalands et édiles « a la grande ». Les évènements animent le commerce.

Valorso m'indique qu'Ange vient d'apparaître au pied de la tour. Malgré les alcools de la veille, il est arrivé de bonne heure pour superviser les derniers détails. Il est en pleine forme. Prévenu qu'une délégation de responsables municipaux est arrivée, le voici qui descend accueillir ses hôtes au pied de l'édifice. Un service d'ordre composé de deux hôtesses discrètement encadrées d'un trio de gros bras en costume noir prend en charge les invités au bas de la tour avant de les accompagner jusqu'à Ange, puis de les guider vers l'ascenseur décoré de feuillages, coiffés du casque jaune réglementaire.

Nous avons pris sagement notre place dans la file, quand quelqu'un nous saisit le coude dans un geste familier. Nous nous retournons sur un quadragénaire au visage vif et jovial. Salim Kader, le commissaire de police d'Asnières.

— Ah ! Voilà les forces de l'ordre ! s'exclame Valorso qui reconnaît son vieux camarade.

Les deux se sont connus en faisant leurs études de droit. À l'issue de son année de doctorat, Kader, élève brillant, fut l'un des premiers français d'origine kabyle à réussir le difficile concours d'entrée de la police nationale. Depuis, il soigne sa carrière et gravit les échelons. Il aime se faire bien voir des gens d'influence. Mais pour le moment, à l'écart des huiles, une poignée de trouble-fête contenus au premier rang des badauds accapare son attention.

Un rassemblement de riverains, qui s'opposent au projet depuis l'origine, a été mystérieusement averti de l'évènement. Bien que l'arrivée d'Ange ait été accueillie par les bravos complaisants des cadres de la Colbas, ce sont eux qui tentent maintenant de troubler le bal par leurs cris et leurs sifflets. Kader nous raconte qu'il est déjà allé parler aux perturbateurs, à titre de précaution, pour leur interdire l'utilisation de porte-voix. Il leur a fermement expliqué que leur usage représente une nuisance sonore interdite par décret sous peine de confiscation du matériel. Les manifestants ont dû obtempérer, non sans avoir fait observer que le bruit des voitures lancées le long des berges et les lourds chocs dus aux forages qu'ils ont subis pendant une bonne partie du chantier n'ont jamais soulevé autant de zèle. Sans parler d'« Here comes the sun » que les puissants baffles installés par les organisateurs diffusent maintenant à pleins poumons. Le commentaire a laissé le flic de marbre.

Les détracteurs locaux se sont rabattus sur l'écrit. Une équipe de nettoyage a fait disparaître le tag infamant des « pavillons en colère », mais chaque protestataire affiche maintenant banderole ou pancarte. Elles proclament : « Monet, la monnaie ! », « Tragédie en sous-sol », « Les caves se rebiffent », « Bobos = Gogos » et plus enfantin, « La Tour, prends garde ! ». Mauvais pour l'image, mais bon, comme l'explique Kader papelard, on ne peut quand même pas tout interdire.

Délaissant momentanément son poste d'accueil et bravant les invectives qui s'élèvent du premier rang, Ange n'hésite pas à faire quelques pas, tout sourire, en direction du plus virulent des porteurs de banderoles.

— Ce cher monsieur Grabowski ! C'est gentil d'être venu nous encourager.

Grabowski, un petit chauve vindicatif et transpirant n'est pas pris de court par l'ironie du promoteur. Il le brave d'un regard plein de rancœur.

— Oui, venus vous encourager à nous indemniser correctement.

— Mais vous savez bien que c'est à l'étude, monsieur Grabowski. On ne peut pas aller plus vite que la musique.

— Des mois que vous nous trimballez, et que nos logements partent en sucette ou s'enfoncent. Nous n'avons plus beaucoup de patience. Faites attention, les riverains sont à bout.

Derrière lui, les protestataires tentent de lancer un slogan aux assonances approximatives : « La Colbas nous cabosse. La Colbas nous les casse ! » Mais faute d'un nombre suffisant de gosiers, la tentative s'étiole rapidement.

Le problème est géologique et tient à la nature alluvionnaire du sol. À l'état naturel, ces abords de la Seine sont principalement composés de sable, de vase et de graviers. Ces rives n'ont jamais été suffisamment solides pour supporter des constructions de la hauteur de la tour Monet et de ses devancières. Les ingénieurs de la Colbas ont dû faire installer des pompes et injecter du ciment pour consolider des fondations. Autant d'opérations qui ont déstabilisé le sous-sol au grand mécontentement des habitants. Des pavillons ou des immeubles de petite taille, qui se tenaient là sans problème depuis des générations ont commencé à se fendiller. Les fissures au plafond, les conduites qui se bouchent et les problèmes d'étanchéité se sont multipliés. On a constaté des inondations dans les caves. Plusieurs comités d'action se sont constitués, dont le plus virulent est celui animé par Grabowski.

Ange est pleinement conscient du problème. Il a connu les mêmes incidents pour la Renoir et la Sisley. Et il a toujours appliqué la même politique : les chiens aboient et la construction passe. Il joue la montre pour décourager ses adversaires. Plus la solution tarde et plus les habitants lésés ont tendance à assouplir leurs revendications. Pour ces petits détails de voisinage, la Colbas finira, comme d'habitude, par trouver des solutions à l'amiable, de préférence peu coûteuses. Reste que pour son grand show écolo, ça la fout un peu mal, même si l'opposition est relativement muselée.

Une des spectatrices présentes derrière les barrières attire mon attention. Je remarque la mèche rose et le regard anis d'une jeune fille à l'allure décidée, qui se tient bras croisés un peu en retrait des manifestants. Elle ne crie pas, ne s'agite pas, tranquille comme un chat. Elle se contente de regarder Ange droit dans les yeux, sans ciller, comme pour faire passer un reproche muet.

Quand il s'aperçoit à son tour de sa présence, le promoteur semble pour une fois décontenancé. Il esquisse un vague sourire gêné avant de renoncer, comme troublé, au dialogue avec les manifestants.

— Bon, cher monsieur Grabowski, mes amis m'attendent. Mais ne vous inquiétez pas, on étudie votre question.

Après un dernier regard en arrière, Ange tourne les talons et revient vers nous. Derrière les barrières métalliques, la fille n'a pas bougé et le regarde s'éloigner de son regard de chat.

— Ah ! Cher Monsieur Grandin, vous êtes là. Le promoteur se dirige maintenant, bras largement écartés en signe de bienvenue, vers le rédacteur du journal municipal qui vient d'arriver. Le journaliste doit couvrir l'évènement en invité privilégié.

C'est à ce moment qu'un sac en plastique empli de vase, lancé d'on ne sait où, vient exploser dans un bruit mat sur le rédacteur local. Stupéfaction générale puis clameurs diverses, entrecoupées de quelques rires contenus ! Plus de peur que de mal, mais le veston du journaliste dégouline d'une soupe de boue peu ragoutante. Ange se retourne. Impossible d'identifier la provenance du projectile. Les gros bras éloignent fermement les manifestants.

— Vous avez vu qui a fait ça ? demande Ange, indigné, à un des agents de sécurité.

— Euh, non, surjoue l'interlocuteur qui connaît son rôle, ça a été lancé du côté des perturbateurs.

L'air sincèrement navré, Ange se retourne vers la victime maculée...

— Des sauvages ! Vraiment désolé pour cet incident. Absolument scandaleux.

Le gratte-papier tente d'effacer les dégâts en pestant. Il ne fait qu'étaler les dommages sur son vêtement. Ange reprend :

— Je vous assure que je demanderai une enquête. Justement, le commissaire de police est des nôtres. Il vient de monter, je l'ai vu... Je vais lui en toucher un mot. En attendant, Mademoiselle, s'il vous plait, demande-t-il à l'une des hôtesses, nous allons offrir une tenue de la Colbas à Monsieur, pendant que vous ferez un saut au pressing. Bon, l'incident est clos. Pour le moment.

Une fois que Grandin a sorti de ses poches son portefeuille, son calepin de notes et son stylo, la jeune fille récupère la veste en faisant des mines.

— Permettez que je vous déshabille.

Elle a un visage ordinaire mais une silhouette bien dessinée, avec sa poitrine de bimbo qui pousse sous son uniforme. Elle roucoule en se pressant familièrement contre l'avant-bras de la victime qui retrouve un peu de sa bonne humeur. Encore un peu et elle va aussi lui enlever son pantalon.

— Il y a un pressing tout près. Je vous rapporte votre vêtement dans une heure.

Le type sous le charme rosit et remercie.

— C'est la moindre des choses, répond l'accorte hôtesse. Oups, n'oubliez pas votre casque, finit-elle dans un clin d'œil coquin. Il faut toujours penser à se protéger avant de commencer les festivités !

Fin du spectacle, la dispersion du public de badauds est en cours. La fille à la mèche rose a disparu. Ange et son hôte, maintenant affublé d'une veste orange siglée Colbas trop grande pour lui, s'envolent vers le 15e étage.

***

Le monte-charge métallique aux grincements peu rassurants les a tous hissés là, casques jaunes sur le crâne, au coude-à-coude avec quelques ouvriers dans l'étroite nacelle grillagée. L'ascension a été amusante, dans la cage bercée de vent tiède, une sensation de fête foraine. Finalement, groupe après groupe, tous les invités se retrouvent réunis au sommet de la tour.

Là-haut, le maximum a été fait pour donner l'illusion d'une garden-party. Mètres carrés de gazon fraichement déroulés à même la dalle de béton, topiaires artistiquement disposées, buffet froid, rafraichissements, toiles de tentes rayées qui claquent doucement à la brise.

Aussitôt arrivés au but, pour parfaire l'ambiance, on a prévu une petite attention. En hommage à l'environnement culturel, il a fallu troquer les casques de protection contre ombrelles et canotiers. La paille s'incline sur les crânes des hommes et la gaze légère volète au-dessus des chevelures féminines. Pour que le décor de fausse partie de campagne soit complet, on n'a oublié que les fourmis. Le tableau est ridicule. J'ai refusé poliment le couvre-chef en articulant une vague excuse.

Près des longues tables à tréteaux qui constituent le buffet, plusieurs ouvriers réquisitionnés pour l'occasion déposent une vaste glacière et des verres de cristal. Vite les bouchons sautent, et le champagne, labélisé agriculture biologique comme il se doit, pétille dans les verres.

Manuel, le serveur d'hier soir, et ses acolytes circulent entre les convives pour proposer des amuse-bouches végans : canapés aux concombres, tartelettes au seitan à la farine d'épeautre, verrines de petits pois.

J'échange quelques mots banals avec le vice-président du tribunal de commerce que je viens de saluer. Valorso s'est installé dans un coin, en grande conversation avec madame Deschamps et l'adjoint au maire.

Colombani se tient près du maitre des lieux. Pour être à l'heure, l'associé d'Ange a pris un TGV depuis Avignon, où il pilotait une étude pour la préparation du prochain chantier. À ma vue, son visage s'éclaire. Guère amateur de mondanités, il est heureux de retrouver un visage familier. Je m'avance vers l'entrepreneur qui me donne amicalement l'accolade.

— Pardon d'interrompre votre entretien. Je ne voulais pas tarder à saluer M. Colombani.

— Tu as raison, intervient Ange, profites-en, pour une fois qu'on a l'honneur de le voir de sortie ! Vous allez boire quelque chose ? Un peu de Champagne ?

J'indique mon jus de pomme. Colombani désigne la bouteille de pastis posée sur le buffet copieusement dressé.

— Moi, vous savez, les bulles... Je vais prendre un peu d'eau. Convenablement assaisonnée de préférence ! Au fait, vous n'avez pas de Casanis ? Tant pis, ça ira.

— Tu peux y aller, l'encourage Ange, les glaçons sont bio !

Pendant que Manuel lui apporte son Ricard bien dosé, j'observe Colombani avec affection. Un homme bedonnant aux mains robustes, un peu sanglé dans sa veste de lainage mal coupée. Il ne change pas. Mais il ne faut pas se fier à ses manières simples. Comme tous les ours, il dissimule sa puissance sous des allures bonhommes, et peut bouffer sans prévenir ce qui se met en travers de lui.

Pendant qu'il sirote son poison préféré, nous observons tous les trois le ballet des obligés. Colombani profite de ce court répit pour reprendre son associé à part et lui parler d'un sujet qui le préoccupe :

— Écoute-moi, Ange. J'ai des nouvelles de la Van Gogh. On a eu quelques pneus crevés sur le site, des livraisons de fers à béton détournées, des bêtises. Certains ne sont pas très contents de notre développement sur leur secteur. Surtout, on dit là-bas qu'ils auraient envoyé une équipe ou deux à Paris pour te faire des misères. Je veux dire « personnellement » (il articule bien le mot.) Sois sur tes gardes, minot. Si tu veux un peu de protection supplémentaire, je peux même faire monter une paire de cousins du pays. Des garçons sérieux.

Ignorant les avertissements maugréés par son vieux complice, Ange rigole en lui tapotant sur l'épaule.

— Merci, mais pas la peine. Le problème est déjà réglé. Je m'en suis déjà occupé. « Personnellement », comme tu dis !

Un autre souci accapare le promoteur : il vient de s'aviser que les rambardes promises ne sont toujours pas prêtes. Il nous laisse tous les deux et alpague José qui passe par là, chargé d'une glacière.

— Vous vous foutez du monde ? Cette rambarde ? Toujours pas posée ?

— Les fixations ne sont pas arrivées, Patron.

— Bon, on réglera ça plus tard... Je n'ai plus le temps maintenant, mais on fera nos comptes, je vous le promets. En attendant, veillez à ce que personne ne s'approche de ce coin-là.

Je reste à bavarder avec Colombani. Il m'avoue encore une fois qu'il apprécie mon rôle modérateur. C'est un homme terrien, épaté comme moi par l'esprit conquérant de son associé, mais qui n'a pas envie de se retrouver embarqué dans des montages inconsidérés ni des affaires mafieuses. Je sens bien qu'il en a parfois gros sur la patate des risques que son partenaire fait prendre à l'entreprise. Ces coups de poker en assurent certes la prospérité mais peuvent aussi mener à sa perte.

— Il est fort le petit Bastien, mais il ne faudrait pas qu'on se retrouve un jour à construire ses châteaux en correctionnel.

De nouveau sur la brèche, Ange est occupé à rassembler les invités un peu plus loin.

— Tenez, venons par ici, ce sera plus sûr. La Colbas ne transige jamais avec la sécurité.

Une fois l'assistance rassemblée sur la pelouse neuve entre les arbustes en fleurs, le promoteur farfouille dans ses poches.

— Qu'est-ce que j'en ai fait ? Ah ! Le voilà !

Il exhibe triomphalement un sifflet à roulette étincelant qui est devenu son fétiche. C'est un cadeau d'un club d'investisseurs pour le remercier de leur avoir fait gagner une petite fortune lors d'une opération précédente. Un ustensile façon flic de carrefour, avec sa petite bille de buis qui produit sa note en tournant dans sa cage de métal, mais à une différence près : l'objet est une création Harry Winston en or massif. Le modèle le plus discret. Celui pour femmes, incrusté de diamants, a été créé pour les riches new-yorkaises et se vend 50 000 $. Il est censé leur servir à appeler leur taxi.

Pour réquisitionner l'attention de l'auditoire, le promoteur siffle à pleins poumons dans son joujou. Non loin de moi, j'entends José, goguenard et qui n'a toujours pas digéré l'engueulade, glisser à Karl son collègue :

— Dis donc le patron, avec son ustensile, il se croit à Alerte à Malibu !

— C'est pas Pamela Anderson, pourtant.

— Dommage. En petit maillot rouge, il serait mignon.

Sur ces mots, il écrase d'une claque un moustique dans son cou. Saloperies de bestioles ; le soir avec la proximité de la Seine, on en est infestés. Attendez un peu que tous ces gogos aient emménagé et que les plantes de leurs jardins bidon aient poussé, leur sang va régaler des nuages entiers de ces petits vampires.

Sous les aimables injonctions des hôtesses, tout le monde finit de se regrouper côté nord, d'où l'on domine toute la ville. Nous surplombons le vieil Asnières avec son château et son parc, ses rues marchandes. Devant nous s'étalent les quartiers résidentiels et pavillonnaires avec leurs petites rues plantées d'arbres et leurs constructions comme un joyeux Monopoly. D'un ample geste, presque de propriétaire, Ange englobe la perspective. En pivotant vers la gauche, on aperçoit le Sacré-Cœur et jusque la tour Eiffel, comme dans les photographies reprises dans la brochure pondue par Viard. Le promoteur continue de vanter la camelote :

— Vous avez vu ce panorama ? Le plus bel endroit pour voir Paris.

Derrière nous, quelques toiles vertes judicieusement placées dissimulent la grisaille des hlm de Gennevilliers et le paysage qui s'étend au-delà, vers le second méandre de la Seine. Sans ces écrans, on pourrait aussi apercevoir l'Asnières des pauvres et des immigrés, avec ses bâtiments disparates, ses entrepôts, ses ateliers et ses friches. Tout ceci traversé par un entrelacs de routes, de ponts tagués, de voies ferrées, d'autoroutes... Et au-delà, estompées par la brume atmosphérique, les barres d'immeubles poussées partout, les lignes à haute tension et les cuves d'hydrocarbure, les gymnases en ferraille, les centres commerciaux, les terrains de sports pelés, les viaducs et les échangeurs ; tout le fatras architectural de ces coins saccagés, piquetés de buissons et de bosquets en vrac, derniers ilots de résistance d'une nature mal en point.

— Les amis, je serai bref. Merci d'assister à notre sympathique réunion au sommet – regard circulaire pour s'assurer que chacun a bien compris la vanne. Tout le monde a son verre ?

Ange déroule son speech comme un piano mécanique bien réglé fait tourner ses fiches perforées. Il suffit de mettre une pièce dans le bastringue et on a tout le morceau, paroles et musiques. Comme à l'habitude, le boniment est sans complexe et n'hésite pas à convoquer d'ambitieuses associations d'idées :

— L'Antiquité connaissait les Sept Merveilles du monde avec les jardins suspendus de Babylone… Le XXIe siècle aura la tour Monet, un concept novateur édifié pour la joie des familles et des investisseurs… Asnières, c'est le nouveau Brooklyn… Un pas en avant vers un futur plus vert… Créativité et développement durable… Tous les transports à deux pas… Investissez sur les visions d'avenir avec une qualité de construction unique… La Seine et Paris à vos pieds, sans les inconvénients de la capitale.

Ange sort encore une formule de son chapeau.

— La tour Monet c'est comme au théâtre : le côté Seine et le côté jardin enfin réconciliés pour vous offrir la plus belle pièce du monde.

Tiens, celle-ci, je n'y avais pas encore eu droit. Une nouveauté. Au fin jeu de mots, certains hochent le menton d'un air appréciateur. Il passe au-dessus de la tête de pas mal d'autres. Moi, je me dis qu'en toute honnêteté, tout ce baratin devrait plutôt se résumer ainsi : Asnières est à nous, une belle usine à tonte sort de terre. Bienvenue aux nouveaux moutons et par ici les sous.

C'est maintenant l'envoi final :

— Et je conclus avec vous : « Vivez vert, vivez vrai. Et vive la Monet ! »

Tout le monde applaudit poliment. Les commerciaux fayots de la Colbas reprennent « Vive la Monet ! ». Et l'on se dirige vers le buffet.

La dictature herbivore et fructivore, ça va un moment. Au grand soulagement de certains convives, après les singeries vertueuses de l'apéritif, le ravitaillement proposé au buffet est des plus classiques. Disposée sur de fraiches nappes blanches, je distingue l'accumulation habituelle de graisses polyinsaturées, de préparations à base d'huile de palme, d'hydrates de carbone et de protéines animales qui va constituer le déjeuner. Pour les irréductibles, restent toujours le guacamole et des tacos issus du commerce équitable.

En jonglant comme je peux avec cette boustifaille, j'essaie de grignoter un repas sain et équilibré, accompagné d'eau claire. Par principe et par discipline, je n'aime pas boire d'alcool avant dix-huit heures. J'exerce un métier tissé de détails et de précision. Dans mon univers, une erreur, une simple confusion de faits ou de chiffres représente le comble du déshonneur : une faute professionnelle. Inutile de m'y exposer pour la satisfaction toute relative d'absorber trop tôt dans la journée quelque breuvage fermenté ou distillé.

La jeune fille de tout à l'heure a rapporté sa veste nettoyée au journaliste dans les délais promis. Elle l'aide à la passer avec mille nouvelles cajoleries. Il n'y résiste guère, finalement ravi des conséquences de son agression.

Discrètement, Ange complimente Viard.

— Bon travail. Ça a bien marché le coup du lancer de boue. Les riverains ne risquent pas d'avoir un papier à leur avantage dans la gazette locale de sitôt.

— Oui, on ne l'a pas raté. C'est un petit malfrat indiqué par notre ami Kader qui a balancé le projectile. J'ai expliqué au gars qu'il s'agissait d'une simple blague, et lui ai promis une paire de places pour le prochain match au stade de France. Il a eu un bon coup d'œil. Son tir était parfait.

— Et la petite hôtesse aussi était bien. Même très bien. Je ne savais pas qu'elle travaillait chez nous.

Viard, encouragé par les louanges inhabituelles de son patron, se permet un clin d'œil.

— Michèle. Oui, une intérimaire. Une excellente professionnelle. 300 euros de l'heure, son tarif habituel... En général, ses clients n'enlèvent pas que leur veste. Je parierais qu'elle en a profité pour lui glisser son numéro tracé au rouge à lèvres sur une serviette en papier. Les affaires sont les affaires.

— 300... Ah quand même, commente Ange pour le principe. Si l'on rajoute le prix des places de foot... Avec vous, ça finit par coûter, les relations presse.

En fait, il s'en fout complètement, mais après les compliments, pourquoi laisser passer une divertissante occasion d'embarrasser à nouveau Viard ? Il ne faudrait pas qu'il s'accoutume.

Tout le monde a l'air content d'être là. Valorso bavarde toujours près du buffet avec la Secrétaire Générale. Ice brille par son absence. Elle m'a envoyé un SMS discret. Sauf à la demande expresse d'Ange, elle limite au maximum sa participation à ce genre d'évènements. Le diner d'hier soir lui a suffi.

Quelques invités semblent un peu éméchés. Moi, j'ai du travail à l'Étude qui m'attend. Le temps s'écoule comme il peut... L'ombre qui tourne autour de la tour s'oriente peu à peu à l'opposé de La Défense. Je finis par récupérer Valorso et prends congé de mon ami en brodant une excuse diplomatique.

— Bravo pour ton évènement. J'aurais adoré rester encore un peu, mais je dois vraiment y aller. Des rendez-vous clients à finir de préparer. Vous avez de la chance, vous, les bâtisseurs ; vous livrez quand la construction est achevée, à votre rythme. Nous, les juristes, nous sommes à la merci des clients. Une vie d'esclave.

Ange m'étreint avec chaleur.

— Oui, j'ai compris, tu t'emmerdes copieusement. C'était vraiment gentil de venir. Allez, filez, les amis. Allez donc retrouver votre humble labeur !

Je demande à l'ouvrier à l'air blasé qui assure les allers-retours du monte-charge de nous redéposer au rez-de-chaussée. Dans une nouvelle série de grincements, le type obtempère. Sa moue blasée exprime clairement : monter, descendre, pour ce que ça change c'est mal payé pareil. Pendant la durée de la descente, aucun de nous trois ne voit l'utilité d'engager la conversation.

Une fois ramenés au sol, Valorso et moi restituons au liftier les casques imposés pour la descente. Je remarque que mes souliers sont poudrés de poussière. Je frotte avec une certaine volupté la tige de mes chaussures le long de mon tibia, sur l'étoffe de mon vêtement, Le cuir retrouve son brillant. Je repasserai un coup de brosse à l'étude pour la touche finale.

15. CAMBRIOLAGE

Pendant qu'à Asnières on inaugure, l'Audi de plus en plus poussiéreuse s'est garée dans une petite rue tranquille de Neuilly. La voie fait angle avec la propriété d'Ange. C'est une maison de belle taille cernée par un vaste jardin dont on aperçoit une partie au travers de la grille. Le végétal a été chouchouté par un jardinier à l'évidence aussi snob qu'un grand couturier. On n'y trouve ni lilas ni roses trémières, végétaux charmants mais par trop ancillaires. Uniquement des plantes sélectionnées : rosiers de chez André Eve, bulbes de chez Vilmorin, vivaces choisies. Le tout artistiquement disposé et soigneusement engraissé et irrigué.

— C'est là, regarde. La grille n'est pas très haute, on doit pouvoir grimper.

Les deux frangins sortent de l'auto, un peu moins fripés que lors de leur dernière visite. Ils n'ont pas osé rentrer à Marseille, redoutant le courroux d'Osama qui a tenté plusieurs fois de les joindre. Depuis leur foireuse tentative d'agression et la perte du flingue, ils se sont réfugiés avec leurs derniers sous dans un hôtel 1 étoile, près du Port Autonome. Là, ils ont pu se doucher, se reposer et panser leurs bobos. Ils ont même dégotté à deux pas de leur repaire un restaurant africain où ils se sont restaurés d'un délicieux foutou, de la vraie cuisine maison comme à Dakar. Leurs maigres finances sont maintenant réduites à néant. Le Nain exhibe un Tricostéril crasseux sur l'arcade sourcilière. Le Gros se déplace en boitillant et, dans l'espoir de soulager son genou enflé, s'enfile des Advil comme des bonbons. Ils ont abandonné l'idée de se mesurer physiquement à Ange, mais ils aimeraient bien récupérer le Sig. Sans l'arme, difficile d'envisager de regagner les Bouches-du-Rhône ni de monter un bobard quelconque à leur boss qui laisse des messages de plus en plus énervés sur leurs répondeurs. Le temps de l'action est revenu.

Sous les encouragements du Nain, après avoir jeté un œil inquiet sur le haut de la grille hérissé de piques acérées, le Gros décide de tenter le coup. En ahanant, il réussit à se hisser à mi-hauteur, et reste là, en équilibre instable, le nez dans l'ampélopsis qui le recouvre en partie, ne sachant trop quoi faire.

— Bon OK, compris. Redescends, couillon, et fais-moi la courte.

Le Gros retrouve la surface rassurante du trottoir, et en mettant ses mains en coupe, aide l'autre à se hisser. Le Nain, lestement, grimpe jusqu'aux épaules de son frère puis attrape le haut de la grille et, à force de bras, parvient à se jucher sur le crâne de son support. Le Gros grimace, oreille écrasée et visage tordu par le poids de son frère.

— Fais gaffe, tu marches sur mon œil !

— Ne bouge pas, j'y suis presque.

L'acrobate se faufile entre les piques. Contracté du périnée, il évite de son mieux les pointes acérées. Fais gaffe ! Pas le moment de te faire éborgner l'une des sœurs Bogdanoff, ricane le Gros. Avant de se laisser tomber de l'autre côté, son frère lui laisse une consigne.

— Attends-moi là. Et sois discret.

Une fois le Nain disparu, l'autre fait les cent pas avec l'air emprunté qu'il considère seoir à une attitude innocente. Le temps passant, il hésite. Est-il préférable de rester en plein milieu du trottoir en feignant le promeneur anodin ? Ou de se planquer dans la voiture en attendant le retour de son jumeau ?

Un grincement se fait entendre, coupant court à son dilemme.

— Eh, viens par là.

C'est le Nain réapparu qui appelle son frère. Il a passé la tête par l'entrebâillement d'une petite porte qu'ils n'avaient pas distinguée dans le feuillage. L'entrée de service, enfouie en partie par le lierre, même pas fermée à clé.

Le couple de guignols s'engage dans le jardin. La première partie de l'opération commando est accomplie : ils sont dans les lieux. Dans la grande maison, tout semble tranquille. Rien ne bouge derrière les hautes fenêtres. Les employés, s'ils sont présents, doivent être occupés dans les profondeurs.

— On dirait bien qu'il n'y a dégun.

Sous leurs pieds, le gazon bordé de buis bien traité est souple, épais et luisant d'humidité comme le dos d'un monstre lacustre. Les intrus progressent prudemment entre quelques arbres de belles proportions, marronniers et faux bouleaux, aux intervalles ornés de plates-bandes formées d'un lacis raffiné d'iris et de frésias. Au passage, Jean-Philippe s'est saisi d'une binette oubliée par un jardinier négligent – ça peut toujours servir.

Un espace découvert s'offre maintenant devant leurs pas. Entre eux et la maison, les arrosages automatiques se déclenchent à plein régime. Leurs jets cachent et révèlent alternativement une nouvelle voie d'accès : une porte-fenêtre restée ouverte. Décidément, la sécurité donne à désirer. Il est temps de piquer un sprint.

Sans se préoccuper de l'averse artificielle qui les détrempe instantanément, les deux frangins se ruent à l'intérieur. Nouveau coup de chance, la première pièce est vide d'occupants. Un bureau élégamment arrangé, peut-être celui du maitre des lieux. Et si l'arme était là ?

En essayant de faire le moins de bruit possible, ils fouillent tout et n'importe comment. Ils ouvrent quelques classeurs au hasard, explorent sans méthode les placards de la bibliothèque qui tient toute la largeur d'un mur. Le Nain s'est attaqué au tiroir du bureau, un meuble costaud en chêne verni. Il s'échine à en forcer la serrure avec la binette. Finalement, le bois vole en éclats. Le Nain est sur le point d'examiner le contenu du tiroir quand un bruit l'arrête. Il s'approche de la fenêtre, le Gros sur les talons puis se fige, planqué derrière un double rideau. Le portail automatique de la propriété ouvre majestueusement ses battants. Un petit break Toyota blanc le franchit et vient se garer en douceur sur un espace de graviers bien ratissé. Un type musclé en descend, ouvre le haillon et extirpe sans effort apparent une sorte de table pliante à l'allure pesante.

Un masseur ! se dit le Nain, avec une fugitive pensée pour sa maman. Chargé du meuble et d'un tapis de yoga roulé dans un sac porté en bandoulière, le costaud se dirige vers la porte d'entrée dont il franchit le seuil sans frapper ni sonner. Voici un logis où l'on ne semble pas maniaque des portes fermées à clé.

Le son a pris le relais. Les frangins tendent l'oreille. Un dialogue se fait maintenant entendre derrière la porte de la pièce où ils se sont crus peinards. Le masseur et une voix féminine, probablement celle de la jolie blonde de l'autre connard, maitre des lieux, discutent :

— On s'installe où ? demande la voix du masseur.

— Allons dans le bureau de mon mari, répond la voix féminine. J'ai aéré tout à l'heure, et nous serons sur le jardin.

Affolés par la peur d'être surpris, les deux intrus se regardent. Ils se précipitent en même temps vers la porte-fenêtre pour la franchir dans l'autre sens, l'un gênant l'autre dans leur hâte à quitter les lieux. Ils viennent juste de retraverser la pelouse humide pour disparaître dans l'épaisseur d'un buisson quand la poignée de la porte du bureau bascule et qu'Ice y pénètre à son tour. Ralf le coach, toujours encombré de son matériel, est resté un mètre derrière. Avant qu'il ait eu le temps de la rejoindre, en un clin d'œil, la jeune femme saisit tout de la scène : les papiers répandus, le bureau éventré, la binette abandonnée sur le sol, les traces de pas humides et boueuses sur le tapis clair. Elle reste sur le seuil, faisant écran.

— On dirait qu'il y a eu de la visite ici. Ralf, sois gentil… Va vite voir dans le jardin s'il y a quelqu'un. Je te rejoins dans une minute.

Pendant que Ralf obtempère docilement et fait demi-tour, la blonde traine en arrière et se dépêche d'examiner le contenu du tiroir fracturé. Là, près d'une mince liasse de devises, une arme, dans la densité impressionnante de son métal gris, repose sur divers écrits et documents. Sans hésiter, elle fait main basse sur l'engin, puis après un rapide temps de réflexion, sur l'argent. Il est préférable que le fric-frac ait l'air plausible. Avant de ressortir pour retrouver Ralf, une feuille de papier d'allure officielle attire encore son attention. Elle s'en saisit et la parcourt rapidement avant de l'empocher à son tour.

Depuis l'embrasure de la porte-fenêtre, elle observe en plissant les yeux l'épaisseur du jardin. Ralph bat les buissons, mais les auteurs du ramdam ne sont plus en vue. Elle rappelle le coach.

***

Quand Ange rentre de la tour, son casque de moto à la main, le break est encore là. Dès qu'il a passé la porte d'entrée, des gémissements poussés en rythme l'interpellent depuis le salon clos. Il reconnaît les petits cris d'Ice, couverts par une voix plus grave.

— Allez, vas-y, donne-toi à fond. Oui, c'est bien…

Ah, ah. Voilà qui annonce une scène intéressante… Il s'approche à pas de loup sur le parquet bien ciré. Pourvu qu'aucune latte ne grince. Doucement, il entrouvre la porte.

Sans trop savoir s'il est soulagé ou déçu, il découvre Ice en tenue de fitness noire, les cheveux collés au front par la transpiration, qui enchaine une série de mouvements sur un tapis de yoga. Un éclair de coton corail se montre à hauteur de ses mignons petits abdos. À deux mètres d'elle, Ralf, le coach qu'Ange a déjà croisé deux ou trois fois, une brave tête de bovin, prodigue ses encouragements à sa cliente.

— Plus que cinq. Et après, on s'attaque aux étirements.

Ice lève la tête vers son mari. Un large sourire innocent apparaît sur son visage de bébé blond.

— Ah ! C'est toi, mon chéri. Déjà de retour ? Tu connais Ralf ? Nous avons presque fini. Plus que cinq minutes.

Ange salue le coach avant de sortir de la pièce. Il se rend dans son bureau pour y déposer ses affaires.

— Mais qu'est-ce que c'est que ce merdier ?

Il recense rapidement les éléments éparpillés à travers la pièce. Une première inspection montre qu'un tiroir a été forcé et que le flingue a disparu, ainsi que des dollars, des francs suisses, des dinars et quelques documents. Par acquit de conscience, il jette un œil vers la porte-fenêtre restée entrouverte et le jardin humide. Évidemment, plus personne. Sans doute, un coup de ces pélabres d'Avignonnais ! Inutile d'appeler la police, même pas Kader. Certaines affaires doivent se régler autrement.

16. LE CIMETIÈRE DES CHIENS

À l'étude, la journée a été bien remplie. Après être rentré en compagnie de Valorso, j'ai dû vérifier un compromis de vente rédigé par une agence immobilière, et bourrée comme d'habitude d'erreurs et d'approximations.

Cela fait, je suis rentré à la maison et je m'apprête à attaquer une soupe légère préparée par Jum. Elle va me faire du bien après le piquenique indigeste avalé à la tour. Sur l'écran de mon portable s'écrivent les 3 lettres I C E. Amusant, c'est aussi le code international pour In Case of Emergency. Ice chuchote. Je comprends qu'elle m'appelle de chez elle et qu'Ange n'est pas très loin. En vitesse, elle me dit qu'elle veut me voir.

— Qu'arrive-t-il ? C'est grave ?

— Je ne sais pas. Demain ?

Je la sens impatiente. Je parcours en vitesse mon agenda.

— J'ai une signature en début de matinée. Vers 11 heures ? Chez moi, c'est un peu compliqué ; il y aura Jum, le jardinier et un technicien d'Orange qui doit venir connecter la fibre. Nous ne serons pas très tranquilles.

— OK. Chez Barry, alors. Ce sera parfait.

Elle raccroche précipitamment. « Chez Barry » est un des éléments de notre vocabulaire amoureux, à vrai dire facile à déchiffrer. Il signifie que nous allons nous retrouver au cimetière des chiens, sous la tombe majestueuse d'un épagneul des Alpes, prédécesseur des fameux sauveteurs de race Saint-Bernard et héros des lieux. Une figure historique dont le destin tragique est résumé par son épitaphe : « BARRY. Il sauva la vie à 40 personnes. Et fut tué par la 41e. » En effet, une horrible méprise lui coûta la vie. Un alpiniste égaré que le brave animal venait sauver de la neige et du froid mortels, l'avait pris pour un loup et occis d'un coup de poignard. La plaque qui résume ce destin glorieux est fixée sur la haute statue à sa mémoire qui veille désormais sur l'entrée du cimetière.

Quatre carrés divisent les lieux par animaux : les chiens, les chats, les oiseaux et les autres. L'endroit est généralement paisible, occupés seulement par quelques mémères à chiens (ainsi qu'à chats, oiseaux, voire à lions ou à singes !). Parfois, quelques amoureux aiment à s'y retrouver, sensibles comme nous à la discrétion des lieux, et insoucieux de leur pessimisme symbolique. Les amours naissantes qui poussent entre les tombes. La fin qui s'annonce dès les premiers instants. Tout cet arsenal romantique aux éternelles harmonies.

Arrivé le premier à 10:55 sous la statue du chien héroïque dont un vandale – ou un artiste contemporain – s'est amusé à taguer la langue en rouge, je la vois descendre les marches à grands pas. Elle porte un grand imper bleu marine, bien taillé et époustouflant de chic. Le sac Birkin orange qu'elle trimballe à son bras semble lourd, mais ne parvient pas à ralentir son élan.

De ses mains gantées de chevreau fin, Ice retire ses lunettes noires avant de se jeter dans mes bras, sans se soucier de renverser les chrysanthèmes de la tombe de Virus et Sirius, deux chihuahuas décédés en 2020. Troublée comme jamais, elle peine à contenir un mélange d'affolement et de colère qui ne lui ressemble guère. Elle est venue de chez elle à pied, en suivant les rives de Levallois puis de Clichy.

— J'ai eu besoin de respirer, de réfléchir avant de te parler. Regarde ce que j'ai trouvé dans les affaires de mon cher mari.

En fouillant dans les recoins ventrus du Birkin, elle extirpe sa découverte :

— Tu sais ce que c'est ce truc ?

Je regarde. Ce truc c'est la copie imprimée d'une page apparemment dénichée sur un site Internet (successions.com) qui récapitule les droits des différents héritiers en cas de décès. Un charabia difficilement compréhensible au profane. Il faut bien que les notaires servent encore à quelque chose...

Le doigt ganté d'Ice pointe vers le papier. Il tremble de colère.

— C'est Ange qui a imprimé ça. C'était caché dans ses affaires. Regarde, pourquoi a-t-il coché tout ça ? Il pense à me déshériter ?

Sur le document, quelques termes sont signalés au feutre. Quotité disponible. Degré des ayants droit. Héritiers réservataires. Droits de l'épouse. Usufruit...

Je tente de calmer Ice. Une telle agitation chez elle, d'habitude le sang-froid incarné, me surprend.

— Je ne vois rien d'anormal. Il s'informe. Pas forcément très grave. Ce genre de préoccupation peut surgir n'importe quand, tu sais. Et ce papier date peut-être d'il y a plusieurs années. Il a pu l'oublier au fond du tiroir.

La blonde me fixe attentivement pendant qu'elle m'interroge :

— Tu n'étais pas au courant de ses recherches, alors ?

— Qu'Ange aille sur Internet pour trouver des renseignements banals qu'il aurait pu tout aussi bien demander à son ami notaire ? Qu'il commence, la quarantaine venue, à penser à ce qui se passerait après lui ? Non, tu me l'apprends. Le sujet n'a pas dû lui paraître suffisamment pressant pour qu'il m'en parle. Et ça ne me parait pas d'ordre à justifier ton agitation.

Un peu apaisée, elle se serre contre moi, respire dans mon cou.

— Possible. Mais, tu ne sais pas s'il a fait un testament, par exemple ?

— Si je savais, je ne pourrais pas te le dire. Secret professionnel.

Ma réponse est immédiatement sanctionnée par un regard assassin. Je préfère l'apaiser :

— Mais si, bien sûr, je te le dirais. Non, je te le jure, il n'a jamais été question de testament avec Ange.

Elle souffle un peu, pas encore tranquillisée :

— Alors, tu me dis tout ?

— Tout ce que je sais, oui. Allez viens, on va se promener. Ça te fera du bien.

Dans l'allée gravillonnée, nous croisons une pauvre mémé en deuil. Elle est en train de garnir une jardinière toute neuve déposée sur la sépulture d'un border terrier. Elle répand sur la tombe de son compagnon disparu plus de larmes qu'en pourrait contenir son arrosoir.

Une fois arrivés vers le fond du cimetière, Ice marque un arrêt et se décide à fouiller à nouveau dans son sac.

— Attends, ce n'est pas tout. Je voulais te montrer autre chose… Tadam !

Voilà que des entrailles du Birkin elle sort maintenant une arme. Je comprends pourquoi il semblait alourdi ! Elle me la brandit sous le nez.

— Planque ça. Tu es folle. Qu'est-ce que c'est que ce truc ?

Elle fait tourner l'engin devant elle sans souci du danger. Un pistolet de bonne taille, à l'air puissant, moderne, mais qui ne semble pas tout neuf. Et si on la voyait ? Par prudence, je regarde alentour. Ouf, à l'exception d'un perroquet de bronze qui du haut de son socle regarde la scène d'un air vaguement désapprobateur, pas de témoin à proximité. Seule présence humaine visible, la petite vieille qui chemine maintenant de dos, à plus d'une centaine de mètres, absorbée par son chagrin.

— Ah tu vois bien, monsieur « rien n'est grave », qu'il y a un petit problème. C'est à Ange, figure-toi. Je l'ai trouvé dans ses affaires, planqué avec le reste. Ce n'est quand même pas ordinaire de garder un truc comme ça dans son bureau.

— C'est peut-être pour se défendre. Il m'a dit qu'ils avaient des problèmes de concurrence avec le projet dans le Vaucluse. Va savoir... Ce ne sont pas des rigolos par là-bas.

— Il ne me parle pas beaucoup de ses affaires, en tout cas moins qu'à toi ! Mais en effet, j'ai cru comprendre que des voyous lui cherchent des noises. Ce pourrait être une autre explication bien sûr. Mais va savoir si ce n'est pas plutôt pour se débarrasser de moi.

Elle me laisse me saisir avec prudence du pistolet et l'examiner en détail. Je ne connais rien à ce genre d'instrument et j'ignore s'il est chargé. À l'exception de ce qui semble être la marque : Sig Sauer, impossible de comprendre les autres inscriptions gravées dans le métal gris. Tout ce que je sais c'est qu'il est massif et semble légerement usagé. Je suis incapable de dire s'il est en état de fonctionner.

Oubliant un peu son émoi, elle me regarde manipuler l'arme. Elle susurre, canaille :

— Je me demande ce que Sigmund Freud aurait pensé en te voyant tripoter ainsi le petit joujou de ton copain.

— Tu sais bien que je n'ai jamais rien compris aux élucubrations de la psychanalyse. Maintenant, je ne peux pas vraiment croire qu'Ange projette de t'assassiner. Le crime passionnel, ce n'est pas trop son genre. Un peu démodé, même chez les Corses. Avant d'en arriver là, il y a le divorce, tu sembles toujours l'oublier.

— Cette arme était dans le même tiroir que ce drôle de papier. Je suis sûre qu'il mijote un coup. Il se passe des choses bizarres. Hier, j'ai failli surprendre des intrus à la maison. Pas rassurant tout ça.

Elle dissimule le pistolet en le plaquant sur son flanc, contre la gabardine de son imperméable, et me raconte le cambriolage, le bureau fracassé. Je réagis :

— Je suppose que vous avez prévenu la police ?

— Tu penses, Ange n'a pas voulu. Il m'a dit savoir d'où vient le coup et qu'il va régler l'affaire. Tu le connais, têtu comme une mule. À moins que dans l'autre hypothèse, où il aurait prévu de me zigouiller, il ne préfère laisser la police à distance.

Je réfléchis aux faits et tente encore de la rassurer. Les affaires d'Ange évoluent parfois à la marge. Il a pu se sentir menacé et se procurer une arme, probablement de source douteuse, ce qui peut aussi expliquer sa discrétion vis-à-vis de la maréchaussée. Et il se dit que s'il doit être victime d'un accident, ou d'une agression, et y laisser sa peau, c'est une bonne idée de se renseigner sur les conséquences successorales, et va fouiner sur Internet. Il n'en parle à personne, car pour lui, malgré tout, l'éventualité de sa disparition est faible et il ne veut pas affoler inutilement ses proches. Tout est peut-être lié. Pas de quoi s'affoler. Ice devrait sans doute remettre le pistolet dans son tiroir et ne plus y penser...

Mon raisonnement ne l'influence guère. Elle soupire, suivant toujours son idée :

— Note qu'il pourrait faire pire que me tuer. Il pourrait me larguer sans rien me laisser. Ou bien se faire tuer après m'avoir privée d'héritage.

Elle contemple d'un air sombre le paysage de marbre, de fleurs détrempées et de couronnes fêlées qui nous entoure et poursuit :

— Je n'ai pas voulu t'embêter avec ça, la situation est déjà suffisamment scabreuse, mais il faut que je te dise. Depuis qu'on fricote tous les deux, mon Maitre, ça ne va pas mieux entre Ange et moi. Il me délaisse sérieusement. Il y a toujours eu des petites nanas qui lui tournent autour, mais j'ai l'impression que ça se multiplie. Il reçoit des coups de fil mystérieux pour lesquels il s'isole, en prétextant que c'est le boulot. Peut-être même une nouvelle régulière. Ça, ce serait encore pire…

— C'est peut-être vrai. Le boulot, je veux dire.

Elle me regarde, pleine d'un faux attendrissement.

— C'est ça. C'est génial, la solidarité masculine. Même quand tu enfiles sa femme, il faut que tu couvres ton pote. Je sais faire la différence entre une voix de conne et celle d'un chef de chantier, même perçue à bas niveau sonore. Et ces temps-ci, c'est pas souvent un chef de chantier, je t'assure.

Je fais observer :

— D'accord, il te trompe peut-être. Mais nous, qu'est-ce qu'on fait de mieux?

— Nous, c'est pas pareil. Nous, on s'adore. Lui, il saute des pouffes.

— Je vois qu'à la solidarité masculine, tu sais répondre par la bonne foi féminine. J'aurais cru que tu t'en foutais un peu, non, des frasques d'Ange ?

— Il ne me touche plus. Ou alors brutalement, simplement pour affirmer sa possession. C'est un peu lassant. Heureusement, avec toi c'est plus doux, plus imaginatif.

Je ne sais pas trop quoi faire de ces confidences. Le sujet de la sexualité entre Ice et Ange, je préférerais ne pas avoir à y penser. Elle sent qu'elle a touché un point délicat. Silence. J'enchaîne...

— Tu lui as parlé de quelque chose, à propos de nous deux ?

— Non, tu penses bien, mais c'est un animal, il a des antennes. Il ne me parle plus de la même façon, me regarde avec de drôles d'airs. Je me demande s'il ne soupçonne pas quelque chose. Avec lui, on ne sait jamais à qui l'on a affaire. Il est infidèle et libertin ; il ne serait sans doute pas dérangé que je passe des soirées avec lui à batifoler aux Chandelles ou une autre boîte licencieuse, à me faire sauter en sa présence par un gang d'inconnus. Peut-être même serait-il d'accord pour que nous couchions ensemble, toi et moi, à condition qu'il l'ait décidé, lui, bien sûr. Mais curieusement, il peut être jaloux, il veut le contrôle. Je suis SA femme... Il est capable de m'en vouloir et de se venger. Et il me tient par le fric. Je suis sa prisonnière.

J'évite de commenter. J'ai fini par accepter que pour Ice, le sol de la liberté ne peut être que pavé de lingots d'or et qu'elle n'envisage pas de déployer d'autres ailes qu'en soie coûteuse. Ça me désole. Je tente quand même une nouvelle fois de la raisonner en revenant au sujet du divorce :

— Pense qu'en cas de séparation, avec un contrat de mariage bien ficelé, j'en sais quelque chose, tu y laisserais des plumes, mais tu ne perdrais pas tout... Tu obtiendrais sans doute une prestation compensatoire de quelques centaines de milliers d'euros, à la louche. Pas si mal, même si ce serait un moment compliqué, haineux et pénible ; le prix à payer, nous le savons tous les deux. Bien sûr, tu pourrais aussi décider de renoncer à la lutte et de partir sans rien. Et partager la vie d'un modeste, d'un simple notaire de banlieue qui te chouchouterait tant qu'il peut.

Elle ne se fatigue même pas à me répondre. Nous avons déjà discuté du sujet. Quelques centaines de milliers d'euros d'indemnités ? Elle a pris son air de dire « non merci, je n'accepte pas les pourboires ». Elle berce le pistolet contre son buste qui arrondit à la perfection la gabardine bleue de son imperméable.

Puis, retour à l'idée fixe :

— Et s'il meurt ? Tu crois qu'il pourrait tout m'enlever pour le donner à une de ces pétasses ? Puisque tu es notaire, ça fait longtemps que je voulais te demander. S'il arrivait quelque chose à Ange, qu'est-ce qui arriverait pour l'héritage ? C'est quoi les mots qu'il a cochés sur le truc d'Internet ? Explique-moi, Maitre adoré.

Nous nous asseyons face au caveau d'une colonie d'émeus, sur un banc moussu protégé de la pluie par un gros marronnier. Le sujet est vaste et le droit des successions changeant. Les bras croisés, le pistolet dissimulé sous son sac posé sur les genoux, elle écoute mon exposé avec l'air appliqué d' une étudiante studieuse.

— En matière d'héritage, il y a de nombreuses données à prendre en compte. Mais dans le cas présent, je vais résumer car c'est simplissime. Vous êtes mariés, vous n'avez pas d'enfants (Ice fait non de la tête en faisant une grimace d'effroi) et pas de testament, du moins à notre connaissance. La situation est limpide et, il faut le dire, très avantageuse pour toi : sans testament, mariés sans enfants et quand le disparu n'a plus ni son père ni sa mère, l'épouse hérite de tous les biens de son mari défunt. La loi ne prévoit même pas un centime pour bébé Maria, ta chère belle-sœur. Évidemment, si vous développez un jour une progéniture ou si on retrouve un testament olographe, c'est-à-dire rédigé de la main du défunt sans qu'un notaire en ait eu connaissance, cela pourra tout changer. Par ailleurs, tout ceci est complètement prématuré : Ange est en pleine forme.

Les yeux d'Ice se sont écarquillés comme ceux d'une Cosette devant l'étalage d'un marchand de poupées. Elle se voit déjà prête à s'occuper de ce dernier petit détail à sa façon. En guise de réponse, sa main est retournée caresser comme malgré elle l'arme qu'elle n'a pas lâchée.

— Attention, ajouté-je en ne plaisantant qu'à moitié, ne saute pas tout de suite à l'exécution de ton projet macabre favori. Le cas est prévu : on n'a pas le droit de profiter de ses propres crimes. « Nul ne peut se prévaloir de sa propre turpitude », dit la loi. Si tu le tues ou le fais tuer, et que c'est établi en cour d'assises, tu n'auras rien.

L'épouse affiche une moue de canard désolé, l'air de dire « comme c'est dommage ! ». Elle m'interroge encore :

— Et si on retrouve un testament « olographe », comme tu dis ?

— C'est une possibilité, même si ça m'étonnerait. Comme vous n'avez pas d'enfants, il aurait le loisir de distribuer 75% de ses biens, ce qu'on nomme la quotité disponible, comme il veut. Il pourrait réduire ta part au minimum légal, c'est-à-dire 25% mais pas moins. Ce qui te laisserait encore un sacré magot. Mais il pourrait aussi avoir décidé de te laisser beaucoup plus. Tu serais probablement en bonne place pour ramasser un copieux bonus.

— Et le mot signalé sur le papier d'Ange. La pleine propriété, c'est quoi exactement ?

Je la sens concentrée, essayant de prendre des notes mentalement.

— La pleine propriété c'est la possession pleine et entière d'un bien. Au contraire de l'usufruit, qui est le droit de jouir de biens qui ne vous appartiennent pas vraiment. En d'autres termes, l'usufruit c'est le droit d'en recueillir les bénéfices quand il y en a, d'en percevoir les loyers ou de les occuper soi-même en cas de biens immobiliers. Jusqu'au jour de son propre décès. Ce serait une possibilité à considérer si un jour vous aviez des enfants. En ce cas, et dans certaines conditions, à la disparition de son mari, l'épouse peut bénéficier de l'usufruit. Tu me suis ?

Elle opine, finalement rassurée. Je lui fais observer que, pour moi, le fait qu'Ange ait coché ces termes renforce l'hypothèse qu'il s'agirait d'un vieux document, datant peut-être d'une époque où il n'excluait pas la possibilité de se retrouver papa avec Ice. Dorénavant, vu l'état de leurs relations, l'hypothèse de l'arrivée d'une telle descendance ne semble plus aussi proche.

— Donc je ne risque rien. Il ne me déshéritera jamais complètement.

— Franchement, en l'état actuel des choses, ça m'étonnerait. Je suis son notaire après tout. S'il avait eu un tel projet, il m'en aurait parlé.

— Pas s'il sait que tu sautes sa femme.

— Hum, ce n'est pas faux. Mais il ne le sait pas, n'est-ce pas ? En résumé, s'il arrive quelque chose à Ange, tu as de bonnes chances dans presque tous les cas de récupérer entre le quart et la totalité, et plus probablement, sans testament, la totalité.

— OK pas mal, alors. Bon à savoir. Mais tout ça me fait mal à la tête. N'en parlons plus. Mon résumé à moi reste que ce serait une bonne idée qu'il lui arrive quelque chose. Je ne sais pas moi, un accident de chantier, une maladie vénérienne foudroyante, une crise cardiaque, le choix est vaste, nous en avons déjà parlé. Ou bien alors, à la gangster. On pourrait utiliser ma petite trouvaille, qu'en penses-tu ?

Elle me regarde d'un air coquin en agitant le flingue comme une marionnette et repart :

— Ce truc était quand même dans son bureau, dans un tiroir confidentiel, soigneusement fermé à clé. Je le répète : qui te dit qu'Ange ne la destinait pas à mon assassinat ? Il peut parfois se montrer d'une férocité incroyable. Ne feras-tu rien pour me défendre ? Qu'est-ce qu'une faible femme comme moi ferait d'un truc pareil ? C'est un boulot d'homme ! Je ne connais pas le droit comme toi, mais le neutraliser avant qu'il s'en prenne à moi, ce serait comme de la légitime défense par anticipation, non ? En tous cas sur le plan moral. Et cent pour cent de la bonne soupe serait pour la petite Ice, qui pourrait alors bien gâter son petit maitre idiot.

Le plan moral ? Écoutez qui parle. Je ne réponds pas, elle me fatigue avec ce badinage, en espérant que c'en soit bien un. Fine mouche, elle sent mon agacement et arrête les frais.

— OK, je sens bien que le sujet t'importune. Ne te tracasse pas. L'idée est tentante, je joue avec, mais je plaisante, tu le sais bien. Si j'étais sérieuse, je suis certaine qu'il me serait facile de te faire réaliser mes projets. Il me suffirait de m'éloigner un peu de toi, de faire mine de te quitter. Il n'y a rien comme la frustration pour incendier l'esprit d'un homme, crois-en ta vieille Ice. À force de tirer la langue, tu te retrouverais à commettre des choses que tu ne soupçonnes même pas venant de toi – elle pose sa main sur mon avant-bras. Ainsi fonctionne le désir. Ne te fâche pas. Tu connais ces choses-là moins que moi, c'est tout. J'ai vu cela tant de fois.

Peut-être qu'au fond, finalement, elle n'a pas tort. Elle a su me subjuguer, ce qui veut dire qu'elle m'a sous son joug. Mais de là à me faire assassiner mon meilleur ami. À mon soulagement, elle reprend dans un accès de franchise soudaine :

— Mais tu vois, le problème c'est que je ne veux pas jouer à cela avec toi. Pour mon malheur, je l'aime mon petit maitre idiot. Au point même de te révéler mes idées les moins pures, comme un magicien qui dévoile ses tours ou un général qui brûle ses vaisseaux. Si Dieu t'a fait crétin et honnête, il me faudra faire avec... Je serais si triste que tu en viennes à me haïr.

Dieu ? Simple expression. C'est bien la première fois qu'elle Le mêlerait à nos histoires, elle qui a toujours déclaré ne pas croire en cette divinité-là, souillée selon elle d'hypocrisie et de pudibonderie. (« Le bishop ami de mes parents qui a failli me violer à l'âge de douze ans m'a détourné à jamais des singeries de la foi. »)

Puis, de nouveau serrée contre moi. C'est maintenant sa cheville qui remonte le long de ma jambe. La diablesse a repris le dessus.

— Passons aux choses sérieuses. J'ai repéré en venant un petit hôtel à Levallois. Si on allait y faire un tour ?

Comment refuser ? Pas de meilleur moyen de faire la paix. Elle a enfin rangé le pistolet dans les profondeurs du Birkin et nous entraine vers la sortie. Avant de quitter le cimetière, là où se tenait la vieille dame du carré des oiseaux, il me semble apercevoir comme un éclair de cheveux rose. L'apparition a vite disparu derrière un tronc. Mais j'ai l'esprit ailleurs. Entre les tombes encore lavées de pluie et les géraniums en fête, sous l'effigie de Barry à la langue écarlate, je suis les pas d'Ice en frétillant, tel un toutou sifflé par la vie.

17. LE VOL DE L'ANGE

Après une nouvelle journée de travail, Ange est repassé chez lui prendre une douche et se changer. Au salon, penchée sur ses mignons orteils, Ice se vernit les ongles avec application en feuilletant un bouquin de Baudrillard. Sans qu'elle semble s'en inquiéter, un flacon d'acétone est posé en équilibre sur un coussin près d'un paquet de boules de coton. L'image charmante de l'ingénuité.

Ange lui explique qu'il doit ressortir pour retrouver les Novinski, ses plus importants fournisseurs de graviers. Il va les emmener diner au caviar et boire un coup. Vu les quantités de matériaux que la boîte leur commande, chaque euro de ristourne à la tonne qu'il réussira à négocier représente une petite fortune. Mais ils sont durs en affaires, il faut les amadouer.

— Tu crois arriver à les saouler ? Ce sont des Russes, non ?

— Des Polonais, pas mieux. Et fidèles à leur réputation. Ils ont déjà commencé à biberonner au déjeuner avec mon Directeur technique. Moi, en prévision, je suis resté très raisonnable. Ce soir, je vais essayer de ne pas rester sur le carreau le premier. C'est la dure loi du gravier ! Mais j'ai affaire à des sérieux. Je ne sais pas dans quel état je rentrerai. Ne te fais pas de souci ; pour ne pas te déranger, j'irai dormir dans la chambre d'amis.

Il l'informe aussi qu'avant de rejoindre les Novinski, il lui faut repasser par la tour Monet. Il pense avoir égaré son sifflet fétiche hier à la fin de son discours. Sans son porte-bonheur, le promoteur se sent incomplet. On a peut-être retrouvé et remis l'ustensile à Youssouf, le vieux gardien de nuit.

Ice désigne du menton le casque que son mari tient sous le bras.

— Et tu vas prendre ta moto ? Avec ce programme ?

— Oui, à l'aller. Je rentrerai en taxi. Un gars ira récupérer la Triumph demain.

Ice a de forts soupçons sur cet agenda alambiqué, mais fait bonne figure. Il y a des lasagnes au four. Elle lui dit qu'elle grignotera sans lui ou regardera une ânerie sur Netflix pendant que ses ongles sèchent. Qu'il soit prudent sur son engin et qu'il s'amuse bien. Elle lui jette un baiser. Le parfait petit couple. Le bal des faux-culs, se dit-elle.

À peine le bruit de la moto s'est-il éloigné de la maison qu'Ice saisit le flacon d'acétone, asperge une poignée de boules de coton, essuie ses orteils en vitesse et bondit sur ses pieds. Il me prend vraiment pour une betterave, ce con-là. Tant pis pour le vernis, j'en remettrai demain. Lasagnes et Netflix. Et puis quoi encore ?

***

En dépit des doutes de sa femme, Ange est bel et bien retourné à la Monet. Au pied de la tour, il a garé sa moto sur le tapis rouge détrempé, vestige de la fiesta de la veille. De mémoire, il compose le code qui débloque la serrure de la porte en fer, près du panneau « Défense d'entrer ».

Youssouf émerge des profondeurs du bâtiment. Il a les paupières bouffies et l'air hébété de celui qu'on vient d'arracher au sommeil, rêvant d'oranges et de roses. Ange n'est pas dupe, le vieux n'a rien d'un gardien de nuit efficace, mais il est avec lui depuis des années. De chantier en chantier, on le laisse disposer d'un lit de camp et d'un lavabo, d'un abri pour dormir. Avec sa petite paye, il peut se nourrir et se payer son shit, tranquille. La Colbas utilise maintenant des sociétés de gardiennage plus efficaces et le développement des digicodes et des caméras de surveillance entérinent son inutilité, mais Ange ne s'est jamais résigné à le virer.

— Salut Youssouf, on ne t'aurait rien rapporté pour moi par hasard ?

Youssouf écarte les bras en signe d'ignorance.

— Non, patron, tu cherches quelque chose ?

— Oui, mon sifflet en or, tu ne l'as pas vu quelque part, ou quelqu'un ne te l'a pas déposé ?

Devant le silence embrumé qui répond à sa question, Ange hausse les épaules.

— S'il y a du neuf, tu me préviens. En attendant, je vais remonter jeter un coup d'œil. Je l'ai peut-être perdu sur la terrasse. Il a pu tomber de ma poche pendant la party, c'est là que je l'ai vu pour la dernière fois.

Youssouf hoche la tête et reste là, bras ballants. Inutile de compter sur lui pour aider à chercher.

— Bon OK, va te recoucher. Je n'ai plus besoin de toi. Je vais voir là-haut.

Sans insister, Youssouf salue Ange et regagne son antre. Avant de se rendre au monte-charge, un grattement de souris sur le métal de la porte d'entrée attire l'attention du promoteur.

— Qui est-ce ?

Derrière la cloison, une voix chuchote.

— Ouvre.

***

Chez les guignols, c'est la dèche totale. Les deux frangins se sont retrouvés à sec de finances. Et, après leur nouveau fiasco, il est temps de rentrer affronter le courroux d'Osama. Le Gros est au volant. Il ne reste guère d'essence dans le réservoir de l'Audi. Pas sûr que ça suffise pour faire tout le chemin de retour, il faudra en siphonner en route. Un peu paumés question itinéraire, ils galèrent avec les sens interdits et se retrouvent non loin de la Monet, illuminée par de puissants projecteurs. Comme un pied de nez à leur déconfiture, la construction se découpe dans le ciel nocturne et les nargue de toute sa hauteur. Dans une impulsion, le Nain ordonne à son frère.

— Tourne à droite vers cette putain de tour, j'ai une dernière idée. On y retourne.

Le Gros obéit sans faire d'histoire. Il braque en faisant crisser les pneus et retrouve miraculeusement le chemin qui les mène au pied de l'édifice, côté Seine. Retour au champ de bataille.

— On va faire une dernière visite, déclare Jean-Philippe, inspiré. On force la palissade, on rentre, et on nique tout ce qu'on peut. Un dernier festival avant de lâcher l'affaire. Sûr que si on vandalise suffisamment, ça fera plaisir à Osama. Ça aidera peut-être à faire passer l'histoire du gun et le reste.

— OK, dit le Gros, ravi à la perspective d'un peu d'action, seul moyen qu'il connaisse de dissiper quelque peu ses frustrations. On va bien lui saboter le chantier à ce connard. Tiens, rien que le monte-charge : ça coûte une blinde un truc comme ça. Attends que je lui balance une barre de fer dans les engrenages, ça va faire des étincelles.

Tels Achille et son mirmidon prêts à retourner à l'assaut des murailles de Troie, les deux guerriers s'extirpent de la caisse.

— Chouf ça, dit le Gros à son frère.

Il vient de reconnaître la Triumph d'Ange garée sur le tapis écarlate. La chance aurait-elle tourné ?

— Il doit être là. Dis un peu qu'on le chope, tranquille, sur le chantier. Ça serait pas beau, ça ?

— Génial, répond Jean-Philippe, bien que pas à 100% derrière l'optimisme de son jumeau…

Le mec est costaud et la dernière rencontre n'a pas été à leur avantage. Sans compter qu'ils n'ont même plus le pistolet. Mais il n'oublie pas la menace Osama. C'est quand même une occasion à saisir. Une dernière opportunité d'accomplir leur mission.

— En attendant, laisse-moi déjà lui arranger sa moto, ce sera toujours ça.

Le Gros balance un grand coup de latte dans le deux-roues. Malheureusement, c'est de sa mauvaise jambe, celle qui a pris le parpaing. Il grimace de douleur, malgré la joie de voir la bécane basculer sur sa béquille et s'effondrer à grand bruit sur le côté.

— Ah ! Ça fait du bien, dit-il, en se massant le péroné.

— Bravo pour la discrétion, Gros, avec tout ce bordel, l'autre batard il faut qu'il soit sourd pour ne pas nous avoir entendus.

Didier hausse les épaules, ne sachant quoi dire.

— Et s'il avait laissé le flingue dans le case ? continue le petit en désignant la Triumph. C'est ça qui serait bien. On pourrait rentrer avec. Osama nous tomberait peut-être moins sur le poil.

—Oui. Bonne idée.

Ils s'agenouillent péniblement et tentent d'ouvrir le coffre de la moto renversée. Évidemment, pas moyen. Fermé à clé.

— Il faut le forcer. On va bien trouver quelque chose parmi tous ces débris.

C'est à ce moment que, venue du ciel, une ombre jaillit de l'ombre. Dans la lumière tranchante des lampes au tungstène, la forme apparaît et se développe en une fraction de seconde, brièvement démultipliée avant de se transformer en papillon d'hémoglobine. Elle heurte le pare-brise avant de l'Audi dans un fracas d'explosion. En un éclair, les longerons sont pliés. Le verre vole partout en éclats scintillants, comme une colonie de lucioles pourpres.

Abasourdis, les deux frères s'approchent de la vision d'horreur : démantibulé en travers de la plage avant, un corps humain. Les jumeaux plissent les yeux pour mieux voir. Malgré son visage en bouillie éclaté sur le volant tordu, ils reconnaissent Ange à son beau costume. À quelques pas du capot, un éclat d'or luit sur le sol, jetant son reflet jaune entre deux éclaboussures écarlates. Un sifflet, qui semble de métal précieux. Dans un réflexe, tel un singe chapardeur dans un temple indien, le Nain s'en saisit vivement. Puis il démarre coudes au corps, pour s'éloigner du lieu du cataclysme. Sans se retourner, il encourage le frangin, qui peine à suivre, handicapé par son embonpoint et sa claudication.

— Bouge, Didier, il faut qu'on se barre de là.

— Sûr, agonise le Gros en nage, mais on n'a plus de caisse.

— Il y a un métro par là. On arrivera bien Gare de Lyon et on prendra le dur.

— Sans billets ?

— Ce ne sera pas la première fois. C'est pas un contrôleur qui va nous faire chier, allez, on se casse.

Ils disparaissent pendant que Youssouf, arraché pour la seconde fois au sommeil poisseux du shit, émerge de la tour. L'homme contemple la scène sans bouger. Il croit à un lambeau de rêve, un reste de défonce. Il lève la tête vers le ciel, comme si l'explication au spectacle qu'il a devant lui ne pouvait venir que de là-haut. Les étoiles brillent avec indifférence dans la nuit transparente. Devant lui, le magma de sang, de métal tordu et d'éclats de verre forme un écrin incompréhensible au corps qui fut son patron. Perdu dans sa contemplation hébétée, Youssouf ne remarque pas l'ombre qui se faufile hors de la tour et disparaît dans l'obscurité. Puis, un zeste de conscience lui revient. Il faut appeler des secours. Le cerveau encore alourdi par la succession des images et des émotions, il se décide à sortir son Nokia hors d'âge et à tapoter le 15. Que des emmerdes en perspective !

À l'issue de leur course éperdue, les frangins sont arrivés à la station de métro Les Courtilles. Ils sautent le portillon, débouchent sur le quai de la ligne 13 et se répandent hors d'haleine sur le plastique des sièges... Un panneau électronique indique que la prochaine rame arrive dans 2 minutes. Ils reprennent leur souffle peu à peu.

— Il n'est plus près de faire chier quelqu'un, ce bouffon, commente le Gros en guise d'oraison.

— Attends, on pourra même dire à Osama que c'est nous, qu'on l'a poussé.

— Oui, mais euh, on rentre sans le flingue.

— Justement, la chute du mec, ça arrangera le coup. Mission accomplie, non ? On a perdu le gun mais la guerre est gagnée.

Ils grimpent dans la rame, presque vide de passagers. Sur le seuil, tout content de quitter ces lieux exécrables, le Nain clame :

— Asnières-les-Cons, deux secondes d'arrêt. Les voyageurs pour La Bonne Mère, en voiture.

Puis il porte le sifflet à sa bouche et en siffle joyeusement un long coup…

18. RÉACTIONS

Je sors de la Salle quand Ice m'appelle pour m'annoncer le drame. La voix oppressée, le souffle court, elle va à l'essentiel :

— Petit Maitre ?

— Oui ?

— Ange est mort.

Je respire à fond pour reprendre un peu d'air. Avant tout, il faut que je le lui pose la question, la seule qui compte pour le moment :

— C'est toi ?

— Bien sûr que non. Et toi ?

Comme on dit : à question idiote, réponse idiote. À quoi bon insister ?

Puis les détails. La police sort de chez elle. Ice s'était couchée tranquillement, sans attendre le retour d'Ange qui devait diner avec des fournisseurs et dormir en rentrant dans la chambre d'amis. Comme elle avait mis son portable en recharge et en mode avion, ils sont venus au réveil lui annoncer la nouvelle à domicile. Ange est tombé du haut de la tour Monet. Une rambarde a cédé. Tué sur le coup. A priori un accident, mais ils veulent vérifier quelques élements, examiner le contenu des caméras du chantier, interroger plus longtemps le veilleur de nuit. Ils ont été très corrects, compatissants et tout. Ils ont posé des questions. Lui connaissait-elle des ennemis ? Ce genre de trucs comme dans les films. Elle a préféré finalement leur parler de la tentative de cambriolage, le peu qu'elle en sait. Ils ont eu l'air intéressés. Ils vont enquêter de ce côté, regarder aussi les caméras de surveillance de Neuilly.

— Tu veux que je vienne ?

— Pas tout de suite. Je ne sais pas. Peut-être demain. Je sens que la journée va être chargée. Je t'appelle dès que j'ai un moment.

***

Après avoir raccroché, je mets mon portable sur silencieux. Je veux profiter tranquillement de ces quelques minutes de marche à l'air libre. En parcourant les rues familières de notre enfance, j'essaie de digérer la nouvelle. Un pigeon gris aux ailes noires suit une femelle en roucoulant. Un peu plus loin dans la rue, une ménagère transporte un cabas bleu. Un bus circule, à moitié plein. Étonnant comme rien n'a changé. Je suis abasourdi. J'avance mécaniquement dans ma ville, ma petite ville de banlieue aux fondations ébranlées, ma ville des ânes désormais privée d'un peu de son âme. Mon cerveau résiste. Je me dis presque qu'Ice m'a fait une mauvaise blague. Qu'Ange va surgir de derrière un arbre en se tenant les côtes, lui ravi de ce bon canular et moi tout prêt à lui pardonner cette plaisanterie de mauvais goût. Sacré Ange. Puis je me rends à l'évidence.

Mes souvenirs m'accompagnent comme deux silhouettes d'enfants. Notre école pas loin. Le Monoprix où l'on piquait des trucs. Le square du Maréchal Leclerc avec le kiosque où Ange avait voulu me faire fumer mon premier – et dernier – cigare et où j'avais ensemencé la pelouse du contenu de mes boyaux. Les arbres et les façades qu'il ne verra plus. Lui qui aimait tant l'existence, si gourmand de tout ce qu'elle apportait. L'air encore frais picote mes poumons. Je me dis que, désormais, je devrais respirer pour nous deux.

Les beaux esprits prétendent que c'est la mort qui donne du sens à la vie. Foutaises. Ce qui donne sens à la vie, c'est la vie. La mort, elle, n'a aucun sens. Une paire de cochons corses, une rambarde. On est abonnés aux accidents improbables chez les Bastien.

Je n'ai même pas demandé à Ice si Maria est prévenue. Je suppose que oui. J'ai un geste vers mon téléphone pour appeler mes parents et partager ou commenter avec eux l'affreuse nouvelle, puis j'y renonce. Pas le courage. C'est trop difficile pour le moment.

Ice est libre maintenant. N'était-ce pas ce qu'elle souhaitait ? Ses sempiternels vœux de disparition ont été exaucés. Je n'arrive pas à me débarrasser de l'encombrant soupçon. Y est-elle pour quelque chose ? Que me dissimule-t-elle ? Coucher avec sa femme n'oblitère pas un fait, incontestable : Ange était mon meilleur ami. La vérité c'est que je suis anéanti.

Quand j'arrive à l'étude, l'atmosphère est lourde. Lola Novak n'ose pas me regarder en face. Je devine qu'elle est au courant de l'accident. Elle est jeune et ne sait quelle contenance adopter ni quels mots prononcer. Valorso la tire d'affaire en se portant à ma rencontre. Je suppose qu'il a été averti par Kader. Mon collaborateur est exceptionnellement arrivé avant moi et a sans doute tenu à me donner l'information en premier. Je le devance.

— Je suis au courant, Valorso.

Il affiche un air désolé. C'est de circonstance mais il semble réellement affecté. Peut-être n'est-il pas seulement animé par l'instinct charognard qui rôde autour de tous les deuils. Ange l'appréciait. Il est même possible que mon adjoint témoigne en cette occasion d'une véritable affection pour notre client. Il sait qu'Ange était mon ami d'enfance et connaît nos liens. Après l'échange de paroles creuses qui se prononcent en ces circonstances, je l'entraine dans mon bureau. La disparition du promoteur va provoquer des conséquences encore impossibles à établir sur le chiffre d'affaires de l'étude. Mais nous pouvons au moins essayer d'en avoir une première idée.

— S'il vous plait, Valorso, sortez-moi les dossiers Colbas en cours. Nous avons du travail.

Quand la pause déjeuner arrive, nous avons terminé l'examen de la situation et n'en sommes pas beaucoup plus avancés. Les inconnues sont trop nombreuses. Que va faire Colombani ? Que vont devenir les projets en cours ? Qui va remplacer Ange ? Valorso me demande si Ange avait déposé chez nous ses volontés, ou si je désire qu'il consulte le fichier. Je lui réponds de laisser cela et que je m'en occuperai.

J'appelle Colombani pour lui présenter mes condoléances et, même si c'est très prématuré, tenter d'en savoir davantage sur ses intentions.

— Écoute, Maitre, tu connais mes sentiments pour Ange. Je suis secoué. Sans lui, je n'en serais jamais arrivé là. Et je l'aimais, pareil que toi tu l'aimais je le sais, comme mon petit frère. Il soupire. Mais peut-être que d'un mal sort un bien. La Colbas est devenue une affaire importante, elle ne pouvait plus se permettre de telles combines. C'est affreux à dire, mais c'est peut-être un signe du destin.

Je suis étonné de sa réponse. On croirait que la mort d'Ange l'arrange presque. D'un autre côté, Colombani a toujours été un pragmatique. Et nous sommes suffisamment proches pour qu'il me dise toute sa pensée. Il conclut :

— Ne crois pas que je ne sois pas triste, hein petit. Je suis bouleversé. Je ne crois pas une seconde à la thèse du suicide. Si ce n'est pas un accident, j'ai hâte qu'on mette la main sur les fils de putes qui ont fait ça. J'ai déjà parlé à Kader. Je lui ai demandé de t'appeler pour te tenir au courant tout comme moi des progrès de l'enquête. Il va le faire. Tu sais qu'il ne peut pas nous refuser grand-chose.

Cette dernière déclaration ne me surprend pas. La Colbas et le cher commissaire sont liés par tout un tas de petits services échangés. Je te tiens, tu me tiens par la barbichette. Kader n'est jamais ennemi de la tricoche à partir du moment où elle sert ses intérêts.

19. DES APPELS IMPORTANTS

J'ai revérifié moi-même nos archives et consulté le fichier central des dispositions de dernières volontés. Je n'ai retrouvé nulle trace d'un testament d'Ange. En fin de journée, Valorso me passe Kader. Il a des nouvelles de l'enquête. Je referme la porte capitonnée de mon bureau.

— Bonsoir Maitre. J'ai parlé à M. Colombani. Confidentiellement, bien sûr et considérant nos bonnes relations, je vais vous faire un point très rapide... Nous avons déjà bien avancé sur quelques sujets.

Sur ce, il enchaine sur un bavardage circonstancié de plus de vingt minutes. Il en ressort que :

Tout d'abord, même si les circonstances en sont très spectaculaires, rien ne prouve que le décès d'Ange Bastien soit autre chose qu'accidentel. Sous le poids de la victime, une rambarde s'est détachée et Ange est tombé dans le vide sans pouvoir se rattraper nulle part... Le personnel avait signalé à maintes reprises un problème de fixation et Ange lui-même s'en était agacé. Il faisait noir, il n'a peut-être pas vu le danger, ou oublié ce problème d'attache. Une imprudence ? Tout est possible.

L'hypothèse d'un suicide ne semble pas tenir. Il était en parfaite santé et ne présentait, de façon unanime, aucun signe de dépression.

Sa présence à la tour Monet à cette heure indue ? Il avait déclaré à sa femme avoir peut-être oublié son sifflet en or fétiche sur les lieux. Le promoteur semblait superstitieux sur ce sujet. L'objet n'a pas été retrouvé mais il l'avait peut-être perdu ailleurs, ou bien quelqu'un l'avait-il ramassé sans le rendre ?

Vu l'importance de la victime et les circonstances inhabituelles de son décès, on a ordonné et réalisé rapidement une autopsie. Les premiers résultats donnés par le médecin légiste : pas de traces de coups portés avant la chute ou de blessure sur les vestiges du corps. L'analyse pharmacologique n'a rien donné.

Aucun fait ne permet donc aujourd'hui de conclure à un assassinat. Mais la piste n'est pas exclue pour autant : Ange Bastien a pu être poussé du haut de la Monet. Comme tout homme puissant, il n'avait pas que des amis. On a relevé des histoires d'associations de voisins mécontents mais de là à... Il y a des rumeurs de rivaux en province. Des concurrents jaloux liés à ses nouveaux projets. On cherche une arme sans bien savoir quoi.

On a aussi relevé des faits suspects. La voiture sur laquelle le corps d'Ange Bastien s'est fracassé après son vol plané de 15 étages est une Audi volée dans les Bouches-du-Rhône. Que faisait-elle à cet endroit ? On a mené l'enquête, fait des prélèvements. Pas facile. C'est comme si une bombe était tombée sur le véhicule. Le sang et les débris de cervelle ont aspergé le tableau de bord et l'habitacle est disloqué. Pourtant, malgré l'état de la scène, on a trouvé une paire d'empreintes. Qui a dit que la police n'est ni rapide ni efficace ? Elles incriminent deux zigotos. Deux petits truands marseillais, repérés pour petits trafics qu'on a également vus roder la veille autour de la tour, et près de chez la victime. Kader connaît bien Saadi, son interlocuteur à Marseille chargé de l'enquête. Ses indics là-bas l'ont rencardé. Des jumeaux, père inconnu, mère kinéplasticienne, nés à Tourcoing mais grandis à Marseille. Des mange-merdes jamais mouillés dans des affaires d'homicide, mais il y a un début à tout. Ils ont laissé autant de traces que deux éléphants qui traversent une cristallerie. Le bruit court là-bas que les deux individus ont été chargés par un caïd local de monter faire des ennuis à Ange. Il semble qu'ils étaient armés. Ah ! La vénalité de ces petits voyous, soupire Kader. Ils vendraient père et mère. D'ailleurs, ils le font.

— En effet, interviens-je, d'ailleurs Ange m'a dit avoir rencontré les deux agresseurs la veille de l'inauguration.

— Voilà, Maitre, qui concorde avec ce que nous avons déjà appris. Mais tous les détails sont les bienvenus, je passerai recueillir votre déposition à ce sujet. Comme le montrent les caméras de surveillance qui abondent à Neuilly, les deux personnages à l'Audi ont d'abord attendu la victime à son domicile puis, selon celles du chantier, l'ont assaillie au pied de la tour. Sans succès effectivement, les images sont claires.

— Oui, il m'avait parlé de ça aussi. Nous avions rendez-vous à l'office quelques moments plus tard. Les deux gars ne lui ont pas paru fute-futes. Il m'a dit les avoir mis en fuite très facilement, à un contre deux.

Kader opine, je le sens amusé.

— En effet. Vraiment des bras-cassés, tout semble l'indiquer. Ensuite, ils se sont planqués dans un hôtel de quartier du nord d'Asnières puis on les retrouve le soir même de nouveau au bas de la tour.

— Ils seraient donc les auteurs d'une nouvelle agression ? Ils auraient pu précipiter Ange du sommet ?

Le commissaire reprend son sérieux.

— L'idée est intéressante et nous a mobilisés dans un premier temps. Mais hélas, elle ne mène à rien. Le visionnage des fichiers du système de surveillance qui couvre le bas du chantier les met complètement hors de cause. Au moment exact où Ange pulvérise l'Audi dans sa chute, on les identifie à proximité immédiate du véhicule. À moins d'être Superman fois 2, on ne voit pas comment ils auraient pu simultanément se trouver en haut, au quinzième étage de l'immeuble, et en bas. Cela les innocente.

Kader poursuit ses confidences. Il y aurait peut-être aussi une seconde équipe d'agresseurs. Mais il avoue qu'il n'y croit pas trop, ou alors celle-ci se serait montrée incroyablement discrète. Quant aux zouaves, ils ont fait du non-stop. On pense qu'ils sont en route pour rentrer chez eux. Les collègues sur place vont les interroger dès que possible. Ils sont un peu… euh, imprévisibles, mais on finira par les retrouver. Pour les faire parler, on les menacera d'inculpation suite aux images de la première agression. Il y a aussi le vol de voiture dans lequel les deux individus sont mouillés. Le commissaire vient d'envoyer les fichiers à Marseille. Sous la pression, les deux frères nous en apprendront peut-être davantage. À l'interrogatoire, avec un peu de chance, on remontera jusqu'à leurs vrais commanditaires. Les indics de Saadi ont déjà précisé que le caïd local, un Malien futé, qui a envoyé les deux guignols au casse-pipe n'est qu'un intermédiaire. Les collègues là-bas soupçonnent fortement le milieu avignonnais. Rien n'est confirmé encore. Si leurs services peuvent coincer plus gros grâce à cette affaire, ça fera plaisir à beaucoup de monde. Bon, on verra. Bref, on nage toujours. On nage vite, mais on nage. On espère en savoir davantage rapidement.

— Espérons. Merci Commissaire pour toutes ces infos.

Kader en profite pour me mettre les points sur les i.

— Entre assermentés ! Vous vous êtes toujours montré sympathique avec moi, tout comme votre ami Bastien. Sait-on jamais, je vous demanderais peut-être un jour de me renvoyer la balle. Vous aussi en savez beaucoup sur beaucoup de choses. Et nous avons l'habitude d'être discrets sur nos meilleures sources.

Après toutes ces informations, Kader reprend son souffle. Je sens qu'autre chose va venir. Effectivement, il reprend en baissant le ton.

— Ce n'est pas tout. Ce que je vais vous dire est ultra confidentiel... Nous tenons une autre piste. Peu avant le décès, les caméras ont photographié une forme humaine, une ombre fortement pixélisée, sur une paire d'images. L'ombre s'est approchée de la tour Monet en traversant une zone obscure. D'après nos experts, une personne gracile, un adolescent ou une jeune femme. Ange Bastien n'était pas peut-être pas tout seul en haut de la tour. D'un autre côté, le veilleur de nuit dit qu'il n'a vu personne d'autre.

— Une femme ? Vous soupçonnez quelqu'un ?

— Comme il est habituel dans ces affaires, on a vérifié, poliment mais avec rigueur l'emploi du temps de l'épouse. Elle a donné un alibi. Un matou avec lequel elle fricote, mais c'est un peu délicat. Elle était mariée, enfin pour l'importance que ce genre de considérations a maintenant. Nous avons décidé de fouiner un peu de ce côté-là.

Je retiens mon souffle…

— Vérification faite, elle est hors de cause. Au moment de l'envol de son mari, elle s'envoyait aussi en l'air de son côté. (Il toussote, gêné trop tard par l'indélicatesse de sa petite blague.) Avec son prof de yoga. On a vérifié. C'est confirmé. Le bonhomme a confirmé l'alibi. Il est son amant régulier depuis quelques mois. Un balèze mais une tête de cul, si vous me passez l'expression. Manifestement pas assez malin pour inventer des carabistouilles. Il se la tapait dans un hôtel à l'heure exacte du décès. Confirmé par le personnel.

Je ne bronche pas, occupé à digérer l'info et l'amère pilule de la jalousie sans rien dire. Je me dis aussi que l'alibi ne prouve pas grand-chose. Un assassinat, ça se commandite. Sachant ce que je sais d'elle, rien ne permet d'affirmer qu'Ice est totalement hors de cause. Sans paraître remarquer mon trouble, le commissaire reprend :

— Il ne s'embêtait pas. Un joli morceau, la veuve. Vous la connaissez bien, je crois ?

J'ignore s'il y a une intention dans les mots de Kader. C'est un malin.

— Oui, Alice est une amie.

Il n'insiste pas.

— En ce cas, veillez bien sur elle. Bon, je vous laisse, Maitre, je dois rappeler Marseille. À bientôt.

***

À peine ai-je raccroché que Lola Novak me transfère un autre appel.

— Bonjour, confrère. Maitre Camille-Tissot à l'appareil.

Nous nous connaissons. C'est le vieux copain de Charmignac qui m'avait donné un coup de main pour l'acquisition de ma maison. Depuis, nous avons communiqué sur plusieurs autres affaires et nous entendons bien.

— Ah ! Oui, bien sûr, Confrère, que me vaut le plaisir ?

Camille-Tissot me dit qu'il vient d'entendre aux infos la nouvelle de la mort d'Ange Bastien, et me demande si je suis officiellement en charge de sa succession. Je lui réponds que je l'ignore encore, mais que c'est très probable. Je connais en détail les affaires du disparu et je suis très proche de la veuve (délicieux euphémisme). Je suis certain qu'elle va me designer sous peu.

Le confrère s'éclaircit la gorge. Il a des informations à m'apporter.

— En ce cas, dans le cadre de votre mission, il faut que je vous informe d'un fait que vous ignorez peut-être. Ange Bastien avait une fille, aujourd'hui âgée de vingt-cinq ans.

Je ne peux retenir ma surprise.

— Une fille ? Vous en êtes sûr ?

À peine ma phrase est-elle sortie de mon gosier que je la regrette déjà. Je déteste révéler, même par une simple exclamation, ma méconnaissance d'un élément d'un dossier. Encore plus de cet élément et de ce dossier-là.

— Ah ? Ange Bastien ne vous en avait pas parlé ? (Je distingue comme un imperceptible soupçon d'ironie dans la voix du confrère, mais bon prince, il n'insiste pas.) Il a procédé auprès de moi à la reconnaissance en paternité il y a une paire d'années. Je me souviens que ni la jeune fille ni la maman n'étaient présentes. Comme vous le savez, ça arrive. Un simple acte de naissance de l'enfant qu'on se procure aisément en mairie suffit. J'ai dressé l'acte en toute confidentialité à la demande du père. Il ne m'a pas fait part des raisons de sa discrétion. J'étais étonné aussi qu'il m'ait choisi, un autre notaire que son notaire habituel, pour cette démarche. Mais enfin, cela aussi peut arriver. Nous sommes bien placés pour savoir que rares sont ceux qui ne désirent pas conserver une part de mystère dans leur existence. Quant à la fille, nommée Laetitia, ce ne sera pas la première fois qu'un ayant droit de dernière minute apparaît au moment d'une succession. Aujourd'hui, vu la situation, je préfère vous aviser de son existence. Je ne vois aucune raison de ne pas le faire, surtout au vu de la cordialité de nos relations. Il s'agit quand même d'une héritière au premier degré.

— Vous avez parfaitement fait. Je vous en remercie infiniment, Confrère.

— Notre profession est déjà suffisamment bousculée ces derniers temps pour que nous ne nous rendions pas quelques services, entre professionnels de bonne compagnie. Il vous sera sans doute agréable que je vous adresse par e-mail les coordonnées de cette jeune femme en même temps que l'acte de reconnaissance en paternité qui comporte tous les détails ? Je vous envoie cela tout de suite.

J'articule un remerciement et suis sur le point de raccrocher en me demandant si Kader et ses collègues sont au courant de l'existence de la fille.

— Attendez, je n'ai pas fini, ajoute le confrère. Je détiens ici le testament mystique de M. Bastien. Il n'avait pas souhaité que je le fasse enregistrer au fichier central des dispositions de dernières volontés, mais m'avait donné pour instruction de vous le remettre en cas de malheur. Je vous l'envoie aussi ? Il partira demain par le coursier de l'étude.

Deuxième surprise. Encore une nouvelle étonnante. Un testament mystique est un acte sous-seing privé remis devant témoin à un notaire sans qu'il en connaisse le contenu. C'est une procédure assez lourde, mais utile pour authentifier ses dernières volontés quand on ne désire pas les révéler à quiconque. Je remercie à nouveau Camille-Tissot qui raccroche enfin et me laisse profondément songeur. En vérité, j'éprouve un profond sentiment de trahison. Coup sur coup, après l'annonce des coucheries d'Ice, voici celle des cachoteries d'Ange. Je me sens blessé. Nous qui avons toujours tout partagé... me souffle, mal à propos, mon amertume.

Bientôt, la petite enveloppe qui signale un nouvel e-mail clignote sur l'écran de mon ordinateur. Je parcours rapidement le baratin d'usage : « Cher maitre, veuillez trouver ci-joint la reconnaissance... blablabla. Par ailleurs, je vous ferai parvenir dès demain par coursier et contre décharge le testament mystique de... blablabla. » J'ouvre la pièce jointe.

La copie de la reconnaissance en paternité est complète et valide. Le document date d'il y a environ deux ans. Elle indique effectivement qu'Ange est papa d'une fille d'environ 25 ans, ayant pour mère une certaine Sonia Abensour.

Une petite visite sur Google m'indique que Laetitia et Sonia Abensour semblent toutes les deux liées à un refuge pour animaux. Le Caillebotis. Rue Raymond Gamak, à Gennevilliers. Je connais bien les cadastres et les plans successifs d'Asnières et de ses abords... L'adresse me dit quelque chose. Une brève vérification sur Google Maps me confirme qu'à vol d'oiseau ce n'est pas très loin mais que, située dans un périmètre aux formes contournées, coincée entre le fleuve, le port et le pont d'Argenteuil, l'artère est difficile d'accès.

Le site Internet du refuge affiche un design cheap et mal fagoté. Un appel de fonds barre la page. L'institution semble en difficulté financière et en appelle aux amis des bêtes. Il lui manque une somme importante pour réaliser des travaux d'entretien et se fournir en nourriture pour les animaux. Pour les dons, un site de crowdfunding est indiqué. On demande aussi de bien vouloir déposer, si on le peut, vieilles serviettes de bain et couvertures usagées. Les animaux en ont besoin pour améliorer le confort de leurs litières.

La fondation a été créée par un certain comte Léon de Rhoul, qui en a conservé la présidence. Entre deux colonnes d'offres d'adoption classées par ancienneté, quelques photos en noir et blanc représentent le Comte, un monsieur âgé qui pose entre une femme et une jeune fille. La légende des images les désigne comme Sonia et Laetitia Abensour, responsables du refuge aux côtés du fondateur, ce qui a permis au moteur de recherche de les identifier.

Malgré le manque de couleur de la photographie, je reconnais la jeune fille aux cheveux roses de l'inauguration, celle que j'ai aussi entraperçue au cimetière des chiens. Et, à en juger par leur ressemblance, la femme à l'air doux et inquiet est probablement sa mère.

Je dois parler à Ice le plus tôt possible. Mieux vaut qu'elle apprenne l'existence du testament de ma bouche. Je repense à notre conversation au cimetière des chiens. Avec une enfant d'Ange née d'un premier lit, il est sûr que la donne peut changer pour elle. Tout dépend de ce que contient ce document. Mieux vaut que je sois près d'elle pour amortir le coup en la préparant à de nouvelles éventualités. Et une autre idée m'accompagne, moins protectrice. Je n'arrive pas à me dire à 100% qu'elle n'y est pour rien dans la mort d'Ange. J'aimerais l'interroger moi-même à ce sujet.

Ice ne répond pas à mes appels. Lola Novak est en train de fermer l'étude. Elle va finir d'éteindre les lumières oubliées et brancher l'alarme. Moi, je vais repasser chez moi en vitesse.

Dans le garage attenant à ma demeure, je retrouve ma Mercedes 500E de 1990, un bijou récupéré dans la succession d'un industriel allemand. Un bolide aux allures de taxi, qui avait été parfaitement entretenu par son précédent propriétaire. J'ai fait restaurer ce qui devait l'être ; les ateliers de carrosserie et de mécanique générale ne manquent pas à Asnières La voiture est état concours, sans la moindre égratignure, chromes étincelants, moteur impeccable. Je démarre. Sans se faire prier, le V8 Porsche ronronne à la première sollicitation. J'actionne la télécommande du garage et la 500 E se lance dans les rues d'Asnières. En chemin, j'ai continué mes tentatives d'appel à Ice, mais n'ai pas obtenu davantage de réponses.

Poussé par une inquiétude grandissante, je me rends d'une traite à Neuilly. Ice ne répond pas à mes coups de sonnette. Et sa Mini n'est pas visible de la grille, ni dans la rue où elle a l'habitude de la garer. Peut-être a-t-elle été déjà prévenue de son côté de l'existence de la fille et d'un testament. Que magouille-t-elle encore ? Sa conduite est de plus en plus suspecte. Je remonte en voiture.

La pendulette du tableau de bord indique 19:00. Il n'est pas si tard et Gennevilliers n'est pas si loin.

20. LAETITIA

Depuis son plus jeune âge, rares étaient les phrases concernant Laetitia qui commençaient par autre chose que « la pauvre petite ». Et il est exact que son existence avait mal démarré.

Le grand-père maternel de Laetitia était venu d'Algérie travailler chez Simca à Nanterre. À la fermeture des usines, ses grands-parents partirent s'installer du côté de Fréjus. Leur fille Sonia venait d'atteindre dix-huit ans et avait juste trouvé un emploi de caissière au Monoprix des Bourguignons. Le job était pénible, monotone et mal payé, mais allait lui permettre de s'offrir la location d'un petit studio dans le quartier des Agnettes.

Un vendredi, un petit groupe de quatre étudiants s'était pointé devant la caisse de Sonia. Deux filles et deux garçons qui étaient venus au ravitaillement pour une fête, à proximité. À en juger par le paquet de bougies Vahiné qui accompagnait leurs achats d'alcools, sodas et divers trucs sucrés et salés à grignoter, il s'agissait d'un anniversaire. Sonia avait fait mine de ne pas remarquer les besaces alourdies des filles ni les blousons rebondis des garçons. Sans commentaire pour les chapardeurs, elle s'était contentée de biper les quelques articles qu'ils avaient déposés sur son tapis roulant. Au moment de régler les achats, un beau garçon souriant et plein d'énergie avait laissé les autres partir devant avec les victuailles, et s'était attardé. Pendant qu'il prenait le temps de retaper le code de sa carte visa, il avait sorti à Sonia quelques phrases de drague pas méchantes qui les avait fait sourire tous les deux. Il était revenu une heure plus tard, seul, donnant pour raison que ses amis avaient oublié d'acheter des gobelets jetables et des pailles en plastique, articles pas encore prohibés à l'époque. Il s'était montré moins dragueur, plus sérieux, sincèrement content de la revoir. Il lui avait proposé un rendez-vous pour le surlendemain. Ça tombait bien, elle finissait à 13 heures. Elle avait accepté, déjà sous le charme.

Le garçon s'était pointé dans une belle voiture rouge qu'il venait de racheter à un de ses copains pour emmener Sonia en balade au parc de Saint-Cloud. Il avait tout préparé : la nappe, les assiettes, les couverts, le poulet rôti encore tiède, une bouteille de champagne gardée au frais dans un sac isotherme – certains de ces articles récupérés de la fiesta. La jolie brune ne s'était jamais sentie ainsi traitée comme une reine. Ils s'étaient embrassés sur le coin d'une pelouse puis étaient vite partis faire l'amour dans sa chambre d'étudiant de Boulogne-Billancourt, à deux pas du parc. C'était la première fois de Sonia, mais elle ne le lui dit pas et il ne sembla rien remarquer.

L'idylle avait duré plusieurs semaines pendant lesquelles Ange venait chercher Sonia tous les jours à la sortie du supermarché. Puis un soir, tout simplement, il n'était pas venu. Elle fut triste bien sûr, mais eut l'étonnant sentiment qu'elle s'y attendait depuis le début. Quelques mois plus tard, elle le vit passer dans la voiture rouge avec une des filles de l'anniversaire. Les deux étudiants semblaient assortis et heureux comme dans un film d'amour. Sonia venait de faire un test qui lui apprenait qu'elle était enceinte. Elle ne revit jamais Ange.

Par la suite, Sonia ne cessa jamais de jongler entre les obligations d'un métier mal payé, le devoir d'élever Laetitia du mieux qu'elle pouvait et l'épuisante nécessité de manger, se vêtir et se loger chaque jour. Surtout, le séducteur disparu lui avait volé la confiance en l'avenir qui est l'essence même de la jeunesse, en la laissant avec deux fardeaux sur les bras : Laetitia et elle-même. La pauvre petite grandit sans père. Sa mère lui racontait inlassablement la même histoire : un monsieur très riche et très méchant les avait abandonnées pour partir s'amuser ailleurs et à jamais. Sous l'injure des tracas – en particulier financiers – qui pesaient sur elle, Sonia, à l'origine coquette et piquante, avait vu rapidement ses charmes se faner. La famille qui lui restait, quelques cousins éparpillés, se souciait peu d'elle.

Dans son studio des Agnettes, dès qu'elle le pouvait, Sonia couvait sa dépression chronique sous un édredon usé. À bout de forces, elle s'installait avec sa fille devant leur télé petit format pour laisser couler autour d'elles de tièdes programmes qu'elle ne regardait même pas. Noyée dans un courant de téléfilms mal doublés, elle dérivait dans l'écho inconsolable de son amour perdu.

Laetitia ne rencontra à l'école maternelle que l'indifférence de maîtresses surchargées et la condescendance des parents des autres élèves. Avec une mère devenue incapable de répondre à autre chose qu'à leurs besoins fondamentaux, sans ami, sans attention et sans dialogue, la pauvre petite s'occupait comme elle pouvait. Heureusement, un peu grâce à l'école et un peu par elle-même, elle apprit à lire précocement. L'imprimé est devenu pour nos sociétés un déchet qu'on trouve désormais à chaque coin de poubelle. Laetitia passa son temps à déchiffrer des ouvrages de toute sorte récupérés un peu partout.

Leur sort s'améliora soudain quand Sonia décrocha du tableau d'affichage du Monoprix la petite annonce suivante, ainsi sobrement tournée :

Recherche employée de maison au petit Gennevilliers. Logée, déclarée. Contacter le 01 72…

21. LE COMTE

Pendant l'essor de l'impressionnisme, le Petit Gennevilliers avait connu le même engouement progressif qu'Asnières, toute proche et qui faisait partie du même diocèse. Elle aussi fréquentée par les peintres, cette zone nichée au nord de la presqu'île dessinée par le fleuve en se repliant sur lui-même avait également attiré quelques familles cossues, séduites par cette campagne belle et riante, encore proche de Paris. À proximité du chemin marinier qui longeait la berge face à Argenteuil, les nouveaux arrivants avaient fait construire des demeures élégantes, souvent cernées de très vastes jardins. Parmi ces nantis figurait le célèbre mécène Gustave Caillebotte.

Notable et régatier, mécène et artiste, rentier et inventeur, Gustave Caillebotte est entré dans la légende de l'art. Héritier d'une famille de drapiers fortunés, il était né riche, à l'instar de son ami Edgar Degas et de son voisin Édouard Manet. Il aurait pu se contenter de reprendre les affaires familiales, et mener une vie bourgeoise et sans histoire, mais le destin en avait décidé autrement. En 1880, il s'était éloigné des belles résidences familiales de la plaine Monceau et du quartier de l'Opéra pour venir s'installer là, afin d'y pratiquer à loisir ses deux grandes passions : le nautisme et la peinture. Peintre lui-même, et excellent, il admirait sans réserve ceux que le public moqueur réunissait hâtivement sous le nom d'impressionnistes, cette poignée éclectique de génies habités qui révolutionnaient l'art et étaient appelés, il en était certain, à passer à la postérité.

Avec son frère, expérimentateur doué d'un passe-temps nouveau : la photographie, ils avaient acquis un terrain en bord de Seine et y avaient fait édifier deux maisons avec atelier, hangar à bateaux et une longue serre.

L'endroit était bientôt devenu un lieu de rendez-vous aux portes toujours grandes ouvertes pour les héros de la nouvelle peinture. Renoir, Monet, Morisot et tous les autres bénéficièrent tous, à un moment ou un autre, des fruits de la générosité sans faille de Gustave. Fan inconditionnel, il leur achetait des toiles, tenait table ouverte et les dépannait volontiers en cas de besoin.

Peut-être inspiré par le grand-père de son voisin Édouard Manet, qui fut le premier maire de Gennevilliers, Gustave Caillebotte se fit élire à son tour à une fonction municipale. Avec son panache habituel, une fois devenu maire adjoint, il utilisa sa fortune pour le bien d'autrui. Pour éviter la paperasse et les tracasseries administratives, cet édile étonnant n'hésitait pas à régler de ses propres deniers les uniformes des pompiers, les pavés et les becs de gaz dont il faisait équiper la commune.

Ce bienfaiteur des peintres et de ses voisins était persuadé qu'il mourrait jeune (ce qui fut le cas : quarante-six ans !). Il décida de léguer son incroyable collection d'œuvres à l'État, afin que cette peinture nouvelle qu'il admirait tant trouve enfin une place de choix dans les musées. Par modestie, il ne glissa aucune de ses propres réalisations dans le lot, malgré leur grande qualité picturale. Le temps lui rendra justice. La foule admire aujourd'hui ses toiles, exposées près de celles de ses amis et idoles, au musée d'Orsay et au Metropolitan de New York.

Hélas, au Petit Gennevilliers comme à Asnières, les impératifs liés à la construction du Port Autonome se montrèrent prioritaires. La plupart des propriétés furent abattues pour lui faire place. Stimulées par cette proximité, de nombreuses usines proliférèrent. L'une d'entre elles engloba dans sa superficie ce qui restait de la maison des Caillebotte, déjà très endommagée par un bombardement en 44 et dont on fit raser les vestiges. Toute trace immobilière de la présence du mécène en ces lieux fut ainsi définitivement effacée.

Alentour, le désastre n'avait pas connu sa fin. Le percement de l'A86 allait parachever les dégâts. Comme dévastés par un chalutier géant ratissant tout sur son passage, de nouveaux espaces furent détruits à leur tour. Demeures de maitre et habitations plus modestes, friches, parcs et jardinets, les dernières rescapées se retrouvèrent traversées par un large ruban d'asphalte encadré de hautes clôtures métalliques. Après ce massacre, il devint impossible de retrouver trace des paysages immortalisés dans des dizaines de tableaux célèbres.

Par pur miracle, une poignée de constructions échappèrent pourtant aux expropriations et aux travaux. Elles survécurent aux marges du port ou dans les rarissimes intervalles préservés. Les survivantes affichaient des états de conservation plus ou moins glorieux, mais tenaient toujours debout, souvent squattées par des familles de migrants installées là depuis des années.

Le comte Léon de Rhoul avait hérité de l'une de ces miraculées, voisine de la maison disparue des Caillebotte et qui lui ressemblait un peu, avec son vaste terrain et ses nombreuses constructions. Le Comte s'y était installé, après avoir fait nettoyer et rénover l'une des plus grandes bicoques qui composaient l'ensemble.

L'aristocrate avait été marié jeune, sans presque y réfléchir, à une femme de sa caste, autoritaire et bornée qui ne fréquentait que ses clones, créatures à particule issues du même tonneau. Il ne s'en sentit jamais amoureux. Bien vite lassé des fugitifs plaisirs de la chair avec cet être sec, il ne put jamais rassembler suffisamment d'obstination pour lui faire un enfant. Il vécut solitaire au sein de son couple, réservant ses fréquentations au cercle de famille, à quelques amis de son Club, de plus en plus chenus, et à son cocker adoré qui répondait au nom de Jenny.

À la mort de sa femme, il décida de vendre tous ses biens et de consacrer les fonds ainsi rassemblés à faire de cette propriété immense et délabrée un lieu consacré à la défense et à l'entretien des animaux abandonnés.

Il semblait avoir fait sienne la fameuse devise « Plus je connais les gens, plus j'aime les bêtes ». Peut-être s'en voulait-il d'une enfance de chasses et de véneries qui l'avaient toujours plus ou moins rebuté. À moins qu'il ne soit mû par le souvenir de l'affection inconditionnelle que lui avait toujours témoigné Jenny, décédée peu de temps avant son épouse. Peut-être avait-il été inspiré par la proximité de l'important refuge de la SPA installé non loin. Toujours est-il que cette affaire était devenue sa croisade. Il avait décidé de la mener à bien avec la même détermination que, bien des siècles plus tôt, celle de ses aïeux devant les remparts de Saint-Jean-d'Acre.

Une fois emménagé à Gennevilliers, Léon de Rhoul s'était mis en quête de quelqu'un qui puisse assurer le ménage de son nouveau logis. Passant un jour au Monoprix d'Asnières pour s'y procurer de nouvelles lames de rasoir, il avisa le panneau d'affichage qui recensait offres et demandes d'emploi et propositions diverses. Sur une impulsion, il saisit une carte de visite dans son porte-carte au dos de laquelle il écrivit l'objet de sa recherche. À peine l'avait-il mis en place grâce aux magnets laissés à cet usage par la direction qu'une voix timide l'interpella. C'était Sonia, dans sa blouse bleue et blanche d'employée, qui venait de lire son annonce. Elle lui confia que la place l'intéressait. Quelque chose dans le maintien de la jeune femme lui inspira confiance. Le Comte n'était pas homme à se compliquer la vie ni à repousser les appels du destin. Ils bavardèrent quelques instants, après lesquels il récupéra le bristol, y inscrivit sa nouvelle adresse et le tendit à la jeune femme en lui donnant rendez-vous pour la fin de journée.

L'entretien se passa simplement et l'affaire fut vite conclue. La situation financière de Sonia allait s'améliorer. L'emploi était correctement payé et le logement proposé représentait une sérieuse économie de loyer. La maison comportait beaucoup de pièces commodément isolées les unes des autres et le Comte n'avait pas vu d'inconvénient à héberger la petite Laetitia en même temps que sa mère. Étant donné leur maigre bagage, le déménagement fut facile. La découverte des lieux fut un enchantement. De l'espace et de l'air, et bientôt des animaux. La pauvre petite allait bientôt se dire finalement que la vie n'était PAS que de la malchance.

22. LE CAILLEBOTIS

Penchée sur son bureau Jean Prouvé récupéré dans les réserves et dont chacun à la mairie ignore la valeur astronomique, la clope au bec et la fumée dans les yeux, Madame la Maire prend son temps. Elle se concentre pour corriger la liste qu'on lui a préparée en prévision du prochain conseil municipal. C'est qu'avec l'urbanisation galopante du nord de la commune, il est devenu nécessaire de baptiser à tour de bras les nouvelles rues, allées, avenues et placettes qui se créent à foison. Une occasion unique de laisser l'empreinte d'une municipalité engagée dans la défense des travailleurs, tutelle de l'un des derniers joyaux de la « ceinture rouge », cette couronne ouvrière qui encerclait Paris depuis la guerre et dont les fortins tombent les uns après les autres. Aux prémices du XXIe siècle, Gennevilliers se maintient sous influence communiste, mais pour combien de temps encore ?

— Éluard (bof, banal), Cervantès (très bien), Émile Zola, Jules Vallès (pourquoi pas ?), Maxime Gorki, Pablo Picasso, Louis Aragon (admettons, mais bon), Dostoïevski, Soljenitsyne (pardon ?) Soljenitsyne : ce traitre ?! La modernité a des limites. Gorbatchev a fini son travail, certains pensent son saccage, de reformation de l'Union soviétique. Le mur de Berlin est tombé. Transparence et rénovation sont passées par là et le Parti n'a plus les moyens de jouer les gros bras. Il faut bien s'adapter à l'ère nouvelle. Mais pourquoi encore remuer des sujets qui fâchent ? Il existe toujours à Gennevilliers des vieux fans de Thorez et de Marchais qui considèrent que Staline était un type formidable, Khrouchtchev un timoré, et que Soljenitsyne avait bien mérité sa place au goulag.

À travers la porte aux battants insonorisés de son bureau, la maire doit forcer la voix pour interpeller la secrétaire de mairie qui rapplique aussitôt.

— Dites-moi Maryse, vous avez écrit Soljenitsyne, j'ai bien lu ? Vous avez perdu la tête ?

Justification maladroite de Maryse.

— Mais Marie-Claude (en vertu de l'idéologie locale, Mme la Maire a exigé que chacun ici s'appelle par son prénom), vous m'avez demandé vous-même de le faire figurer dans la liste des propositions. C'est un grand écrivain qui fait depuis toujours la gloire de la Russie et a servi la littérature mondiale. Il y a un problème ?

— Soljenitsyne, la gloire de la Russie ? Tiens donc.

— Oui, les frères Karamazov. Crime et châtiment…

— Ah je comprends mieux ! Vous avez confondu avec Dostoïevski.

Guère amusée par la méprise, Marie-Claude biffe d'un geste excédé le nom du dissident. Quand elle relève la tête, la secrétaire de mairie est encore là, plantée devant la Maire.

— Quoi encore ?

— Votre rendez-vous de 11 heures. Déjà trois quarts d'heure que le monsieur est arrivé. Et dans un souffle vaguement émerveillé : C'est le fameux comte. Il est avec une petite fille.

Marie-Claude range la liste dans sa chemise cartonnée et soupire. Cette pauvre Maryse n'a pas inventé la poudre. Incroyable d'être encore impressionnée par ces étiquettes héritées d'un ancien régime oppresseur et antisocial par essence. Alors qu'un nouveau millénaire vient juste de sonner ! Enfin, passons.

— Ah oui, ce monsieur-là ? (Elle a été tentée de dire citoyen, comme sous la révolution, mais la politesse l'emporte) Bon, faites-le entrer.

S'ensuivent des salutations brèves pendant lesquelles Mme la Maire découvre enfin le Comte, en chair et en os, un quinquagénaire à l'air digne vêtu avec élégance d'un complet de lin clair et d'une cravate parme. L'administré à particule lui présente comme son assistante la petite fille qui l'accompagne et qui s'appelle Laetitia. La donzelle ne bronche pas, affichant l'air sérieux de celle qui sait l'importance de sa lourde tâche d'accompagnatrice. Marie-Claude ne peut s'empêcher de lâcher dans un sourire :

— Bienvenue, chers visiteurs. L'aristocrate que vous êtes, Monsieur, ne se sent pas trop en terre ennemie dans notre belle mairie bolchévique ? Nos positions envers la noblesse se sont toujours montrées assez radicales.

Le Comte lui rend son sourire et écarte la provoc d'un geste délicat du poignet.

— Vous savez, aujourd'hui, les aristocrates ne sont plus beaucoup préoccupés de ce qu'ils sont ni même de ce qu'ils furent ; notre heure de gloire est passée. À vrai dire, ceux qui m'intéressent sont ceux qui peinent en silence, ceux qui n'ont que le droit de souffrir et de mourir sans protester.

— Vous voulez dire les ouvriers ? fait mine de comprendre Marie-Claude.

— Je parle principalement des animaux. Aujourd'hui, vos prolétaires ne rêvent plus que de vivre la vie qu'ils imaginent que nous, les privilégiés, vivions. Augmenter la cylindrée de leurs autos, s'empiffrer de saumon fumé et de vols au vent surgelés, faire du tourisme, vouloir ce qu'il y a de mieux. Et vous verrez, ce n'est pas fini. Après nous, votre tour va vite venir. Faute d'ouailles, vous allez voir votre influence s'étioler ; sans que vous vous en rendiez compte, vos chers ouvriers se seront tous mués en bourgeois.

— En attendant, cher Monsieur, rétorque la Maire, tant qu'il y aura des pauvres, ici et ailleurs, je crois que nous pourrons servir encore à quelque chose.

Courte pause. Les deux protagonistes se sont interrompus, chacun un peu confus de s'être laissés embarquer dans un combat idéologique qu'ils devinent parfaitement inutile. Après cette vaine escarmouche, le Comte reprend sur un ton moins disert :

— Alors, Mme la Maire, vous avez pu lire mes courriers ? La commune a réfléchi ? Qu'allez-vous décider pour notre projet ?

Dans son panthéon personnel, Marie-Claude pencherait davantage vers le Bon Samaritain que vers l'arche de Noé.

Elle considère que parmi les malheurs et les injustices de ce monde, ceux subis par les humains doivent passer en priorité. Elle se voit mal faire remettre à la rue quelques migrants pour permettre à un aristocrate un peu toqué d'héberger une population de bestioles laissées pour compte. D'un autre côté, le Comte est chez lui sur son foncier du petit Gennevilliers et ne semble pas si insensé.

— Que voulez-vous que je vous dise ? Je vous ai reçu par courtoisie, mais j'ai bien peur que vos demandes d'autorisation de travaux soient retoquées par la commission d'urbanisme. En toute franchise, je me dois de vous dire que je ne les soutiendrai pas. Nous avons déjà un refuge SPA, et non des moins importants, sur la commune. Et je ne trouve pas que faire expulser de votre propriété, si longtemps à l'abandon, les malheureux qui l'occupent aujourd'hui soit une idée généreuse ni convenable. Beaucoup d'humains aussi sont des « créatures » en détresse et attendent notre aide.

Le Comte ne se démonte pas.

— C'est un point de vue respectable, bien sûr. Mais à force d'aider certaines de ces créatures, il ne faudrait pas finir par négliger toutes les autres. Si vous voyiez ce qu'on voit chaque jour, vous vous diriez peut-être que les animaux sont devenus en quelque sorte les prolétaires des humains et en auriez comme moi le cœur fendu. La SPA ? Elle fait œuvre utile et je suis le premier à la soutenir, j'en suis même membre honoraire, mais mon projet la soulagerait un peu. Et à dire vrai, je ne partage pas toutes ses vues, en particulier sur l'euthanasie ni sur le train de vie de son conseil d'administration. Quant à la famille qui occupe partie de ma propriété, je les y ai bien volontiers laissés, mais je vous assure qu'ils vivent dans des conditions bien précaires. Ils mériteraient un meilleur toit. Que pouvons-nous faire ? Il en est du soutien aux animaux comme de vos chers logements sociaux. Abondance de solutions ne peut pas nuire quand on lutte contre la misère. Je suis le premier à souscrire à l'idée de charité.

— De solidarité si vous voulez bien, coupe la Maire, j'ai un petit problème avec le mot charité. Il sonne un peu trop clérical à mes oreilles.

— Comme il vous conviendra, disons de solidarité si vous préférez. Considérons surtout que, quel que soit le nombre de pattes de nos protégés respectifs, nos démarches sont en quelque sorte complémentaires.

— Et puis, intervient soudainement Laetitia, il y a des humains un peu bêtes et des animaux très gentils, vous savez. C'est la maitresse qui nous l'a dit.

L'édile observe plus attentivement la petite qui met ainsi son grain de sel dans la conversation. Six ou sept ans. La robe de coton ne dissimule pas un corps de garçon manqué, long et musclé. Une bonne bouille avec un regard étonnant d'intelligence, d'un vert clair et lumineux.

— Ah ! Si la maitresse l'a dit, alors ! C'est très bien que tu apprécies l'école. Tu aimes lire, petite ?

— Oui madame, beaucoup. Je viens de finir Croc-Blanc. J'ai adoré.

La maire opine. Excellent choix ; même un peu précoce pour une enfant si jeune. Cette petite lui plait bien. Marie-Claude se dit que l'auteur serait un bon candidat à ajouter à la liste de noms. Allée Jack London, pas mal.

Une question banale vient aux lèvres de l'édile.

— Tu veux faire quoi plus tard comme métier plus tard ?

— Vétérinaire, madame.

Marie-Claude réprime un sourire. Elle aurait dû s'en douter.

Accroché à son sujet, le Comte reprend la parole. Il produit en souriant un exemplaire de l'Humanité soigneusement plié en huit (vous voyez, madame, que j'ai de saines lectures !) où figure, encadrée à l'encre bleue, une interview de son interlocutrice. Il y relève qu'après avoir presque achevé le programme d'un nouvel ensemble de bâtiments sociaux, madame la Maire cherche à développer les espaces verts sur sa commune. Elle se plaint de la raréfaction et du coût croissants des parcelles disponibles. En réponse à l'article, le Comte aurait une proposition à faire. Il se déclare prêt à offrir à la municipalité la moitié de son terrain pour la transformer en jardin public. La mairie lui accorderait en échange les autorisations et le soutien dont il a besoin pour créer le refuge. Et, last but not least, elle se chargerait de reloger les squatters dans des conditions décentes.

La petite fixe maintenant la Maire de ses yeux émeraude, comme attendant son verdict.

— Allez, Madame, s'il vous plait, l'encourage-t-elle.

Marie-Claude hausse les épaules. Après tout, pourquoi pas ? Difficile de refuser un cadeau d'un hectare de verdure pour les poumons des Gennevillois agressés par tant de pollutions. Et elle sait que la commune disposera bientôt de quelques logements sociaux non encore attribués. L'histoire des squatteurs peut s'arranger. Frayer avec un Comte, c'est pactiser avec le diable, mais ce diable est à vrai dire du genre attendrissant. La Maire observe encore la petite fille, comme pour l'interroger une dernière fois sur quel parti prendre. La petite lui offre en retour un grand sourire confiant.

***

Les travaux prendront plusieurs mois. En hommage à son prestigieux voisin disparu, Léon de Rhoul a décidé de nommer le refuge : « Le Caillebotis ».

Un grand hangar pour les chiens non loin de la maison, un second plus petit pour les chats, un local pour l'accueil et l'administratif, quelques appentis. Le tout logé entre le jardin créé par la Ville, quelques barres d'immeuble et un club de musique ethnique. De leur côté, les Iraniens ne vont pas tarder à rejoindre leur nouveau F3 octroyé par la Ville et doté de tous les conforts. Laetitia ne les perdra jamais de vue.

Dans leur nouvelle existence, le Comte s'habitue à la présence des nouvelles occupantes, discrète mais relevée par la vivacité de la petite. Ils continuent à faire connaissance. Les manières délicates de l'aristocrate ont su amener Sonia vers les rives du bien-être. Aucune ambiguïté ne se mêle à cette relation. Jamais un seul geste déplacé de la part du vieil homme, dont la bougie du désir semble éteinte à jamais et qui réserve ses phantasmes à son projet. Sonia, elle, survit dans le souvenir gris de son amour perdu qui la garde loin de toute coquetterie et se consacre aux tâches routinières du ménage avec une application presque thérapeutique. Sans que ne se dissipe jamais tout à fait sa neurasthénie, elle retrouve un élan de vie.

Laetitia grandit et prend des joues. Dès qu'elle le peut, elle s'échappe vers un coin du terrain vague. Éprise de nature, elle aime les herbes et les escargots… Elle a trouvé un petit chaton femelle, première invitée du refuge à venir. Dans la mini jungle des graminées sauvages, le félin et elle jouent à se poursuivre et s'apprennent mutuellement à grimper aux quelques arbres qui parsèment encore la propriété. Marronniers et platanes, Laetitia les escalade en veillant de toute sa souplesse à ne briser nulle ramure, à ne déranger aucun nid. Le chaton ne la suit guère au-delà de la première branche puis miaule pour redescendre. Dès qu'installée au sommet d'un de ses perchoirs, la petite fille se repose, tranquille et apaisée, sage comme un loir et se laisse bercer par les rumeurs de la ville, les coups de marteau des ateliers environnants, le grondement sourd des autos qui défilent sur la voie rapide. Parfois, le coup de sirène d'une barge qui accoste au gigantesque port creusé non loin fait résonner l'air comme un monstre rugissant. Elle est bien. Le soir, saoulée de grand air, Laetitia se réfugie dans un recoin de l'escalier avec un livre pioché dans la vaste bibliothèque. Le Comte l'a autorisée à y choisir tout ce qu'elle veut.

Une fois les travaux achevés, ils reçoivent les premiers pensionnaires. Surtout des chiens, et quelques chats, bientôt complétés par Rocade, un vieux cheval qu'on ne monte plus.

— Tu vois, il est comme moi. Inutile et perclus de rhumatismes, explique le Comte à Laetitia. Je l'ai racheté à un centre équestre qui voulait le vendre à l'équarrisseur. On envisageait de s'en débarrasser au prix de la viande en gros. Aurait-il fallu que je le laisse se faire transformer en chair à surgelés ? Je n'aimerais pas ça, moi, me retrouver en lasagnes avant que mon heure soit venue.

Rien ne stresse les chevaux comme la solitude. Au bout du bâtiment des chiens, on a construit un box pour Rocade, et on lui a même offert un lapin, nommé Pinpin sans aucune originalité, pour lui tenir compagnie.

Pour aider, le Comte a embauché à temps partiel deux ex-employés de la SPA. De leur côté, Sonia et Laetitia apprennent vite comment nourrir, brosser et soigner les animaux. La mère, toujours un peu inhibée en présence des humains, trouve auprès des toutous et des matous la tendresse qu'elle croyait à jamais perdue. Elle délaisse de plus en plus la télévision et leur consacre tout son temps libre. À peine sortie de l'école, Laetitia expédie ses devoirs puis fait le tour du domaine. Après diner, elle va lire dans la bibliothèque bien fournie du Comte, dévorant tout autant les grands noms de la littérature générale que les ouvrages sur les animaux. Multiplié par le nombre de pensionnaires, le coût des visites du vétérinaire est élevé. Autant avoir appris le plus possible de soins de base pour diminuer un peu les frais.

Au fil des ans, un miracle est arrivé. Le Caillebotis, c'est la pagaille, mais c'est le paradis. Sonia a trouvé un environnement protecteur, le Comte deux amies et Laetitia une sorte de grand-père. La pauvre petite est devenue une jeune fille élancée et robuste, aux traits fins et aux yeux vert anis, pleine de vie, d'entrain et de curiosité.

23. PÈRE ET FILLE

Le père de Laetitia n'a jamais repris contact avec Sonia. Conséquence : Sonia a déclaré ne plus jamais désirer le revoir, et lui a tu l'existence de leur fille. Suivant l'attitude maternelle, Laetitia a tenu ses pensées à l'écart de cet inconnu qui leur a fait tant de mal en les abandonnant. Mon père ? Si on veut, se dit-elle. Est-ce qu'un père laisse tomber son enfant ? Est-ce qu'un père laisse crever de chagrin la mère de sa fille ?

Jusqu'à son adolescence, Laetitia n'a jamais voulu en savoir davantage sur le mystère de ses origines. Vers ses 18 ans, en cherchant dans la bibliothèque le guide des soins naturels pour chiens et chats qu'elle a prêté à sa mère, elle fait une trouvaille. Sonia avait apporté dans leur déménagement plusieurs boîtes à chaussures pleines de documents et de souvenirs divers. Elles semblaient ne renfermer d'autre trésor que de la paperasse. Laetitia s'était promis d'en examiner le contenu plus tard et avait oublié. Quand elle retrouve le livre qu'elle cherchait, posé près de plusieurs de ces classeurs dans un rayonnage en désordre, elle décide de mettre un peu d'ordre.

Une fois avoir ouvert la première des boîtes, une photo attire son attention. Quelle surprise pour Laetitia quand elle découvre parmi de vieux papiers sans intérêt, sa mère comme elle ne l'a jamais vue. Une jeune fille svelte et séduisante, portant mini-jupe et bottines de skaï, sachant souligner ses jolis yeux violets d'une dose de mascara copieusement appliqué mais qui fait son petit effet. Plus surprenant encore : elle rit. Sonia tient par le bras un beau jeune homme aux mêmes pommettes et au même menton volontaire que Laetitia. Probablement le père enfui.

La jeune fille ne peut résister à examiner le contenu des autres rangements plus en détail. L'un d'entre eux l'intéresse particulièrement. Il contient plusieurs coupures de presse, des articles de revues de travaux publics ou de la presse locale auxquels elle ne comprend pas grand-chose. La progression du personnage y est illustrée d'étape en étape et, sur les photos qui les illustrent, elle le voit prendre de l'étoffe et de la maturité. Les textes lui apprennent le nom de son père : Ange Bastien, et que le jeune homme est devenu rapidement un promoteur immobilier à succès. Elle se dit qu'elle aurait pu, ou même qu'elle aurait dû, s'appeler Laetitia Bastien. Elle répète le nom plusieurs fois comme pour tester comment il sonne. Laetitia Bastien, Laetitia Bastien... Ça lui fait drôle.

Son copain le chat, celui avec lequel elle grimpe aux arbres, le seul autorisé dans la maison, déboule à ce moment-là. Il se frotte à ses jambes en ronronnant, comme toujours avide de caresses. Absorbée dans son examen, elle lui décoche un petit coup de pied. Laisse-moi tranquille, je suis occupée. Le félin se retire, offensé. Une chose intrigue encore Laetitia. En étudiant les dates, Laetitia comprend que les articles ont été compilés par Sonia au fil du temps, et conservés précieusement.

Laetitia ne résiste pas à chaparder la photo du couple, qu'elle va cacher sous son matelas pour pouvoir la regarder à loisir. Elle n'ose pas parler de ses trouvailles à sa mère. Mettre Sonia face à ses contradictions ne pourrait que la mettre mal à l'aise. Mais le désir et la curiosité de mieux connaître cet inconnu, qui vit à quelques kilomètres seulement, sont nés et ne feront que grandir. Que son père possédât une belle maison, ait réussi dans ses affaires et épousé une belle femme lui fait plaisir. Circulerait donc dans ses veines le sang d'un homme fait pour jouir de la vie, la mordre à pleines dents et en consommer les bienfaits. Elle n'envie pas cet univers, mais aime imaginer Ange heureux, puisqu'il semble posséder tout ce que sa nature ambitieuse est censée désirer.

Pendant de longues semaines, la jeune fille essaie de repousser l'idée d'une rencontre. Elle tente de se raisonner. L'étranger ne sait même pas qu'il a une fille. Il ne sait même pas qu'il est mon père. Nous n'avons rien en commun. Il y a plus de distance entre Gennevilliers et Neuilly qu'entre le pôle Nord et le pôle Sud.

Laetitia ne veut pas déranger une vie où elle sent qu'elle n'a pas sa place, et craindrait de risquer de bouleverser le fragile équilibre mental de sa mère. Mais apercevoir Ange, ne serait-ce qu'une fois, l'obsède. Elle finit par imaginer un moyen terme pour se rapprocher de lui. Avec les informations dont elle dispose, elle trouve l'adresse de son siège social, et celle de chez lui. Elle prend son vélo et vient tourner près de ses bureaux à Clichy, ou passe à Neuilly, comptant sur le hasard pour le recroiser. Elle le suit parfois quand il sort de sa villa avec sa grosse moto, en pédalant de son mieux pour rester derrière lui. Elle l'épie sortant de ses bureaux, visitant ses chantiers, mais n'ose toujours pas l'aborder. Un jour, elle découvre Ice au volant de sa Mini et réussit à la suivre également, curieuse de voler quelques instants de la vie de la femme de son père. Ce qu'elle voit d'elle lui suffit pour la trouver superficielle, attachée à ce qui brille et à sa propre personne. En d'autres occasions, elle surprend la femme de son père en compagnie d'hommes avec qui elle semble intime. Elle lui paraît alors peu loyale et vaniteuse. Elle se dit que sa mère avait peut-être eu de la chance finalement de ne pas vivre cette vie-là.

La rencontre avec Ange, tant espérée et tant repoussée, se fait sans formalité. Il a fini par se rendre compte de la présence de cette ombre qui le file de temps en temps. À la sortie d'un virage, il freine sa belle moto, ôte son casque et attend que la petite à vélo arrive à sa hauteur. Il lui demande qui elle est. Elle le lui dit. Il la dévisage, intrigué. La ressemblance est patente… Il la croit, tout simplement. Il aime trop la vie pour refuser une surprise aussi folle. Un bistrot fait l'angle. Ils vont prendre un café. Ils bavardent. « Alors, comment s'appelle ma fille ? » – « Laetitia. » – « C'est très joli Laetitia, appelons-nous par nos prénoms ». Il est gentil, mais au fond un peu gêné. Il demande des nouvelles de Sonia dont il dit qu'il se souvient très bien, l'interroge sur sa vie. Elle lui raconte le Caillebotis. Il lui demande, au fait, où elle est née. Mais à Asnières bien sûr ! Ça semble l'épater, comme un astrophysicien qui vient de découvrir une faille dans l'espace-temps. Tout cela semble un peu irréel. Ils sentent qu'ils n'ont pas grand-chose à se dire, mais Ange semble content. Finalement, il doit y aller et lui donne son numéro de portable sur un morceau de carton. Elle dit : « Je ne sais pas si nous nous reverrons ». Il lui dit « Garde-le quand même si tu as besoin ». Elle rentre chez elle et range le carton avec la photo sans rien dire à Sonia.

C'est après cette rencontre qu'Ange décide de reconnaître sa fille, et fait les démarches nécessaires. Cela lui paraîtra la chose à faire, tout comme rester le plus discret possible, il redoute des complications oiseuses. Il a dégotté un notaire dans une ville voisine pour les formalités.

***

Au fil des années, les économies du Comte se sont érodées. Faute de subventions, ce ne sont pas les dons trop rares qui peuvent suffire à alimenter les besoins du refuge. Pour le garder à flot, l'aristocrate a vendu peu à peu ses autres propriétés, une villa à Bandol, un studio dans le 16e, des hectares de bois dans le Périgord. Les travaux, l'entretien, les frais vétérinaires continuent de coûter. Le Caillebotis va mal. Il faudrait refaire l'installation électrique du grand bâtiment. Le foin, la paille, les croquettes ; même en gros c'est ruineux. Faute de moyens, on a dû se séparer d'un des deux aides. Il n'y a pas d'autre solution : Laetitia va se résoudre à retourner vers Ange pour lui demander de l'aide.

Elle avoue enfin à Sonia qu'elle a découvert qui est son père et qu'elle l'a revu. Elle lui dit aussi qu'elle va reprendre contact avec lui pour essayer de sauver le Caillebotis. Sa mère ne le prend pas si mal : si c'est pour la bonne cause, admet-elle, secrètement contente. Il était peut-être temps qu'Ange arrive dans la vie de leur fille.

Laetitia décide de montrer qu'elle peut être coquette. Elle se teint une mèche de cheveux en rose. Elle a vu ça dans un vieux magazine. Ça fait stylé.

24. GENNEVILLIERS

Sur le chemin du refuge, c'est l'heure des embouteillages. J'aurais mieux fait d'y aller à pied, je n'aurais pas perdu davantage de temps. En zigzaguant comme je peux entre les files, ignorant des klaxons, je tente de me faufiler en direction de Colombes. Je traverse enfin la Seine par le pont Bineau. Le ciel s'est assombri. Les nuages d'orage s'amoncèlent, obscurs et menaçants, et flottent comme des propriétaires repus au-dessus des usines, des installations portuaires et des centres commerciaux. J'ai continué d'appeler Ice en route, mais elle ne répond toujours pas.

Pendant que je poireaute, bloqué sur la D11 derrière un semi-remorque, je repense aux appels de Kader et de Camille-Tissot. Les questions tournent dans ma tête. A-t-on poussé Ange ou est-il tombé tout seul ? Qui est l'ombre qui rôdait autour du chantier ? Quel est le rôle exact des deux frères venus de Marseille ? Leurs commanditaires sont-ils vraiment les Avignonnais ? Colombani joue-t-il un rôle dans tout cela ? Ou bien est-il complice d'une nouvelle embrouille qui aurait mal tourné ? Kader dit-il tout ce qu'il sait ? Pourquoi Ange a-t-il dissimulé l'existence de sa fille ? Et ce testament en catimini ? Qu'a-t-il caché d'autre ?

Autre mystère : Ice. Pourquoi son silence ? Souhaitait-elle vraiment la disparition d'Ange ? Qu'attendait-elle vraiment de notre aventure ? Essayait-elle uniquement de me manipuler ? Le bellâtre prof de yoga, complice ou autre victime ? Et maintenant, où est-elle passée ? Qu'est-elle en train de faire? Et ses serments ? Et ses promesses ? Jusqu'où était-elle sincère ?

Tant de questions et si peu de réponses. Comme le dit le fameux proverbe des caravaniers persans : « Quand on ne sait pas ce qu'on cherche, on ne voit pas ce qu'on trouve ».

Finalement, j'arrive au Caillebotis. Il fait presque nuit. Tout est tranquille. Personne dans les rues, les environs semblent désertés. Un peu plus loin dans la rue, devant un centre culturel aux façades taguées, plusieurs places de stationnement sont libres. Je gare soigneusement la Mercedes. À cette heure-ci, je peux ignorer les parcmètres. Derrière un portail en fer ouvert à deux battants, je reconnais la Mini d'Ice, garée dans une cour. Elle l'a laissée comme à la hâte, décapotée, à la merci des intempéries. Je suis à peine surpris de la découvrir là. Mon intuition ne m'a pas trompé.

Je m'avance sur le terrain dont les parties non pavées sont envahies de plaques d'herbes folles. L'air est lourd. Plusieurs constructions de tailles variées sont éparpillées autour d'un vaste hangar. Une flèche avec la mention « privé » désigne ce qui semble être une maison d'habitation. Un vieux vélo traine dans un coin. Un ou deux sacs éventrés attendent sur une palette. Devant moi, un autre panneau indique « refuge des chiens » en direction du grand bâtiment. Quelques bruits de voix lointaines, encore indistinctes, en proviennent.

Je veux m'approcher pour essayer d'en discerner davantage quand le son que je déteste le plus au monde déchire la nuit. Le hennissement d'un cheval me perfore les tympans et me liquéfie sur place. Nulle part sur le site Internet je n'ai vu mention de la présence d'un tel animal. L'angoisse qui me saisit au thorax ne va pas me lâcher.

25. LES CHEVAUX

Après une tarte aux abricots particulièrement succulente confectionnée par Blanche, César avait lancé une idée :

— Regardez comme il fait beau ! Et si on allait faire un tour aux courses ? J'ai lu dans le JDD que Longchamp vient de rouvrir. Ce pourrait être sympa d'aller respirer un peu l'odeur du crottin.

Sans répondre, ma mère m'avait pris par les épaules pour me serrer contre son giron en un geste de protection. J'affichai un drôle d'air figé. Mon père, sous le regard de sa femme qui le fixait comme une examinatrice sévère face au dernier des cancres, semblait mal à l'aise.

— Euh, dit-il, tu sais, nous, les, euh, canassons (il ose à peine prononcer le mot), c'est plus trop notre truc. Tu ne veux pas plutôt qu'on aille voir Cyrano de Bergerac ? Il paraît que Depardieu y est phénoménal. Et il y a une séance à 16:00 heures.

— Bon, dit César, sentant un malaise et peu désireux d'insister. Cyrano de Bergerac c'est bien aussi. Hein chérie ?

— Oui, bonne idée, acquiesce Blanche Bastien avec un regard de connivence vers sa copine. Cyrano de Bergerac, c'est un beau texte.

Un peu plus tard, en aparté sur le chemin de l'Alcazar, profitant que femmes et enfants sont partis un peu devant, César demandera à mon père :

— C'est quoi le problème avec les courses hippiques ? J'ai senti comme un bad, tout à l'heure.

Gêné, son ami répondra.

— Ce n'est rien. Des histoires de bonne femme. Laisse tomber…

**

Autrefois, mon père adorait les chevaux, les courses et les pronostics. Quand il était jeune homme, les paris en ligne n'existaient pas encore. Il fallait se rendre à Valréas pour faire valider ses bordereaux de jeu. Le PMU avait son coin dans le café de la place Aristide Briand, face au château de Simiane. Plusieurs fois par semaine, derrière un quart de Vals, ou un kir qu'il s'autorisait quand il avait gagné, Jean-Claude épluchait les journaux hippiques et la page courses du Dauphiné Libéré pour faire le papier. Une fois décidé ce qu'il allait jouer, il se rendait au guichet grillagé pour y faire enregistrer ses mises. Puis, il rangeait soigneusement le bordereau dans sa poche de chemise, ses rêves serrés contre son cœur.

Une fois mariée, ma mère, à qui il avait confié son engouement, n'eut de cesse de l'y faire renoncer. Elle considérait cette activité comme vaine et inutilement dispendieuse, rien d'autre qu'un encouragement à la fréquentation de repaires d'ivrognes et de filles de peu. Sachant que dans la vie il faut savoir jeter du lest, elle ne poussait cependant pas ses théories jusqu'à critiquer l'institution du Tiercé du Dimanche. Cette indulgence relative permettait à son jeune époux de se consacrer une fois par semaine à son hobby et de ne pas perdre tout contact avec l'univers hippique.

L'habitude ne représentait guère de risque financier. Toujours attentivement drivé par sa femme qui veillait au grain, mon père ne misait jamais davantage que ce qu'il avait prévu et ses gains, quand ils survenaient, rejoignaient toujours la cagnotte soigneusement préservée pour les imprévus du ménage. Le parieur ne rechignait d'ailleurs pas à cette politique d'économie, estimant que, dans cette affaire, la vraie richesse était ailleurs : au sein des replis injustement méconnus de son cerveau de pronostiqueur d'élite.

Puis, un évènement de première importance advint. Agathe Gardinier, ma chère Maman, donna le jour au plus beau des garçons : moi-même. Il fallait me choisir un état civil. En guise de compensation pour les années passées à l'écart de sa passion, à peine les premiers atomes d'oxygène se furent-ils rués dans les poumons de son nouveau-né que Papa courut au bureau de l'état civil pour me déclarer sous le prénom de Philippe... Il avait raconté à sa femme un bobard selon lequel c'était celui d'un grand-oncle adoré auquel il tenait à rendre hommage. Pas dupe, ma mère savait pertinemment qu'en grec ancien, le prénom signifiait « l'ami des chevaux » et ne crut qu'à moitié à la fable du grand-oncle. Personnellement, elle aurait préféré Léon ou Édouard qu'elle trouvait plus chics. Mais Philippe ne sonnait pas si mal. Toute à la joie de mon arrivée, elle laissa faire. A posteriori, je me dis qu'elle aurait mieux fait d'imposer ses vues. Aucun prénom au monde ne fut jamais plus mal choisi.

Quand la famille s'installa à Asnières, Papa continua de préparer chaque week-end sa visite au guichet du PMU, au Balto, en bas de chez nous. Crayon bien taillé en main et Paris-turf encore vierge d'annotations bien étalé devant lui sur la toile cirée de la cuisine, il se livrait à ses savants calculs pendant que, devant l'évier, ma mère épluchait des légumes au-dessus des feuilles froissées de l'exemplaire de la semaine précédente.

L'Olympe, la Mecque et la Jérusalem de mon père se nommaient Auteuil, Longchamp et Chantilly. Il n'aimait pas beaucoup Vincennes dédié au trot, discipline qu'il dédaignait. Depuis notre arrivée en région parisienne, nous savoir à quelques kilomètres seulement de ses lieux saints le faisait piaffer comme un pur-sang coincé dans sa boîte de départ. Il n'attendait qu'une chose : leur rendre visite. Il s'en était ouvert à ma mère qui, le voyant ronger son frein, se décida à lui faire plaisir.

Nous n'avions pas encore rencontré les Bastien et la sacro-sainte habitude des déjeuners dominicaux n'était pas encore installée. Un dimanche matin, elle proposa :

— Tiens, il fait drôlement beau aujourd'hui. Et si nous allions prendre l'air après le déjeuner ? Ça ferait du bien au petit. On pourrait aller les voir, tes fameux chevaux.

Ça ne pouvait mieux tomber. Nous étions justement le jour de la réouverture d'Auteuil. Mon père bondit sur la proposition et embrassa sa femme avec effusion avant de me serrer l'épaule d'un geste plein de joie. Maman prépara quelques sandwiches, et en route la troupe. Dans nos plus beaux habits, après avoir pris un autobus, suivi d'un autre puis d'une demi-heure de marche, nous arrivâmes enfin au but. Au-dessus de la plate butte Mortemart, repère bien connu des turfistes, le ciel était inondé de soleil.

Papa prit des tickets pour les tribunes. Non pas qu'il jugeât la pelouse trop plébéienne. Il aurait aimé au contraire y côtoyer le populaire, loin des propriétaires et de leurs cigares qui incommodaient ma mère. Mais il avait repéré dans la troisième un nommé Iago du Pré sur lequel il avait prévu de miser. Comme le font, paraît-il, les véritables amateurs, il désirait l'examiner au pesage, au pied des gradins.

Selon nombre de commentateurs hippiques friands d'expressions toutes faites, Auteuil a toujours été désignée comme « le Temple de l'Obstacle ». Ses nombreuses haies, le terrible rail and open ditch de 4 mètres de long, la rivière des tribunes régulièrement citée et bien d'autres terribles difficultés réservées aux sauteurs font partie de sa légende.

À la différence de Longchamp, où les chevaux au galop peuvent atteindre des vitesses comparables à celle d'une moto qui grille un feu à un carrefour et créent des accidents rares mais gravissimes, à Auteuil l'obstacle est une discipline où les jockeys, même s'ils tombent énormément, se tuent assez peu. Les haies ralentissent les montures et les font chuter à des allures plus raisonnables. Sans autre protection qu'une bombe, coiffure légère, et qu'une mince casaque de soie bariolée, les cavaliers s'en sortent souvent sans trop de dégâts. Un poignet brisé, une clavicule fracturée sont fréquents, mais on y survit. Parfois, manque de chance, un canasson tombe sur un jockey désarçonné. Là aussi, la peur est souvent plus grande que le mal. Ces animaux ont l'instinct étonnant d'éviter les humains quand ils leur chutent sous le sabot. À Auteuil, jockeys, lads et entraineurs sont des professionnels aguerris, habitués à l'éventualité de l'accident.

Pourtant, ce jour-là, tout se déroula d'une façon inattendue. La troisième course de la réunion allait commencer. Le 3000 mètres haies avec handicap où Iago du Pré allait courir. Le cheval repéré par mon père était un entier de quatre ans qui n'avait encore rien gagné de sérieux. Mais, au vu de ses performances sur le turf provincial, il se montrait prometteur. L'animal était encore peu chargé en poids, son jockey était expérimenté. Il avait une bonne chance mais restait coté à 5,4 contre un, ce qui était intéressant.

Mon père commença par se rendre aux guichets afin d'y placer son pari. Sous mes yeux admiratifs, il tira de la poche de son costume son portefeuille en authentique galuchat (obtenu à -40% grâce au comité d'entreprise) et en sortit deux beaux billets craquants. Il annonça princièrement : le 12, 100 gagnant et 100 placé ! Une véritable fortune. Ceci accompli, il me saisit sous les aisselles et me souleva de terre.

— Viens, on va dire bonjour à notre ami Iago. Ça va l'encourager.

Puis il me jucha sur ses épaules, amusé de se transformer pour son fils en monture caracolante. Au rythme de ses grandes enjambées, mon père cheval et moi jockey avançâmes en direction du pesage. Fier et ravi, je m'agrippais à ses cheveux pendant qu'il se hâtait, suivi par ma mère, au milieu de la foule agitée des amateurs.

Le temps de trouver notre chemin dans ce nouvel environnement, lorsque nous arrivâmes au rond du pesage, les concurrents s'étaient déjà mis en mouvement pour changer de lieu. À la queue leu leu, ils devaient maintenant se rendre au départ.

— Là, c'est lui, c'est le 12, s'écria mon père.

Bien que fatigué par mon poids, il me reprit dans ses bras et se fraya un chemin vers la barrière peinte en blanc qui délimitait un couloir resserré. Ce passage faisait se rejoindre le rond de présentation accolé au pesage et l'étendue d'herbe impeccable où allaient courir et sauter les concurrents. Le corridor passait d'abord en souterrain sous les tribunes pour déboucher à l'air libre sur une dizaine de mètres. C'était l'endroit où les parieurs pouvaient s'approcher de leurs favoris juste avant qu'ils ne se rendent aux box de départ. Nous n'étions pas les seuls à nous y presser. Ce goulot d'étranglement permettait d'admirer les bêtes au plus près et attirait beaucoup de monde.

Les chevaux défilaient paisiblement sans incident particulier, lorsque Iago du Pré passa à son tour devant nous. Pour sa première grande sortie, le cheval de haute stature à la robe alezan semblait nerveux. Sa croupe polie était marquée d'écume. Son cavalier, frêle personnage en équilibre sur ses étriers, casaque rayée bleue et blanche, culotte et toques bleues, le tenait serré, rênes très courtes, tâchant de son mieux d'éviter une déperdition d'énergie prématurée.

Ayant repris des forces, mon père me souleva à bout de bras au-dessus de la foule à hauteur des nasaux de l'animal. Saisi, Iago s'arrêta net pour observer ce nouvel élément apparu dans son champ de vision et poussa un hennissement sonore. Un taon, un reflet sur un seau à glace, l'odeur d'une jument venue des écuries, tout peut troubler un cheval. Affolé par ma brusque apparition – ou par autre chose, on ne saura jamais –, l'animal fit une première tentative pour se cabrer. Il renversa son cou puissant vers l'arrière, rapprochant encore sa grosse tête de moi. Ces dents comme des pelles prêtes à tout déchiqueter, ces gros yeux qui s'exorbitaient, ce pelage luisant agité de convulsions m'amenèrent déjà au bord de l'épouvante.

Puis le drame arriva. Sous mes yeux d'enfant au cerveau malléable, la bête parvint à se dresser sur ses postérieurs et à désarçonner son cavalier. Le pauvre jockey chuta lourdement par le milieu du dos sur la barrière de ciment. Cassé en deux, il se retrouva au sol, hurlant de douleur. On se précipita pour saisir les rênes du cheval et tenter de l'éloigner de l'accidenté.

J'étais terrifié. Malgré ses efforts, mon père, qui voulait nous sortir de là, n'arrivait pas à nous extirper de la foule surexcitée par le spectacle. Autour de nous montaient exclamations d'effroi et cris de fureur. Quelques turfistes, qui avaient joué le 12 comme nous et à qui l'accident faisait perdre tout espoir de gain, froissaient dans leur poing leurs billets inutiles avant de les balancer de rage sur le malheureux qui gisait près de leurs semelles, peu à peu tacheté de ces confettis de haine. Mon père jouait des pieds et des mains pour me soustraire à cette épouvante. Enfin, ma mère se jeta dans la foule pour m'en arracher, et me serrer tout frissonnant dans son giron. Tout en tentant de me réconforter, elle exigea de mon père, confus et maladroit, que nous rentrions sans attendre.

Ni pendant le retour dans un taxi hors de prix que mon père avait hélé, ni plus tard, sa femme n'émit de reproches. Elle connaissait bien son mari et savait qu'un silence bien géré vaut la plus virulente des scènes.

Il ne sera plus jamais question d'aller aux courses en famille chez les Gardinier. Et il ne faudra qu'une autre tentative, où mon père passera seul à Chantilly une après-midi morne en dépit de la victoire d'un tocard à 25 contre un sur lequel il avait misé par hasard, pour qu'écrasé par la culpabilité, il annonce à ma mère sa décision de renoncer définitivement à son passe-temps préféré. La nouvelle fut elle aussi accueillie dans un silence froid. Ma mère avait gagné.

En ce qui me concerne, l'affaire laissera des séquelles lourdes. Les sons, les visions, les odeurs de Iago, la hargne et l'affolement de la foule, l'agitation vaine des employés de l'hippodrome qui attendaient les secours, la lutte désespérée de mon père qui cherchait en vain à me soustraire à cette folie, les échos de ma mère qui m'appelait, éperdue d'appréhension, avaient marqué mes sens pour la vie. Je développai une absolue phobie des chevaux.

Le Noël suivant, le facteur se présente pour les étrennes de fin d'année avec ses calendriers. On me propose d'en feuilleter la liasse pour en choisir un. Je tombe sur la vue champêtre d'un brave Percheron paissant dans un paysage idyllique. Résultat : crise d'angoisse.

Un jour pluvieux, en vacances chez des cousins drômois, on sort le coffre de jeux de société pour que les enfants se distraient. Une figurine de bois roule devant moi. Dès que j'en reconnais le sujet, derechef : le cœur dans un étau. Le jeu de petits chevaux doit retourner à jamais dans sa boîte. On jouera aux dames.

J'ai 15 ans. Je suis au ski avec les parents, à Avoriaz (encore une fois grâce au comité d'entreprise). Les signes obscurs laissés dans la neige entre des ornières des charrettes à vacanciers ne nous ont pas alertés. J'attends au pied des remontées quand un joyeux tintement de clochettes se fait entendre. Un traineau chargé de touristes en doudounes criardes se présente. Fatalitas, il est tiré par deux chevaux au poil laineux ! Je calmerai avec peine mes frissons derrière la cabane d'un chasse-neige avant d'aller me terrer dans ma minuscule chambre lambrissée de sapinette d'où je ne sortirai plus du séjour.

Premier déplacement à New York : je tombe nez à nez dans Central Park avec un couple de policiers montés. Vous devinez le tarif. Je dois m'appuyer, fauché par la panique, au tronc d'un sycomore. Les centaures m'observent avec soupçon puis concluent au point de côté d'un joggeur mal entrainé. Ils s'éloigneront enfin, me laissant au bord de l'évanouissement.

Etc., etc.

Ma névrose profonde trouve tout repoussant dans l'univers équin. Je n'imagine, côté ville, que PMU crasseux et parieurs aux mines de cirrhoses accrochés à leurs Bic mâchouillés, leurs papiers froissés, baignant dans une odeur de tabac froid. Je ne me représente, côté campagne, que bâtiments envahis par les mouches, et paddocks pleins de gadoue, signe de la manie répugnante qu'ont ces bêtes de laisser leurs excréments partout. Tout ce qui plaisait tant à mon père me rebute et n'entraine chez moi que sentiment d'abjection, terreur incommensurable et reflux gastrique.

Avec l'ascension sociale se présenteront quelques occasions où j'essaierai encore de me faire violence. Ces lieux mondains du bois de Boulogne ou de Deauville où je me suis retrouvé invité sans possibilité de refus avec l'idée de nouer des relations chics et utiles pour l'Étude, j'ai tenté de les fréquenter de préférence un verre d'anesthésiant à la main, à l'écart des écuries. Ou muni d'une très grosse paire de jumelles, à bonne distance des canassons. Je n'ai jamais pu y rester plus de 10 minutes, avant de m'enfuir en catimini, plié en deux.

Au passage, devenir notaire fut pour moi une bénédiction. Personne ou presque ne m'appelle plus par mon prénom honni. Adieu Philippe, aujourd'hui c'est Maitre. En dehors des rapports professionnels, un simple « Monsieur » fait parfaitement l'affaire. La vie a bien arrangé les choses.

26. CHALEUR

En dépit de ma terreur, j'ai réussi à m'approcher d'une petite porte restée entrouverte dans le large portail qui clôt le bâtiment. Par l'entrebâillement, j'aperçois maintenant les silhouettes d'Ice et Laetitia, trop éloignées pour que j'entende clairement leur conversation.

L'espace est vaste et encombré, réparti entre de nombreux box et une surface qui permet aux chiens de s'ébattre dans la journée. Dans un coin, une sorte d'enclos sert de remise pour des ballots de litière et divers sacs entreposés à la va-vite, sans doute faute de personnel. Disposées à intervalles réguliers, quelques lampes à pétrole baignent le hangar d'une lumière vacillante. Une odeur de crottins et de poils mouillés flotte dans l'air.

Plus loin derrière les filles, une stalle abrite l'objet de mes terreurs : un cheval noir et frémissant, haut comme l'ombre du diable. Même s'il me faudrait en savoir plus, impossible de m'aventurer davantage dans les profondeurs du bâtiment. Luttant contre la nausée, je fais prudemment le tour jusqu'à trouver une fenêtre entrouverte. Une caisse sous l'ouverture m'offre un parfait perchoir. En passant la main entre les barreaux de fer, je pousse un des battants sans me faire remarquer. Depuis ma planque, je vais voir et écouter ce qui se passe à l'intérieur sans trop craindre le monstre. Je ne bouge plus, immobile dans la nuit, aux aguets et tendant l'oreille.

Au centre du refuge, elles se font face, éclairées comme par la rampe d'une scène de théâtre. Aux pieds de Laetitia, deux seaux de pâtée et de croquettes. L'arrivée d'Ice a interrompu les préparatifs du diner des pensionnaires.

J'ignore depuis combien de temps la conversation est engagée. L'ambiance semble calme. Leurs paroles me parviennent entrecoupées par les brefs jappements d'un chien inquiet, parfois repris par un de ses semblables, mais je réussis à distinguer le principal.

Pour le moment, Ice est en train de bluffer :

— C'était toi, à la tour. Ne mens pas, je le sais. Tu étais venue voir ton père.

Les accents agressifs de la question ne semblent pas choquer Laetitia. Elle répond d'une voix fatiguée.

— Nous n'avions pas rendez-vous. J'avais quelque chose d'important à lui dire. Je l'avais appelé deux ou trois fois les semaines précédentes sans oser lui dire ce que je voulais. À la place, nous avions échangé les mêmes mots plein d'embarras que d'habitude. Je détestais ma timidité qui m'empêchait à nouveau de me confier à lui. J'ai pensé qu'aller le voir m'aiderait. L'inauguration de la tour était annoncée dans le journal. C'était l'occasion de trouver enfin le courage de lui parler franchement, en face à face. Mais trop de monde, trop d'agitation. Ce n'était pas le bon moment. Je ne suis même pas sûre qu'il m'ait tout à fait reconnue. Pendant toute la durée de la réception, je suis restée en bas de la tour. Quand il en est ressorti, à nouveau en pleine conversation avec des gens, je n'ai pas osé davantage. Je suis encore resté là longtemps, à trainer aux alentours sans savoir quoi faire. Puis, miraculeusement, après que tous les participants ont eu déserté les lieux, je l'ai vu revenir à la tour, seul cette fois-ci. C'était l'occasion.

Ice ne l'a pas interrompue jusqu'alors, mais ne résiste pas :

— L'occasion de quoi ? Que lui voulais-tu ?

Laetitia explique. Le refuge a besoin d'aide. Les gens ne donnent plus ou alors ils confondent avec la SPA, à côté. L'entretien coûte une fortune, même en faisant attention. Sans plus de quoi nourrir et soigner les pensionnaires, il faudra les sacrifier. Le Comte n'accepte de les euthanasier qu'en cas d'extrême nécessité et, chaque fois, c'est un crève-cœur. La situation n'était plus supportable. Il fallait trouver de l'argent, à tout prix. Vers où se tourner ? Il ne restait plus que son père.

— Alors, tu l'as tué ? Pratique… reprend Ice.

Sans se fâcher, Laetitia répond pour elle-même, comme pour essayer d'y voir clair. Je réalise qu'elle est en état de choc.

— Il m'a reproché de ne pas être venu lui parler plus tôt. Il était embêté. Sa fille qui réapparaît soudainement, juste pour l'argent, enfin c'était sans doute sa façon de voir. Il m'a dit qu'il aurait aimé avoir eu davantage de mes nouvelles, plus souvent, plus tôt. Ma discrétion aurait pourtant dû l'arranger. Je n'avais aucune place dans sa vie actuelle, je n'étais qu'un souvenir encombrant.

— C'est le moins qu'on puisse dire, commente Ice, sans tendresse.

— Il a sorti de sa poche des billets froissés. Des 200 euros. Je n'en avais jamais vu plusieurs à la fois. Il me les a donnés, comme un gros pourboire. Tout ce qu'il avait sur lui. C'était énorme, mais ce n'était pas assez, j'étais paniquée. Il m'a expliqué que c'était tout ce qu'il pouvait faire, là. Il manquait un peu de liquidités à cause de ses affaires. Plus tard, j'aurais encore de l'argent, beaucoup d'argent. J'étais sa fille. Il avait fait des papiers. Officiels. Il m'avait reconnue. Le mot m'a fait sourire. Reconnue. Pour une fois ! Je ne comprenais pas tout. Il semblait ému. C'était adorable, mais j'ai dû lui dire que pour l'argent, plus tard c'était trop tard. Le vétérinaire venait de renvoyer sa note, une très grosse note, et refusait de revenir tant qu'elle ne serait pas réglée. L'EDF menaçait de couper tout le courant. La nourriture allait manquer bientôt.

Maintenant, l'air absent, elle farfouille sur les étagères, remet quelques gamelles en place. Ice la relance. Elle espère que l'aveu est proche.

— Et c'est à ce moment que tu...

— C'est à ce moment qu'il a vu un truc qui brillait par terre, dans un rayon de lune. Un sifflet. Il semblait tout content de le retrouver. Mon sifflet fétiche, il a dit, je te le donne. C'est de l'or. Un truc cher, de marque. Tu pourras le revendre en attendant. Ça compléterait pour le moment. Il a ajouté qu'il était vraiment désolé pour moi et pour le refuge. Qu'il allait chercher des solutions, dès le lendemain. Qu'il m'aiderait pour les travaux. Il semblait comprendre. Je me suis rapprochée de lui. Je voulais qu'il me prenne enfin dans ses bras, comme un papa qui console sa fille. Je ne savais pas que la barrière était si fragile. Il a dit « attention ». Il a voulu m'écarter du bord. Il a trébuché. Ça a cédé. J'ai réussi à m'accrocher à un pilier. Il est tombé. Par ma faute. Il s'est tué à cause de moi.

— Tu l'as tué, c'est sûr, mais rien ne prouve que ce soit comme tu dis, poursuit Ice, impitoyable. Si tu crois que je gobe ta version, tu es folle, ma petite. Ceux qui vous aiment, on ne les balance pas du 15e étage. Surtout quand à la fin de ta jolie petite histoire, toute pure et éplorée que tu te prétendes, tu touches le magot. En général, les innocents ne s'enfuient pas. Si c'était un accident, tu aurais prévenu, appelé des secours.

— Je ne sais pas. J'avais peur, répond simplement Laetitia.

Puis elle relève la tête. Les émeraudes de ses yeux étincellent. Elle riposte :

— Toi et ton fric de merde. Tu ne penses qu'à ça. Maman refusait absolument qu'on lui demande quoi que ce soit. Pour elle, il n'existait plus. Mais là, ce n'était pas pour nous que je demandais, c'était pour les animaux. Regarde autour de toi. Plus de paille que de foin. Obligés de s'éclairer au pétrole. Tout le monde n'a pas ta mentalité de pute. Crois-moi, si j'avais pu faire autrement… Les gens comme toi, ils croient être riches, mais ce sont leurs biens qui les possèdent. Pas d'honneur, pas de loyauté, pas d'intérêt pour ce qui n'est pas sa petite personne. Une trainée bien apprêtée qui saute sur tout ce qui bouge. Je t'ai vue, figure-toi.

Je connais Ice. Elle ne va pas accepter longtemps que Laetitia lui fasse la morale. Elle farfouille dans son sac qu'elle a gardé en bandoulière, sifflant entre ses dents :

— Ta gueule. Et garde tes leçons. Pas besoin d'être jugée par une merdeuse qui a tué son père. Une petite conne qui m'a privé de mon mari pour nourrir une bande de clébards pouilleux. Ça ne se passera pas comme ça.

Et la voilà qui sort le Sig des Marseillais de son sac. Ça commence vraiment à dégénérer. Et si elle avait trouvé des munitions quelque part ? Il me faut intervenir. Je rassemble toutes mes forces. Mais le monstre dans son box me semble aussi gigantesque que le maudit Iago du Pré, l'origine de toutes mes peurs. Il tape du pied dans sa porte, tourne en rond dans son espace étroit, affolé par l'électricité qu'il sent entre les deux femmes.

La porte d'un des enclos proches est ouverte. Une cellule close de grillages et de barreaux de métal. Ice la désigne à Laetitia d'un geste du canon.

— Allez, entre là-dedans, saloperie. Tu vas rester bien sage en attendant que je décide quoi faire de toi.

Les chiens, peu à peu, se sont tus. De leurs yeux bruns aux pupilles dorées, ils contemplent le spectacle étrange et fascinant qui se tient au centre du vaste local : deux humaines dont l'une tient l'autre au bout d'une arme.

Sous la menace, abasourdie, Laetitia pénètre dans la cellule. Vivement, Ice range le pistolet dans son sac porté en bandoulière et pousse la porte derrière la jeune fille. La serrure cliquette d'un coup sec. Puis, la veuve a un geste qui me sidère. Sans hésiter, elle balance la lampe à pétrole la plus proche sur un tas de paille qui s'enflamme instantanément.

J'ai déjà assisté à des querelles d'héritage, mais là, ça va vraiment trop loin ! Le bâtiment est plein de matériaux inflammables et ne demande qu'à se transformer en brasier. Je n'ai plus le choix. Je dois lutter contre la phobie qui me cloue sur place. Le cœur au bord des lèvres, surmontant mal mon vertige, je me laisse dégringoler de mon perchoir et refais comme je peux le chemin qui me ramène à l'entrée.

Arrivé près de la porte, j'avise Ice qui jaillit hors du bâtiment. Les reflets des flammes illuminent sa silhouette. Une démone pressée de quitter l'enfer, qui ne pense plus qu'à s'enfuir. Quand mon chemin va croiser sa course, je tente de l'interpeller mais elle ne semble pas m'entendre. Elle poursuit sa fuite et disparaît à ma vue. Il me faut délivrer Laetitia, je me précipite à l'intérieur. Un nouveau foyer s'est créé sur mon trajet, sans doute une autre lampe à pétrole qu'Ice a bousculée au passage, ou précipitée au sol.

Ma priorité est de rejoindre la cage où Laetitia, encore prisonnière, bataille avec la serrure de sa cage. En m'aidant d'une fourche qui traine, je réussis à débloquer le loquet qui l'obstrue. Sans perdre de temps en présentations superflues, la jeune femme me jette :

— Libérez les chiens, je m'occupe de Rocade, puis elle se précipite en direction du box du cheval.

L'animal est en panique. Un grondement sourd sort de ses babines tremblantes. Pendant que Laetitia passe sa main entre les barreaux du box pour le calmer, je fais de mon mieux pour ouvrir les cages à ma portée. Laetitia réussit rapidement à libérer le cheval. Je regarde autour de moi. Le chemin du retour est déjà barré par les flammes.

La jeune fille vient m'aider à sauver les chiens qui restent. Malgré le feu et la fumée qui gagnent, elle ouvre l'une après l'autre les cages que je n'ai pu ouvrir. Crinière flottante sur sa noire encolure, l'immense créature tourne autour de nous en hennissant. Terrifié à l'idée de me faire renverser, je roule sur moi-même avant de me redresser. Je cherche désespérément une nouvelle issue. L'incendie gagne rapidement. Je ne peux plus rejoindre la porte par laquelle je suis entré. J'erre dans la fumée. Je peine à respirer.

À l'autre extrémité du bâtiment, je tombe à tâtons sur un ancien portail. Je hurle pour que Laetitia me rejoigne. Elle est restée en arrière, occupée à ouvrir un dernier box d'où quelques bâtards s'échappent en gémissant. Entre les grondements du feu, les cris des chiens, les hennissements, j'ignore si elle m'entend. Je pousse sur le vantail de toutes mes forces. Ébranlé par mes coups d'épaules, il bouge de 5 centimètres et se bloque. Par l'interstice, je distingue une épaisse chaine métallique fermée par un gros cadenas... Nous sommes coincés.

Soudain, le miracle surgit de l'horreur. Une demi-tonne de viande paniquée me renverse au passage. La forme gigantesque de Rocade m'a bousculé. Je rampe à l'écart de cette masse furieuse, stupéfait de rester en vie au contact de cette violence. Le cheval, rendu fou par l'incendie, se jette sur la porte et la martèle de ses sabots. Sous la force des coups, la chaine s'arrache et le bois cède. L'animal s'enfuit dans l'obscurité, quelques flammèches déjà accrochées à sa crinière, le poitrail et les antérieurs en sang. Le passage est fait.

Autour de moi, la meute se précipite, chaque chien bousculant l'autre, les crocs retroussés. Avant d'enjamber les planches piétinées, je me retourne. Laetitia est restée en arrière. Son regard de jade est plein de larmes et le brasier ne parvient pas à les assécher. Elle tient le lapin sous un bras et perd encore quelques précieuses secondes à pousser les derniers retardataires vers la sortie. Je l'appelle encore. Elle me sourit d'un petit air triste puis disparaît à mon regard. Une gerbe de flammes la dissimule, puis rien. Poussé par un mur brûlant, je me retrouve éjecté vers la sortie. Dehors, un dernier hennissement de Rocade troue la nuit avant que toute la charpente ne s'embrase. Si j'avais pensé qu'un jour, ce serait un cheval qui me sauverait la vie.

***

À peine sorti du brasier, j'entends encore le lourd galop de la haute monture qui s'éloigne dans la nuit comme pour un sabbat démoniaque. Plié en deux, je vomis sur le sol mal pavé. La grange en feu illumine le ciel. On y voit comme en plein jour. J'aperçois Sonia et le Comte qui, sortis de leur maison, arrivent avec un pauvre extincteur. L'engin est vidé en moins d'une minute. Je vais vers eux et désigne le désastre, incapable de trouver d'autres mots que « Laetitia est à l'intérieur, c'est un accident. » Le choc et le chagrin : les malheureux s'effondrent de douleur. La sirène des pompiers signale l'approche des secours. Bientôt suivie par celle de la police.

L'orage se déclenche, trop tard. D'énormes gouttes de pluie chaude vont inonder l'incendie. Après l'enfer, le déluge. Dans la lumière des phares, un édredon de vapeur d'eau envahit le paysage. La voiture d'Ice a disparu.

Je ne sais pas combien de temps il me faut attendre, assis devant le brasier qui résiste, immergé dans le claquement des flammes et les hurlements de ma conscience.

Les pompiers arrivent sur les lieux. Ils ont fait au plus vite mais ont été ralentis par les embouteillages. Le bâtiment incandescent vient de s'écrouler sur lui-même. En arrosant copieusement les alentours, les combattants du feu évitent la propagation de l'incendie aux autres bâtiments, de l'autre côté de la cour. Quelques chiens au poil roussi reviennent étancher leur soif dans les flaques d'eau qui recouvrent maintenant le sol. À l'arrière d'une estafette rouge, on prend soin de Sonia et du Comte.

La police arrive à son tour. Je me présente au plus gradé qui me demande sans soupçon apparent ni excès de déférence ce qui s'est passé. Ma version est la suivante : « Je suis notaire. Voyez mon écusson sur ma voiture garée là-bas. Dans le cadre de la succession de M. Ange Bastien dont je suis chargé, je suis venu apporter une convocation à sa fille Laetitia qui réside ici et si possible échanger quelques mots avec elle. Je venais de découvrir son existence et désirais faire la connaissance. Elle m'a confirmé son identité et m'a demandé de l'accompagner nourrir les bêtes tout en bavardant. J'ai remarqué que le local était éclairé avec des lampes à pétrole, ce qui ne m'a pas paru très sûr. J'ai supposé des difficultés de maintenance. J'ignore pourquoi et comment le feu s'est déclaré, à mon avis les fameuses lampes, ou un problème électrique. Tout s'est passé très vite. En un rien de temps, tout un pan de l'endroit était en feu. La jeune femme, héroïquement, a tout fait pour sauver le maximum d'animaux. Pour ma part, j'avoue avec grande honte que j'ai la phobie des chevaux. J'ai eu très peur. J'ai quitté les lieux juste avant elle, non sans la supplier de me suivre en hurlant dans la fumée qui commençait à tout rendre opaque. Elle y est probablement restée. C'est horrible. »

Pas une syllabe à propos d'Ice.

On me donne les premiers soins. Je pue la cendre et les cheveux brûlés, mais je ne souffre pas de grand-chose, excepté de l'épuisement dû au stress. J'ai mentionné que je connais bien Kader, on a dû vérifier. On me demande de bien vouloir passer au commissariat le lendemain pour compléter ma disposition. Inutile qu'on me raccompagne. Ça ira, merci, je n'habite pas loin, à demain. Ils me laissent partir.

Quand je retrouve le confort de la Mercedes, je me rends compte que l'odeur de suie est passée au travers des ouïes de ventilation. Il va falloir tout démonter. Je rêve de rentrer chez moi, me doucher et me shampouiner longuement et de me mettre au lit.

Pourtant, au lieu d'emprunter le trajet qui me ramène chez moi, je prends la direction de l'Avenue de Verdun qui traverse La Garenne-Colombes vers l'île de la Jatte. Ma fureur combat ma fatigue. Pour épuisante qu'elle fût, ma nuit n'est pas finie.

27. RETOUR À NEUILLY

Quand j'arrive devant chez Ice, je me gare sur le bateau. La Mini est arrêtée à quelques mètres, revenue à sa place habituelle, le capot encore chaud. Je sonne à la grille. Quand Ice vient m'ouvrir, cheveux mouillés, elle a eu le temps de faire sa toilette et de passer un peignoir de soie. Noir, funèbre et sexy. Le parfait costume de la femelle-araignée. Sans se soucier de ma chemise maculée, elle se jette dans mes bras...

— Tu étais donc bien là-bas. J'ai eu si peur pour toi quand j'ai reconnu ta voiture en sortant du refuge. Mais tout semblait si irréel. Qu'aurais-tu fait, là ? Et te voilà. Tu n'as rien ? Tu vas bien ?

Ce qui est réel c'est que la veuve noire vient de carboniser sa belle-fille, et que j'ai failli finir réduit en cendres par la même occasion. Je l'ai protégée dans mes déclarations, mais rien ne peut décrire ma rage.

— Moi oui, mais la fille d'Ange est morte. Dans l'incendie que tu as allumé. Tu es folle.

Elle reste figée, semblant accuser le choc.

— Elle est morte ? Tu es sûr ? C'est affreux. C'était une petite conne, mais quand même. Oui, on a eu des mots. J'ai voulu lui faire peur. Puis il y a eu tout ce feu. Tout s'est passé trop vite. Cet endroit était un capharnaüm, que voulais-tu que je fasse ? Je suis partie. J'ai pensé qu'elle pourrait s'en sortir. Elle est morte, vraiment ? C'est un accident horrible. Qu'as-tu dit aux secours ?

L'aplomb de cette fille est phénoménal. Le bon Dieu sans confession. Si je ne l'avais pas vue moi-même enfermer Laetitia et déclencher l'incendie, je pourrais presque la croire. Ice est un monstre. Je réalise que je la hais, même si, sous mon épiderme roussi, mon cœur bat encore pour elle. Honteux de ma faiblesse, je m'entends maintenant rassurer la meurtrière : je n'ai rien dit aux flics, je désirais m'expliquer avec elle auparavant. Elle me dit que j'ai bien fait, que tout va bien, que je ne m'inquiète pas.

Je lui demande comment elle s'est retrouvée là. Elle m'avoue qu'en cherchant un hypothétique testament, elle a fouillé à fond le bureau d'Ange. Elle a fini par dénicher une copie de la reconnaissance en paternité. Avec le nom, l'adresse n'était pas difficile à trouver. Elle aurait pu m'en parler, mais elle a préféré se rendre directement au refuge… Et moi d'ailleurs ? Comment se fait-il que je connaisse l'existence de la fille ? Et pourquoi la lui avais-je cachée ? Je lui révèle que je viens seulement d'en apprendre l'existence par un confrère.

— Quand j'ai voulu t'en avertir, tu ne répondais pas. Tu étais déjà en chemin vers le refuge.

Je décide de l'attaquer là où ça fait mal :

— Tu as peut-être cru qu'à la mort de la petite tu allais hériter de tout. Mais détrompe-toi, ta part n'en sera pas plus grosse. Mauvais calcul.

— Je te répète que je n'ai pas voulu cette catastrophe. Mais bien sûr, j'imagine qu'on ne pourrait rien prouver, ni dans un sens ni dans l'autre. Tu as bien fait de nous éviter des explications sans fin en taisant ma présence. Mais au sujet de l'héritage, de quoi parles-tu ? J'aimerais bien savoir.

Malgré tout le stress affronté et dans l'ignorance de ce que j'ai vu ni de quelles menaces je peux faire planer sur son sort, elle ne perd pas le nord. Je veux briser cette désinvolture. Avec un peu de sadisme, je me lance dans un nouvel exposé de droit successoral.

— Une expression venue du droit ancien dit « le mort saisit le vif ». C'est la façon d'exprimer qu'au moment du décès la succession s'effectue de façon automatique et instantanée. À la seconde même de la mort d'Ange, Laetitia a droit à tout ce qui lui revient en tant qu'héritière de premier rang. Et maintenant, sur le même principe, c'est Sonia, la mère de la petite, qui bénéficie à son tour de l'héritage de sa fille. Ce qui est bête, ne puis-je me priver de lui mettre les points sur les i, c'est que si Laetitia était toujours vivante, ç'aurait été exactement la même chose pour toi. La pauvre fille est morte pour rien. Tu n'auras pas un sou de ce qui lui revenait. Eh oui, ma belle. Voilà la mauvaise nouvelle.

Un sillon soucieux est apparu sur le front de la blonde. Visiblement, elle espérait autre chose. Je me dis une fois de plus qu'on ne devrait jamais laisser les amateurs tenter de régler tout seuls leurs problèmes de succession. Ça ne fait que tout compliquer et c'est source d'erreurs et de malentendus. D'une voix d'enfant contrarié à qui l'on menace de supprimer son cadeau, elle demande :

— Mais est-ce qu'il y a une bonne nouvelle ? J'aurais quelque chose quand même ?

Bien que tenté de continuer à la tourmenter, je lui dis la vérité. Je tiens à ce qu'elle me conserve sa confiance. Je développe ce que j'avais commencé à lui expliquer au cimetière des chiens. Il existe une disposition de taille à consoler la veuve, même si dans le cas présent, la veuve a probablement occis l'orpheline. Même avec une enfant d'Ange née avant leur mariage, la loi a prévu pour Ice un sympathique lot de consolation : un quart de l'héritage en pleine propriété. Sous réserve bien sûr du contenu du testament.

— Je ne sais pas pourquoi il ne m'avait pas parlé de la reconnaissance en paternité ni du testament, conclus-je. Ces documents semblent dater d'avant notre aventure, il n'avait aucune raison de se méfier de moi. Peut-être était-il gêné qu'on découvre qu'il avait abandonné sa pauvre fille et sa mère à leur triste sort. Ça aurait fait tache sur sa réputation. Ou une sorte de sentiment de culpabilité, pas vraiment son genre, mais va savoir…

Ice ne m'écoute plus. Ses yeux gris-mauve sont pleins d'un éclat nouveau. Les drames sont oubliés. Le pli de son front a disparu sous l'effet de la plus miraculeuse des crèmes : la perspective du magot. Dorénavant, elle se dit qu'elle est libre. Et blindée. Pour les détails techniques, elle me connaît assez pour compter sur mon attachement et ma complicité. Au fond, elle sait très bien pourquoi c'est moi qui ai débarqué chez elle et non pas une paire d'inspecteurs de police. Elle confirmera que je suis le notaire chargé de la succession, et je saurai régler pour elle les détails à venir.

Comme souvent chez elle, la perspective d'une jouissance s'accompagne de celle d'autres plaisirs. Toute à la joie des informations rassurantes qu'elle vient d'entendre, elle se fait tendre et frôleuse. Son parfum, la dentelle, l'esquisse de ses caresses, la mèche de cheveux mouillés qui court comme un filon d'or le long de sa gorge ; elle commence à jouer de tous ses philtres.

— Quelle soirée ! ronronne-t-elle. Nous sommes fourbus, nous méritons de nous détendre.

Je tente de résister à l'ensorcelante assassine. Elle se recolle doucement contre moi et se remet à murmurer ses bobards apaisants. C'est comme un jeu chez elle.

— Je te répète que je n'y suis pour rien, c'était un accident. Tout le monde croit que l'argent m'intéresse, mais ça ne fait pas de moi une tueuse. Tu me soupçonnes encore, je le sens bien, alors que tout ça s'est mal enchaîné, c'est tout. Si ça pouvait te convaincre, et si c'était possible, j'abandonnerais cet héritage sans hésiter. Crois-moi, mon Maitre. Je n'en veux pas de cet argent, tu vois. Je m'en fiche. Ainsi, tu réussiras peut-être à me croire.

— Rien de plus facile, rétorqué-je. Un coup de fil à Valorso pour qu'il débarque avec une renonciation à remplir. Il nous servira de témoin et ce sera réglé dans la minute. Tu seras libérée de ce fardeau. Je l'appelle tout de suite.

— Ah bon, c'est aussi simple que ça ? Brrr. Ce que tu es ballot, mon petit maitre. Tu ne sais vraiment plus quand je plaisante ? C'est notre passeport pour la joie cet argent.

Complètement idiot d'y renoncer. Il est beaucoup trop tard pour réveiller ce pauvre Valorso. Allez, viens donc consoler ta pauvre veuve éplorée, comme tu sais si bien le faire.

Je pourrais l'étrangler. Elle le sent et se colle encore davantage à moi, me regarde par en dessous d'un air concentré. L'envoutant arachnide est d'humeur à se régaler de son mâle. Sa bouche de menteuse que je meurs d'envie de dévorer. L'adrénaline qui lutte contre la fatigue énorme qui m'envahit.

— Viens, dit-elle.

Elle m'entraine dans la chambre d'Ange. Les mots sont devenus inutiles. Nous nous déshabillons en silence. Elle arrache la courtepointe. Puis, sous un plafond de mensonges et de non-dits, enlacés dans le lit de mon ami mort, ses mains et ses lèvres sur moi, nos caresses, nos baisers. C'est merveilleux comme toujours, peut-être meilleur encore. Je me dis que c'est la dernière fois, sans en être vraiment sûr. Le manque de sommeil rend tout brumeux. Elle tente une blague triste.

— J'ai encore joui comme une pècheresse. Greffier, notez.

La fille de glace et d'ardeur que j'aimais a-t-elle vraiment existé ? L'amour n'est qu'illusion? Qui peut le dire quand même les protagonistes l'ignorent eux-mêmes ?

— Va-t'en maintenant, s'il te plait, la journée a été longue, et atroce. Je vais essayer de dormir.

Elle s'assoupit dans le lit en désordre qu'elle partageait il y a si peu avec mon ami Ange. Il me semble qu'avant de fermer les yeux, elle a laissé couler une larme. Un remords ?

Une crainte ? Une escarbille qui reste de l'incendie ? Rien qu'un peu de collyre ne saurait arranger demain. Je remets mes habits de braises et de fumée. En me trainant jusqu'à ma voiture, je me rends compte que mes Church's ont souffert. Sévèrement griffées, mordues par les flammèches, souillées par la boue noire et les éclats de vomissure. Irrécupérables.

Une fois rentré chez moi, je m'engloutis dans un sommeil peuplé de cauchemars. J'entends encore les piétinements et les hennissements du cheval fou, les crépitements des flammes, les aboiements rauques des chiens qui s'asphyxient.

Le lendemain, au commissariat de Gennevilliers, je renouvellerai mes déclarations sans rien y changer. Mes émotions sont déjà si confuses. Pourquoi tout compliquer en y mêlant la vérité ? Les policiers se montrent amicaux et compatissants. Ils ne semblent pas mettre ma version en doute. Ils m'informent tristement que le corps calciné de Laetitia a été retrouvé, avec le cadavre d'un lapin blotti contre elle. Pauvre gosse.

— Sacrée coïncidence, commente quand même le flic qui a tapé mon témoignage, le père et la fille décédés dans des circonstances aussi tragiques à si peu d'intervalle. Au fait, poursuit-il, j'ai parlé à M. Kader. Il m'a dit de vous transmettre ses amitiés.

28. TGV

Au début du voyage de retour des jumeaux, il semble que leur malchance se soit enfin évaporée. Un changement de ligne à Élysées-Clémenceau puis le métro les a amenés sans encombre jusqu'à Gare de Lyon. Après avoir gravi les marches qui montent aux quais, ils réussissent à forcer le passage hors de vue des contrôleurs, à contresens d'une horde de voyageurs qui arrive de province. Grâce à cette manœuvre, ils peuvent accéder au TGV de 15:39 qui part pour Marseille quelques minutes plus tard. Sauf retard, ils seront à la Gare Saint-Charles en début de soirée. Tout s'annonce bien.

Le train n'est pas complètement plein et, à l'étage bas d'une voiture de première, Didier et Jean-Philippe avisent un carré club dont deux places sont restées vacantes. Les deux sièges qui les jouxtent sont occupés par une dame âgée accompagnée de sa petite-fille. Le Nain les salue d'une grimace qui se veut sourire, pendant qu'avec sa grâce habituelle, son frère se laissait choir près de la petite, manquant l'étouffer dans son installation. Se montrant sourde aux tentatives d'amabilité du moins malotru des envahisseurs, la mamie fronce du nez de dédain – à moins que ce ne soit dans une tentative d'identifier les étranges effluves qui émanent de l'autre – et se lève en faisant signe à la petite de faire de même. L'aïeule récupère deux petites valises dans le filet et, tirant l'enfant par la main, abandonne le terrain à ces deux personnages si peu à son goût. Elles trouveront bien une paire de places dans une autre voiture. Avec satisfaction, le Gros les regarde s'éloigner vers la porte automatique qui va les avaler dans un chuintement.

— Aaah ! soupire-t-il en étendant ses pieds fatigués sur le siège qui lui faisait face. On n'est pas à la bien, là ?

Le train s'est mis en mouvement. Jean-Philippe, bercé par le paysage de rails et de câbles qui s'entrecroisent en rythme derrière la vaste baie, s'est assoupi paisiblement.

Quand il se réveille de sa longue sieste, le panorama a changé. Le Nain reconnaît avec émotion les cyprès et les champs de lavande qui indiquent qu'on a passé Lyon. Toujours nonchalamment répandu à côté de lui, le Gros grignote ce qui reste d'un paquet de sablés oublié par la petite fille.

Son nirvana est de courte durée. Une main menue mais ferme se pose sur son épaule et vient interrompre sa mastication.

— Veuillez retirer vos pieds de la banquette et présenter vos titres de transport je vous prie.

Dans sa tenue bleu marine liserée de rouge, la donzelle qui fait face aux frangins ne semble pas du genre à se laisser marcher sur les pieds. Mais elle n'est guère impressionnante. Avec son nez pointu, elle ne pèse pas 50 kilos, uniforme compris. Le Gros la regarde, amusé. Il ne fait même pas mine de chercher un quelconque billet.

— Ah mince, désolé, on les a perdus. C'est pas grave Mademoiselle, laissez glisser. Pour une fois.

La contrôleuse ne semble guère disposée à l'entendre de cette oreille. Elle a déjà sorti son smartphone pour tapoter sur l'écran à la recherche du tarif et des pénalités.

— Ah non, ce n'est pas comme ça que ça marche. Vous allez devoir payer. Les billets. Plus une amende. Vous descendez à quelle station ?

— Marseille. Terminus.

— Ça va être difficile, lui expose le Gros. On n'a pas d'argent. Allez, soyez cool.

La fille les regarde d'un air soupçonneux.

— Pas question. Noms et adresses s'il vous plait. On vous enverra la facture à domicile.

Là, c'est le petit qui répond.

— Moi c'est Bond. James Bond. Et lui c'est Kirikou Bond, mon petit frère.

Le Gros enchaine :

— Et l'adresse c'est 69 allée des Pétasses. À Montcuq. Tu connais, Montcuq ? Si tu veux, on peut te faire visiter.

La fille ne perd pas son sang-froid.

— Je vois. En ce cas, je vais vous demander de descendre du train au prochain arrêt. On arrive à la gare d'Avignon dans quelques minutes.

Le gros a gardé ses pieds sur le siège. Il la regarde en rigolant. Elle a des poignets pas plus épais que des brindilles.

— Ah bon, sinon quoi ? C'est toi qui nous vires ?

Sans daigner répondre, la fille tourne les talons. Le Gros commente, sur le mode charcutier :

— On va pas se laisser bouffer les rognons par un boudin quand même.

Leur semblant de victoire est de courte durée. À peine sont-ils arrivés à l'arrêt d'Avignon TGV qu'un peloton de quatre agents SNCF costauds, que la contrôleuse a appelés à la rescousse par téléphone, pénètre dans la voiture. Les arrivants se dirigent droit vers les frangins et les expulsent du wagon sans autre formalité. Pour faire bonne mesure, les fils de putes les escortent même jusqu'à la sortie du parking et leur indiquent la direction de la route qui mène en ville.

— Allez, maintenant, vous disparaissez les gars, on ne veut plus vous voir. La prochaine fois qu'on tombe sur vous, on vous remet aux flics.

Les jumeaux sont forcés d'obtempérer. Ils se retrouvent loin de tout, sur l'asphalte qui contourne la périphérie d'Avignon, à bonne distance du centre-ville. Pour pittoresques que soient les panoramas de vigne qui s'étendent autour d'eux, le chant des cigales résonne comme un sarcasme à leurs oreilles. Si près du but, c'est trop de la merde. La galère a repris. Ils empruntent le bas-côté de la route encore brûlante du soleil du midi qui va les emmener jusqu'en ville. Quelques voitures les klaxonnent en les dépassant à vive allure, insensibles à leurs pouces levés d'autostoppeurs et les nimbant de poussière.

La route est longue qui mène à la deuxième gare d'Avignon, l'historique, située dans le centre et où s'arrêtent les TER. Environ une heure de marche. Pour la rejoindre, ils s'enfoncent dans les faubourgs et doivent emprunter l'avenue de Monclar, qui longe le quartier du même nom. Une artère bordée d'épiceries turques, d'antiques demeures à l'abandon et d'immeubles aux façades ornées d'antennes paraboliques. Ils ont faim, ils ont soif, ils ont chaud. À un moment, le Nain s'arrête ébahi et saisit son frère par la manche.

— Chouffe ça. Cette merde nous poursuit. On est maudit. Totale scoumoune.

Devant eux, au-dessus d'un chantier en friche, s'étale un vaste panneau publicitaire. « Ici bientôt la tour Van Gogh. Vivez vrai. Vivez vert. » Le cauchemar recommence.

Sans autre commentaire, le Gros hausse les épaules et repart d'un pas lourd vers le centre de la cité des Papes. Il veut garder espoir en dépit du destin qui les écrase. Peut-être vont-ils trouver un autre train qui les amènera enfin à destination.

29. DE PROFUNDIS

Comme il est d'usage en cas de « client » solvable, les frais d'obsèques seront prélevés sur le montant de la succession à venir. La jeune veuve a voulu limiter en partie la munificence de l'évènement. Encre et salives ont déjà assez coulé. Les circonstances du décès du promoteur sont suffisamment dramatiques, inutile d'affoler le qu'en-dira-t-on. Pas de messe, une sobre inhumation directement au cimetière. Ni fleurs ni couronnes. Ice a souhaité qu'Ange Bastien respecte dans la mort le bon goût et les convenances.

Pourtant, une petite foule se presse entre la sépulture de Suzy Delair et celle de Louis Vuitton, défuntes célébrités locales. Le petit cimetière de Neuilly étant complet, on a pu trouver une place, par dérogation, au cimetière ancien d'Asnières.

La frange la moins discrète du gratin de la prévarication assiste à l'évènement. J'en connais une bonne partie. On retrouve nombre de présents à l'inauguration de la tour. Les chapeaux de paille et les ombrelles brodées ont fait place aux allures de deuil. Même Grabowski, le chef des opposants a passé une veste bleu marine et est venu, par curiosité ou morbide esprit de revanche. J'ai une vision. Un bref instant, je les imagine tous avec des masques de mardi-gras qui révèlent leur véritable nature : je vois les chacals, les hyènes, les pitbulls, mal dissimulés au sein d'une meute de caniches… Et puis le tableau grotesque disparait de mon esprit.

Sans surprise, Kader est présent, à titre à la fois amical et professionnel. Nous nous sommes revus après l'incendie. Il a pris ma déposition sur ce que m'avait raconté Ange de sa rencontre avec les deux voyous à l'Audi. Puis, même si l'affaire n'est pas sous sa juridiction, nous avons discuté du drame du Caillebotis. Je lui ai servi la même soupe qu'à ses confrères et ne lui ai parlé ni de la présence d'Ice ni du récit qu'a fait Laetitia avant de mourir. Pas envie d'avoir la flicaille dans les jambes. Autant les laisser patauger. Et ça ne fera pas revenir les Bastien. Kader n'a fait aucun commentaire sur mon témoignage ni sur l'étonnante proximité entre les deux drames. Je suppose qu'il n'en pense pas moins, mais il ne s'est pas montré insistant, montrant à mon égard une discrétion de gentleman. Je me demande vraiment comment la Colbas le tient.

Quelques ouvriers ont tenu à accompagner leur patron, ou du moins ses restes, que les employés des pompes funèbres ont arrangés comme ils ont pu dans un cercueil fermé. Les extras philippins sont là aussi. On a presque l'impression qu'ils vont sortir les petits fours.

Toute la communication à la presse s'est faite sur la thèse du tragique accident. La maudite rambarde, la fatalité, un génie du business immobilier foudroyé par son œuvre, un apôtre de l'architecture verte disparu trop tôt. Certains articles le surnomment « Le Trump à la française ». Douteux que ce soit encore un compliment.

Les habits de deuil d'Ice sont sans ostentation. Je dois à la vérité qu'elle joue à la perfection son rôle de veuve éplorée. Elle mériterait le Molière du meilleur rôle, option tragédie digne.

Bébé Maria a bien grandi. Elle est venue de Corse, également en noir des pieds à la tête à la manière de là-bas. Nous nous embrassons affectueusement, comme les deux amis d'enfance que nous sommes. Sous le crêpe de sa voilette, je retrouve une belle femme tannée par le soleil, à la chevelure épaisse et au corps robuste. Je lui présente Colombani qui a su trouver un costume impeccable. Mes parents sont arrivés de leur province. Sous le regard tendre de mon père, la sœur d'Ange tiendra la main de ma mère pendant toute la cérémonie.

Malgré son terrible chagrin, la mère de Laetitia est là également, appuyée sur le Comte qui avance d'un pas grêle. Ils ont voulu faire acte de présence, au nom de Laetitia. Ils resteront un moment, à l'écart, sous les regards intrigués d'une partie de l'assistance, sans parler à personne. Puis s'éclipseront avant la fin.

Une courte bio est lue par un comédien de télévision connu. Les discours se succèdent, monotones et trop bien tournés. Un lâcher de colombes, voulu par la veuve, s'envole dans l'azur. Ironie. Je ne peux m'empêcher de penser à tous les pigeons entubés par la Colbas.

On procède à l'inhumation. Les pelletées de terre sur le cercueil descendu dans la fosse. J'ai une boule dans la gorge et mes yeux s'embuent. Tant de sentiments mêlés pour cet adieu à mon vieux frère. En tant que proche ami du couple, je me tiens légèrement en retrait de la veuve et de Maria. Nous recevons de nombreuses condoléances, signes d'affection et témoignages de sympathie. Puis la cérémonie est terminée ; il est temps de quitter le cimetière.

La veuve n'a pas organisé de réception. Pas voulu ou pas pensé. On la dit trop éplorée. Tous se retrouvent pour un verre au café du coin, échangent quelques souvenirs, quelques paroles banales et convenues, et chacun file de son côté.

***

Les obsèques de Laetitia auront lieu le lendemain même. Comme pour les funérailles d'Ange, les frais seront réglés sur la succession.

Pour aider Sonia de mon mieux à affronter ces sujets, je suis retourné il y a quelques jours au Caillebotis. En passant dans la cour, j'ai constaté que le grand bâtiment n'est plus qu'un sinistre champ de ruines. La pluie et les pompiers ont éteint le feu et effacé les traces. Il ne reste que des cendres boueuses. Heureusement, l'incendie ne s'est pas propagé chez les chats, et les autres constructions, certaines noircies par la fumée, ont été épargnées.

Le Comte et Sonia m'ont invité à prendre le thé en attendant l'employé des pompes funèbres et ses propositions. Nous sirotons un orange pekoe très convenable au milieu d'une bande de chiens installés partout sur les tapis et les canapés. Une partie des survivants a été recueillie dans la maison principale. Les autres ont été recasés dans d'autres refuges, mais pour combien de temps ? Ils m'apprennent qu'on a retrouvé Rocade coincé dans une barrière métallique, le long de l'A86. Mort d'épuisement.

L'accident ne leur laisse qu'immense chagrin et des soucis. Il faudrait tout reconstruire aux normes, mais comment faire si l'argent n'arrive pas ? L'assurance traine pour payer, on chipote sur la présence des lampes à pétrole, et sur les courts-circuits de l'électricité, responsables de la catastrophe selon les experts de la compagnie. J'essaie de rassurer le couple de mon mieux. Sur le plan financier, Sonia pourrait bien avoir une bonne surprise. Qu'elle attende simplement l'ouverture du testament. Elle me regarde, un peu incrédule, sans trop comprendre.

Nous reparlons de Laetitia. De sa passion pour les animaux. De son intelligence. De son goût pour la lecture. De ses projets d'avenir. Ils me racontent son caractère et son histoire. La petite fille curieuse de lecture qui grimpait aux arbres, puis l'adolescente vive et généreuse et la jeune femme déterminée à sauver le Caillebotis. Ils évoquent ses tentatives pour retrouver son père, sa vague déception quand ce fut fait. Sonia s'en veut de ce qu'à cause de sa rancune et de son chagrin, elle n'ait pas encouragé plus tôt leur rencontre. Je la réconforte de mon mieux.

∗∗∗

Le triste jour venu, l'ambiance est bien différente à Gennevilliers qu'à Asnières. Sonia a choisi quelque chose de simple pour sa fille, un cercueil sans fioritures, un emplacement sans chichi. Laetitia n'aurait rien voulu de plus, ce n'était pas son genre. Elle sera enterrée comme elle a vécu, à quelques kilomètres du corps de son père, séparée de lui pour toujours.

L'assistance est moins fournie, mais plus sincère. Des amis des bêtes, des voisins, et une brochette de vieux aristos au maintien élégant et aux joues couperosées : la famille du

Comte. Quelques Iraniens aux cheveux noirs et au maintien solennel sont là aussi pour dire adieu à leur copine.

C'est Marie-Claude, madame la Maire maintes fois réélue, qui a tenu à faire l'éloge de la petite fille aux yeux verts. Elle le prononce avec émotion.

Tout le temps des obsèques, la mère de Laetitia restera accrochée au bras du Comte, chacun soutenant l'autre. Elle a perdu sa fille et lui son orpheline. Pas une fois elle n'enlèvera ses lunettes noires, portées pour dissimuler à tous ses paupières humides et gonflées comme des muqueuses rougies par l'obscénité absolue : celle d'une mère qui pleure son enfant.

***

Après avoir accompagné Ange et sa fille à leurs dernières demeures, il me reste un dernier devoir à accomplir. Je me rends jusqu'au lieu de ma petite cérémonie personnelle. Un troisième cimetière m'attend près des berges d'Asnières : le cimetière des chiens.

Sous le regard absent de Barry, je sors de ma mallette un encrier Waterman « Bleu des mers du Sud » presque entièrement vidé, et le balance dans les eaux grises. Puis je jette à sa suite un vieux bloc de papier A4 passé à la déchiqueteuse ainsi que mes brouillons en miettes et les mémos déchirés d'Ange. Tous ces confettis flottent comme une neige sur la Seine, peu à peu engloutie. Enfin, mon vieux stylo Montblanc va les rejoindre. J'y tenais beaucoup. Mais je ne peux pas prendre le risque de laisser quelque trace des travaux qui m'ont occupé une bonne partie de la nuit dernière. L'onde se renferme sur les objets comme la terre sur le cercueil d'Ange. Dans ma tête, je prononce l'épitaphe de mon frère de folies. Adieu mon frère de tout qui vécut comme un aigle et mourut comme un con.

30. LE TESTAMENT

Le langage notarial est parfois facétieux. Ainsi, contrairement à ce qu'on pourrait croire, le rendez-vous d'ouverture du testament n'est pas le moment où l'on ouvre un testament pour la première fois. L'expression n'est que symbolique.

Chacun a vu ces films où, devant les héritiers rassemblés, le notaire de famille exhibe un coupe-papier effilé pour découper une enveloppe scellée avant d'en sortir le précieux document. Puis devant l'assistance recueillie, il pose sur son nez ses lunettes d'écaille et fait lecture du testament qui attribue à chaque héritier la part qui lui revient. C'est beau, mais rien n'est plus inexact. Car comment voudriez-vous que le notaire convoque ces futurs légataires s'il n'a pu prendre connaissance auparavant de leur identité ? Réponse logique : précisément en ouvrant d'abord lui-même le testament.

L'opération est soumise à procédure. Dès qu'il le récupère, le notaire doit lire le testament, et en faire sur le champ un procès-verbal de dépôt qui le décrit dans les moindres détails, jusqu'au format utilisé, la nature et la couleur du papier, la couleur de l'encre, le nombre de lignes, etc. Puis il doit en adresser copie au tribunal de grande instance. Ensuite seulement il préviendra les personnes nommément désignées par le testateur – soit en leur adressant à chacun par courrier la partie qui le concerne, soit en convoquant tout le monde en son étude pour une lecture solennelle, nommée -abusivement donc- l' « ouverture du testament. »

C'est cette dernière option que j'ai préférée pour mon ami Ange Bastien.

Il est 11h. Dans la salle d'attente, les trois convoquées sont là. Elles illustrent toute la palette de l'affliction. Maria est toujours en noir. Sonia et le Comte qui a tenu à l'accompagner sont en gris. La tenue d'Ice a déjà retrouvé un peu de couleur. Les deux belles-sœurs se font la bise avant de m'embrasser à leur tour. Je réponds froidement à l'accolade d'Ice. Elle ne s'en formalise pas. Si cela amuse son petit notaire d'Asnières de faire son numéro...

J'informe poliment le Comte qu'il ne pourra pas se joindre à nous pendant la réunion. L'affaire est strictement privée. Lola Novak va s'occuper de le chouchouter pendant qu'il attendra la fin de l'entrevue. Un thé, un café, un ou deux petites brioches venues de la boulangerie voisine lui feraient-ils plaisir ? Il refuse et s'installe confortablement, le chapeau coquettement posé en équilibre sur le genou. Que cette charmante jeune fille ne se dérange pas, il attendra.

Une fois installés dans la salle de réunion, je propose du café et demande à Ice de signer au préalable les documents par lesquels elle confirme qu'elle m'a nommé comme notaire chargé de la succession. Cette importante formalité réalisée, je demande leurs pièces d'identité à mes trois interlocutrices. Elles s'exécutent de bonne grâce et me tendent les documents demandés dont je recopie les détails pour la bonne forme du dossier. Par respect pour le sérieux de l'instant, j'ai décidé de vouvoyer tout le monde, imité en cela par mes interlocutrices.

— Merci, Mesdames, d'avoir répondu à ma convocation. Je vais maintenant procéder devant vous à l'ouverture du testament de Monsieur Ange Bastien, et à sa lecture. Monsieur Bastien est né à l'Ile Rousse, Corse… et décédé à Asnières, etc., etc. Passons sur les détails d'état civil. Ce testament est un testament mystique, c'est-à-dire écrit et cacheté par son auteur, et dont il était le seul à connaître le contenu jusqu'à son ouverture. Il a été remis devant deux témoins indépendants, à mon confrère Me Camille-Tissot qui me l'a fait parvenir, car j'ai été chargé de la succession de M. Bastien par son épouse ici présente, qui vient de le confirmer. J'en ai décacheté et ouvert l'enveloppe dans les procédures établies par la loi. J'ai établi le procès-verbal, en ai adressé copie, auquel j'ai joint un exemplaire du testament au greffe du tribunal de grande instance. Puis j'ai convoqué les personnes mentionnées dans le document c'est-à-dire vous Mme Alice Bastien son épouse et Mme Maria Bastien sa sœur, ici présentes, ainsi que Mme Sonia Abensour qui se substitue, en qualité de mère et héritière, à Melle Laetitia Abensour, fille de M. Ange Bastien, décédée. Nous sommes donc au complet. Avant de vous donner lecture du testament, avez-vous des questions ?

Il n'y a pas de questions. Le moment est venu de procéder à la lecture. Je sors cérémonieusement de mon sous-main l'exemplaire du testament, une unique feuille A4 pliée en deux. Le document est simple. Son texte tient en quelques lignes rédigées au stylo à l'encre Waterman bleu foncé. De ma voix le plus officielle, j'en lis l'introduction, qui comporte les mentions indispensables et habituelles de lieu et de date et le fameux « Je soussigné… ». Je procède enfin à la lecture du corps du texte en articulant le plus soigneusement possible :

« Je veux qu'à mon décès mes biens soient attribués de la façon suivante : je lègue la totalité de la quotité disponible à ma chère sœur Maria Bastien... »

Bonne joueuse, Ice adresse un sourire aimable à sa belle-sœur. Elle se souvient probablement de mon dernier exposé et compte sur l'usufruit dont elle jouira sur ce legs et ceux qui suivraient pour lui assurer une vie très confortable. Je continue ma lecture sans que ma voix ne varie.

« Je lègue la réserve héréditaire à ma fille légitime Laetitia née Abensour... »

Aucune réaction de l'assistance qui écoute calmement. Je lis la dernière des trois volontés qui constituent le testament d'Ange :

« J'entends priver mon épouse, Alice née Mc Kinley, de la totalité de ses droits légaux.

Signé : Ange Bastien. »

C'est tout. Je laisse passer un silence perplexe chez les trois femmes qui me font face. Ice est blême. Je devine à son expression qu'elle a un peu mieux compris que les deux autres. J'enchaine :

— Ceci, j'imagine, est un peu hermétique pour vous et réclame quelques explications. Pour Mme Maria Bastien, c'est simple. La moitié des avoirs dépendants de la succession va lui revenir, dès que j'en aurai terminé l'inventaire de l'actif successoral qui peut prendre encore quelques semaines. En valeur, ça sera un peu long à évaluer. À vue de nez, entre deux ou trois dizaines de millions d'euros, sous toute réserve. Il faudra examiner les comptes, lancer des expertises, interroger comptable et commissaire aux comptes. Mais, même diminué de mes émoluments au tarif réglementé, des taxes, et des frais d'obsèques, le tout devrait représenter un montant très confortable, dont vous pourrez jouir de votre part à votre guise. Maria, vous voilà riche.

Je me tourne maintenant vers Sonia.

— Pour vous, Mme Abensour, les volontés du défunt stipulent que tout le reste, c'est-à-dire l'autre moitié de l'actif net successoral, doit revenir à Laetitia, votre fille, encore en vie au moment du décès de M. Bastien qui l'avait reconnue en paternité par acte notarié. Or, celle-ci étant hélas décédée à son tour, vous en devenez à votre tour l'héritière, en tant que plus proche parent. Je vous communiquerai la nature et le montant de cet héritage dès que l'inventaire sera achevé. Je peux me charger des formalités si vous me désignez à cet effet, ou passer le dossier à un confrère si vous préférez cette solution. Mais sachez déjà que votre avenir et celui du refuge, si vous désirez le faire profiter de ce legs, sont assurés. En tant que fondation, le Caillebotis pourrait recevoir les dons sans grand frottement fiscal, les droits de transmission seraient très faibles. J'ai cru comprendre que c'est une option que vous seriez prête à envisager, mais rien ne vous y oblige. Cette décision doit être prise de votre pleine et entière volonté. Je vous conseille de prendre quelques jours pour y réfléchir.

Sonia me sourit, un petit rayon qui perce au travers d'une brume de chagrin :

— C'est tout réfléchi, Maitre. Mais je vous remercie.

Je termine, en m'adressant à Ice :

— Quant à vous, Madame Bastien, j'ai bien peur que votre époux vous ait réservé une très mauvaise surprise et j'en suis vraiment désolé. Comme il est écrit, il vous a privée de tous vos droits légaux. En termes clairs, ni capital ni usufruit pour vous. Vraiment un coup dur. Vous ne toucherez rien, sous aucune forme, de cet héritage… Vous pourrez, bien sûr, selon votre contrat de mariage, conserver vos possessions, vos effets personnels, les cadeaux reçus et ce que vous avez sur vos comptes en banque. J'espère que vous avez fait des économies. Et le temps d'établir l'actif, peut-être les deux héritières de votre défunt mari vous feront-elles la faveur de vous laisser occuper le domicile conjugal, le temps de vous retourner, mais là aussi, cela ne dépend que de leur bon vouloir.

Maria et Sonia opinent de concert, sans oser même regarder la grande perdante. Ice a pris cinq ans et deux rides d'un coup.

Il est 11:20. L'affaire a été menée rondement. La réunion est terminée. Chacune s'abstient de commenter les bonnes et mauvaises nouvelles qu'elles viennent d'apprendre. Elles sortent en silence. Sonia adresse seulement un gentil petit sourire désolé à Ice qui ne daigne pas y répondre, occupée à fulminer.

Je les raccompagne vers la réception. Le Comte est là qui attendait son amie. Sonia lui saisit le bras dans un geste de joie, sans doute le premier depuis la disparition de sa fille, et a juste le temps de lui confier « Le refuge est sauvé » avant de fondre en sanglots. Je promets au trio des nouvelles rapides et leur exprime que je suis à leur disposition pour toutes questions complémentaires. Maria, Sonia et le Comte me remercient et me disent à bientôt. Après leur avoir rendu leurs vestiaires, Lola les dirige vers la sortie.

Ice est restée en arrière, bras croisés, me fusillant du regard.

— Je crois qu'il faut qu'on se parle un peu tous les deux.

— Mais bien entendu, chère Madame, avec plaisir. Mais pas dans le couloir. Retournons dans la salle de réunion, nous y serons tranquilles.

31. ÉCLAIRCISSEMENTS

Je lui propose un fauteuil, face à moi, de l'autre côté de la vaste table. Comme je m'y attendais, elle enrage.

— Quel testament de merde ! Et tu ne m'en avais rien dit.

— Je n'avais rien à te dire. Je l'ai reçu très récemment, en même temps que j'ai appris l'existence de la jeune Laetitia que toi, tu m'avais dissimulée, je te le rappelle. Il était déposé chez un confrère qui me l'a transmis. Et je vous ai convoquées toutes les trois immédiatement.

— Et tu t'es bien privé de me prévenir de son contenu.

— Secret professionnel. Je suis désolé. Manifestement, Ange tenait à la discrétion. Sur sa fille et sur ses décisions successorales. Je ne pouvais pas aller contre les volontés d'un défunt, qui plus est mon meilleur ami. C'était un devoir sacré. Le transgresser eût été contraire à l'éthique.

Elle m'interrompt :

— Écoute, mon maitre, inutile de te foutre de moi en prime. Arrête ton prêchi-prêcha et garde tes grands mots. Moi, en première année, je taillais des pipes à mon prof de littérature, un homme très bien considéré, pour être sûre de valider mon année. Une moins dévergondée que moi n'aurait peut-être pas été reçue avec mention. Alors, tu sais, les baratins hypocrites dans le genre du tien, je connais. Quand on veut s'arranger, on peut. Sur la Justice et l'Injustice, l'Éthique et toutes ces conneries, crois-moi, moi aussi j'ai suivi des cours, et j'ai même eu les travaux pratiques.

— Tu as raison, revenons donc à ce que tu as à me dire.

— Il ne me laisse rien. C'est impossible.

— Excellent résumé. Tu as fait des progrès en droit des successions. C'est presque ça. Car c'est possible, la preuve.

— Mais pourquoi m'a-t-il fait ce coup-là ?

— Pas la moindre idée. Il t'en voulait peut-être de quelque chose ? Il t'a peut-être estimée indigne de devenir sa riche veuve ? Ce que je connais d'Ange c'est qu'aucune femme n'a jamais été capable de lui retourner la tête. Même pas toi.

— À part sa fille, grince-t-elle.

— Exact. Mais là, de toute façon, c'est la Loi. Il est interdit en droit français de déshériter ses enfants. Et pour ce qu'il a légué à Maria, n'oublions pas qu'Ange est Corse. Chez eux, la famille c'est sacré.

Ice reste songeuse un moment, peu convaincue par mes explications et chiffonnée par la distance que j'affiche depuis son arrivée à l'étude. Elle me trouve froid et peu compatissant.

— Je suppose qu'un testament, ça se conteste, qu'il y a des voies de recours. On devrait pouvoir s'arranger, non ?

Retrouver un avenant, annuler cette clause du testament, ne conserver que ce qui fait de moi la fameuse usufruitière de tout. Tu t'y connais, toi, Maitre. Tu saurais quoi faire...

Elle me regarde dans les yeux et me saisit la main. Elle sent mon léger trouble et la pose sur son sein qui palpite sous le crêpe noir. C'est plus fort qu'elle, en ce moment si essentiel pour son avenir, ce genre de situation parvient quand même à l'émoustiller.

— Tu sais et je sais ce que tu perdrais à dire non. Sur tous les plans. Tu as eu la femme de ton meilleur ami, tu pourrais avoir aussi son argent. On pourrait bien s'amuser tous les deux avec les revenus de quelques dizaines de millions, plus le reste.

Dans un coin de la pièce, au-dessus d'une cheminée à fausses buches, entre deux rayonnages pleins d'ouvrages sévères, j'ai fait installer une photo retouchée à l'huile, dignement encadrée, de Me Charmignac. Je ne saurais en jurer, mais il me semble que, de là-haut, le vieux notaire sourit un peu plus que d'habitude. Le portrait qui en a tant vu, dans cette pièce vouée à tant d'embrouilles, de tours de carambouilles et de carabistouilles, semble encore capable de s'étonner et de s'amuser. Charmignac n'était pas toujours un homme encombré par les scrupules. Peut-être que lui aurait dit oui.

Au bord du délicieux vertige, je parviens à me reprendre. L'ombre de Rocade à la crinière en feu, l'image de Laetitia tourbillonnant dans la fumée me rappellent à la raison. Maintenant que j'ai toutes les pièces du dossier, je ne désire plus guère finir ma vie en compagnie de cette sublime prédatrice, si attirante soit-elle. Avec ce genre de créature, on sait qu'on finira occis, convulsé et incendié dans tout son être par les effets du venin. La seule question est de savoir quand, mais ce sera toujours au moment où vous aurez baissé la garde. Épuisant, douloureux et peu porteur d'espoir. Je réponds, angélique :

— N'oublie pas que je suis officier ministériel. Cela pourrait s'appeler tentative de corruption d'un représentant des intérêts de la puissance publique. C'est réprimé par le Code pénal. Mais bon, en souvenir de notre relation affectueuse, je fermerai les yeux pour cette fois. Je vais oublier cette proposition.

Elle choisit d'ignorer ma réponse.

— C'est curieux, je n'y crois pas. Je n'arrive pas à imaginer pourquoi il me dépossède. Vraiment, tu ne peux pas réparer ça ? Retrouver un testament plus récent, inventer un codicille.

Je me récrie, goguenard :

— Mais ce serait un faux !

Elle me dévisage, puis est saisie par l'illumination. La raison de mon changement d'attitude lui apparaît enfin. Elle me désigne du doigt.

— Bon sang, ça y est, j'ai compris. Toute l'embrouille vient de toi. Je vais demander une expertise graphologique. Je ne comprends pas pourquoi tu as fait ça, mais je suis sûre que ce testament, tu l'as fabriqué toi-même.

Là, je suis prêt. Je m'attendais bien à ce qu'elle finisse par déchiffrer ce qui se passe. Je lui rétorque :

— En quoi y aurais-je intérêt ? Celle qui profiterait d'un tel manquement, la mère de la petite, qui sort d'ici à l'instant, je ne la connaissais pas il y a deux semaines. Pourquoi aurais-je monté une telle chose à son bénéfice ? Non, ça ne tiendrait pas debout. Sans compter qu'un tel travail de calligraphie serait un véritable exploit, digne d'un génie - n'ayons pas peur des mots. Un recopiage méticuleux de chaque mot retrouvé dans des manuscrits originaux, de la main même d'Ange. Une performance de scribe ! Des heures de minutie.

— Ouais. De minutie. Tu n'ignores pas que le mot est de la même racine que minable. Ou minus…

Elle enrage à nouveau. Elle n'a plus sa main sur la mienne et s'est rassise. Ses phalanges délicates ont blanchi sous son solitaire de 5 carats. Je reprends :

— Tout cela te paraît probablement injuste ? Mais n'oublie pas que tu as quand même enfermé deux personnes innocentes, dont moi, dans un bâtiment en flammes. Sans parler de quelques animaux qui ne t'avaient rien fait.

— Ah ! Le voilà encore, le fameux homme de justice, ironise Ice. Il se prend pour Zorro, maintenant, le petit notaire qui a la trouille des chevaux. Et en plus, il vole à la défense de Tornado. Un comble ! Tu n'avais qu'à la sauver, ta jeune fille en détresse. Tu as des preuves de ce que tu crois ? Tout ça, c'est un accident. C'est la petite qui s'est jetée dans le feu.

Je lui ressors l'argument cruel qu'elle avait utilisé avec Laetitia à propos de l'accident d'Ange :

— En ce cas, pourquoi n'as-tu pas appelé des secours tout de suite ? Tu as fui sans rien demander. Pas des façons d'innocente, ça. Et j'ajoute : sans compter que, manque de chance, je t'ai vue moi-même renverser la lampe et tout déclencher.

— Bon OK, admettons, j'ai un peu perdu la tête. Mais pourquoi me punis-tu à ce point ? Tu pourrais me laisser le bénéfice du doute. Tu le laisses bien à la petite pour la mort de son père...

Je lui fais enfin franchement front :

— Cela me paraîtrait très difficile. Figure-toi que je suis allé discuter avec Ralph, tu sais, ton coach à tout faire. Celui dont les déclarations t'ont servi d'alibi. D'homme à homme, entre collègues, comme deux copains d'école qui ont couru la gueuse ensemble (elle grince des dents). Il n'était pas content de découvrir qu'il n'était pas le seul à profiter de tes faveurs. Il m'a raconté des choses intéressantes. Que tu lui aurais proposées à lui aussi, sous couvert de plaisanterie, de régler son compte à ton mari. Tu as la blague insistante, on dirait bien. Le comique de répétition ça s'appelle, je crois. Tu n'en étais peut-être pas à ta première tentative et Ange t'avait sans doute percée à jour. Pas sûr qu'Ange appréciait tant de déloyauté de la part de sa petite femme chérie. Va savoir même, au cas où tu serais coutumière de ce genre de galipettes, si ce n'est pas pour cela qu'il a rédigé ce nouveau testament. Ce serait très plausible. Tout se tient. En tout cas, ça montre bien que tu as la fibre assassine. Le sort t'a servi pour le père, tu as voulu l'aider pour sa fille...

Elle me regarde par en dessous.

— Oh, le pauvre petit maitre. Il est jaloux ? C'est pour ça qu'il est si méchant avec sa petite Ice... ?

Elle veut badiner, allons-y.

— Il est vrai que je suis vieux jeu. Un mari et un amant, c'est classique, dans l'ordre des choses. En revanche, un mari et deux amants, c'est le bazar.

— Mais je m'en fiche complètement moi de Ralph. Ça faisait partie de l'exercice physique. Comme quand une masseuse te fait une simple branlette en conclusion d'un soin. Ne me dis pas que tu n'as jamais accepté une petite gâterie en fin de séance.

— Désolé, mais jamais.

Elle me considère, sidérée.

— Ah bon ? Le pire c'est que c'est certainement vrai. Tu vois, c'est vraiment ce qui ne va pas chez toi, petit Maître. Ta morale tordue. Tu n'étais pas si exclusif quand tu sautais la femme de ton meilleur copain. Seulement voilà, il était là le premier, alors tu t'en arrangeais. Finalement, pour les gens comme toi, la fidélité ce n'est qu'une question d'ordre de passage. Quelle hypocrisie !

Je préfère mettre fin à cette digression et revenir au fil de notre échange :

— Quant à demander une expertise, prouver un faux ? Tu rêves. Pour un testament remis à notaire devant témoins par le signataire lui-même ? Et en tout point conforme à la description remise au tribunal par un second officier ministériel, assermenté et respecté de tous ? Je te souhaite bon courage. Et pour les compétences des graphologues, laisse-moi rire. Tu n'es pas assez naïve pour croire qu'ils sont nécessairement fiables. On trouve toujours un second avis pour contredire complètement le premier. Surtout, surtout, tu n'as pas l'idée de tout ce qui lie un petit notaire comme moi à tous les pouvoirs qui l'entourent. Ça ne s'appelle pas un réseau pour rien. Policiers, politiciens, juges, greffiers, experts me connaissent et je les connais. Je sais parfois sur certains d'entre eux des choses qu'ils préfèrent oublier et sans doute ont-ils sur moi quelques dossiers qu'ils gardent au chaud. Tout le monde tient tout le monde et tout le monde rend service à tout le monde. Et malheur à celui qui ne fait pas partie du club.

Elle réfléchit à mes paroles et ne rétorque rien. Je pousse mon avantage :

— Alice, je te conseille de m'écouter attentivement. Si l'idée te venait de faire des vagues, tu ne serais pas mieux lotie que le kabyle du coin qui prend un an pour avoir piqué deux paquets de biscuits au Carrefour Market. Nous savons tous les deux que dans la vie il y a les proies et les prédateurs. Pour une fois, peut-être la première, tu es dans le camp des perdants. Crois-moi, ramasse ta mise et quitte avec grâce le casino, c'est ce que tu as de mieux à faire. Et réjouis-toi d'en sortir libre, et vivante... Avec tout ce que la nature t'a donné, tu sauras retomber sur tes pattes, je ne m'inquiète pas pour toi.

Un moment passe. Je sens derrière mon cou Charmignac qui observe paisiblement la scène. Puis Ice respire à fond et sourit amèrement, en signe de renoncement. Retrouvée Ice à l'âme si froide. Celle qui sait si rapidement juger une situation.

— Bon. Je suppose que, parfois, il faut se montrer raisonnable. Même si ce n'est pas mon style habituel. Tu as gagné, petit Maitre. Je vais me débrouiller. Maria et cette

Sonia me laisseront bien quelques mois pour m'organiser. Il me reste quand même mes affaires personnelles. Je trouverai bien une solution.

Elle me regarde d'un air aguicheur, amusée par l'effet qu'elle sait qu'elle me fait encore.

— Dommage que tu sois devenu aussi strict, ça ne collait pas si mal tous les deux. Mais bon, tant pis, il va falloir que j'aille planter ma tente ailleurs. Je vais peut-être retourner aux États-Unis, j'ai la double nationalité et j'ai conservé mon passeport US. Je me vois bien partir élever des cactus dans l'Arizona. À moins que je ne choisisse un ashram dans les Rocheuses. Ah, aller enfin vers un peu de légèreté. Après cette vie de bourgeoise à la con, parisienne en plus, je vais maintenant me trouver un lieu propice à l'élévation de mon âme. Et à l'assouplissement de mon corps. Bon, Maitre, je ne vous embrasse pas. Ne vous dérangez pas, je connais le chemin.

Elle ramasse ses clés et son sac, et me tourne le dos. Elle connaît par cœur l'effet qu'elle me fait. Elle sort d'une démarche ondulante et sent mon regard lui brûler les reins. Je me lève mais ne la rappelle pas. La porte se referme sur Ice et sur son corps dont je ne connaîtrai plus jamais les délices.

32. DEUX ANS PLUS TARD

Dans la ville des ânes, tout a repris son cours. Les barbiers et les épiceries fines ont continué de proliférer. Les travaux de la Monet sont achevés. Sur le toit-terrasse auquel on accède maintenant par un véritable ascenseur, on a posé des barrières solides. À la base de la tour, l'endroit où Ange avait rougi le sol de ses éclaboussures est maintenant totalement bétonné et il ne reste aucune trace de son point de chute. Colombani a été tenté de poser une plaque commémorant le tragique évènement puis y a renoncé de peur de gêner le commerce. Les occupants de la tour ont pu prendre livraison de leurs appartements et de leurs espaces verts. Ils ont peaufiné leurs installations privatives. Des fleurs, des plantes aromatiques, parfois même un petit silo à compost. Le tout est charmant. Comme prévu par José, les moustiques sont là aussi.

Débarrassée des politiques aventureuses d'Ange, la Colbas est maintenant passée à une gestion prudente et continue de faire appel à mon étude. Les affaires tournent calmement et sans à-coup. Un accord a été trouvé avec les concurrents avignonnais : la tour Van Gogh a pu sortir de terre. Colombani a retrouvé un repreneur pour les parts d'Ange, un fonds de financiers luxembourgeois qui a accepté d'investir dans la société, rebaptisée dorénavant Compagnie Luxembourgeoise de Bâtiment. L'opération a permis à Sonia et Maria de toucher rapidement les sommes qui correspondent à leur part d'héritage.

***

À Marseille, le Gros et le Nain ont pris du galon. À l'issue de leur interminable odyssée et luttant contre l'épuisement, ils s'étaient pointés sans tarder devant Osama pour présenter leur défense. Certes, ils avaient perdu le flingue en route, mais après tout, l'objectif principal de leur mission avait été atteint. La cible avait joué rip ! Décédé le connard. Face à leur boss, ils avaient accumulé les sous-entendus selon lesquels ils n'y étaient pas pour rien dans la chute d'Ange, exhibant comme trophée et preuve de leur vantardise le sifflet récupéré près du corps massacré de leur pseudo victime. Fatigué par leur numéro, Osama avait bien voulu faire mine de croire à leurs salades et considérer leur demi-échec comme une demi-réussite. Pour ce que ça changeait... Il avait cependant confisqué le sifflet. Dommage de guerre.

Hâves et assoiffés, leur rapport rendu, les deux compères étaient ensuite retournés chez leur chère maman pour se restaurer et prendre quelque repos. Ils n'eurent guère le temps de profiter des délices du foyer retrouvé. À peine arrivés, un coup de fil anonyme passé par Nassim, le souteneur de Patricia indisposé par leur retour, avait prévenu Saadi de leur présence. Menée par le flic local ami de Kader, une escouade de policiers armée jusqu'aux dents débarqua illico pour appréhender les jumeaux dans l'appartement maternel. Sous les larmes de leur génitrice, ils en furent vivement emmenés, menottes aux poignets, accompagnés par les regards admiratifs de la bande d'Osama rassemblée au pied de l'immeuble.

On ne pouvait sérieusement retenir contre eux que le vol de voiture. Ils expliquèrent qu'ils l'avaient trouvée dans la rue, Neiman fracassé et moteur tournant, et qu'ils avaient seulement voulu faire un petit tour pour s'assurer qu'elle n'était pas endommagée. Saadi leur fit observer que le petit tour leur avait quand même fait parcourir 800 kilomètres. Puis on les interrogea sur l'accident arrivé à Ange. Les frangins donnèrent à la police une version, bien différente de celle servie à Osama. Selon leur baratin, ils n'étaient que d'innocents passants, ne sachant rien de cette malheureuse victime, desservis par une malencontreuse coïncidence, et victimes d'une erreur navrante. On leur mit sous le nez les preuves de leur précédente tentative d'agression ; ils tentèrent d'expliquer que les deux personnages filmés par les caméras de surveillance, un gros et un petit, étaient des sosies et que le tout relevait d'un nouveau malentendu dû à une, non deux, vagues ressemblances avec leurs propres personnes. Lorsque le jeune avocat commis d'office se présenta pour assurer leur défense, muni d'un conseil avisé mais tardif (« maintenant les gars, vous fermez vos gueules »), le mal était fait. Les deux frangins n'avaient pas cessé de se contredire et avaient déjà tissé un épais tissu d'invraisemblances constellé de trous béants. Lorsqu'ils se retrouvèrent au tribunal, la justice se montra sévère et peu sensible à leur humour. Saadi, qui était dans les petits papiers du juge, avait glissé un mot à propos du duo. Le magistrat, bien placé pour savoir que, les prisons étant surpeuplées, les peines inférieures à 18 mois n'étaient plus appliquées, leur infligea 2 ans sans sursis. Du rarement vu pour des individus supposés primo-délinquants.

Inversement, la peine parut légère aux yeux du petit peuple de la cité qui croyait à tort les deux lascars réellement auteurs d'un meurtre. Les frangins, auréolés du prestige dû aux tueurs estampillés, furent considérés comme des héros qui avaient su embrouiller le système comme des chefs. À leur sortie 24 mois plus tard, une fois qu'ils eurent purgé leur peine sans bénéficier d'un seul jour de remise, Osama ne put que constater cette popularité aussi imméritée qu'inattendue. Aux yeux de ses ouailles, les deux brêles s'étaient miraculeusement métamorphosées en bonhommes. Toute autorité se nourrissant d'un semblant de respect de l'opinion publique, le caïd consentit, non sans crainte, à initier les frangins à un panorama plus vaste de ses activités : contrebande de cigarettes, escroqueries informatiques menées en joint-venture avec quelques partenaires d'Afrique occidentale, importation illicite de contrefaçons, entreprise de transfert de migrants. Un destin international s'était ouvert aux deux crétins portés par la vox populi. Osama aura beau se remémorer la maxime du Cardinal de Retz, l'une de ses favorites : « On est plus souvent trahi par sa défiance que par sa confiance », il devra désormais passer sa vie à trembler en se demandant quelle sera la prochaine couillonnade de ses nouveaux lieutenants.

***

Renseignement pris, Lola Novak n'avait finalement pas de petit ami. Elle m'a montré quelque intérêt, et je n'ai pas dit non à ses avances discrètes. Je passe maintenant avec elle deux ou trois soirées par semaine. Nous nous entendons bien, partageons le même goût pour le calme et les choses bien réglées. Au lit, il m'arrive de prendre des initiatives qui au début la surprennent mais qu'elle semble apprécier. Elle me regarde un peu comme un voyou qui cache son jeu. Ce n'est pas désagréable.

***

Sonia Abensour m'a confié officiellement la charge de débrouiller la question de la succession de Laetitia. Le Comte et elle ont pu reconstruire le refuge en plus grand, plus beau, plus moderne. Les assureurs n'ont rien voulu débourser, continuant à faire valoir que l'électricité n'était pas aux normes. Comme je l'ai conseillé, l'association a été transformée en fondation pour faciliter la fiscalité des dons. Sonia a pu faire une donation très importante sans grosse taxation. Le nouveau Caillebotis a recruté du personnel. Le Comte est en pleine forme et Sonia s'est transformée en directrice efficace. Le chat vieillit tranquillement dans son arbre. L'habitude d'héberger quelques chiens dans la maison est restée. On n'a pas remplacé Rocade.

***

Je repense souvent aux évènements de la Monet et du refuge, à Ange et à Laetitia. Après tout, si Ice était dans le vrai ? Si Laetitia avait poussé son père dans le vide ? La vérité est que je ne la connaissais pas du tout. Comment être certain, sans aucun témoin, que le récit de la fille aux cheveux roses était véridique ? Que son ressentiment envers le père qui l'avait abandonné, ou l'appas de l'héritage ne lui aient pas fait commettre un geste insensé ? Peu probable, mais…

Et au Caillebotis ? Malgré ma quasi-certitude de sa culpabilité, qui sait si Ice n'avait pas voulu, comme elle me l'avait dit, seulement faire peur à Laetitia sans intention de lui donner la mort ? Si elle n'a ensuite pas seulement paniqué ? Douteux mais pas absolument exclu. Peut-être n'a-t-elle renversé la deuxième lampe à pétrole, celle qui bouchait l'issue, que par accident ? Là non plus, pas de témoin, puisque j'étais occupé à contourner le bâtiment, asphyxié par ma phobie. Et que serait-il advenu si la petite n'avait pas perdu tant de temps à libérer ses protégés ? Subsistera toujours en moi l'ombre d'un doute…

Je ne saurai jamais si j'ai agi pour Ice avec trop de clémence ou trop peu de justice. Qui ai-je été pour me prendre à la fois pour le juge et pour l'exécuteur ? Comme un juré de cour d'assises, je n'aurais été guidé que par une force bien fragile : mon intime conviction, elle-même née d'une passion bien peu domptée. Or, au tribunal du cœur, les erreurs judiciaires ne sont pas rares.

À d'autres moments, je me dis que toutes ces réflexions sur les circonstances de l'incendie et ses conséquences ne riment pas à grand-chose. J'ai fait ce que j'ai pensé devoir faire et personne n'y peut plus rien. Je me demande si le principal n'est pas que le Caillebotis ait été sauvé et continue à faire le bien. Et je me dis qu'au bilan, Ice, coupable ou non, s'en est sortie à bon compte puisque dans tous les cas elle a sauvé sa liberté.

La police, qui en sait encore moins que moi, ne s'est pas autant trituré les méninges. Après quelque temps, ils ont tout classé concernant les deux décès. De son côté, le notaire-inspecteur qui, selon la réglementation en vigueur, passe régulièrement à l'étude pour contrôler que tout est en règle n'a rien relevé de suspect. Seul, en camarade, Kader se montre de temps en temps à l'étude pour dire bonjour, du moins à ce qu'il prétend. Il me laisse toujours la désagréable impression d'avoir compris de cette histoire davantage qu'il ne veut en dire.

Il défend auprès de Valorso une sage théorie philosophique : « La merde ne sent mauvais que quand on la remue », mais il semble se passer difficilement d'en flairer le fumet.

Je ne saurai jamais complètement ce qui a tué les Bastien père et fille. Telle fut leur malédiction, et telle sera la mienne ; quels curieux adieux à la vie pour ces deux êtres condamnés à se croiser jusque dans le trépas, l'un victime de la pesanteur, l'autre envolée en fumée.

Épilogue

La salamandre noire et or est posée sur une plante grasse, hors de portée de John. Depuis l'ombre bleue du muret orné de céramiques andalouses, John n'a pas remarqué le reptile. Il observe l'arrivée de la déesse en bikini blanc qui descend les marches jusqu'au bord de la piscine carrelée de mosaïques. Quand elle passe devant lui, encensée par les parfums de cistes et de menthe sauvage, il la suit du regard. La merveilleuse apparition fait rapidement trempette avant d'enlever le haut et de s'allonger près de lui sous le pin parasol qui ombrage la terrasse. Elle soupire d'aise, son corps souple posé sur une serviette épaisse. En signe d'abandon, John a posé son mufle sur la cuisse fraiche de l'ensorceleuse. De son regard implorant, il la fixe dans l'espoir d'obtenir une caresse. Petit sourire, léger soupir, bonne fille, elle s'attendrit de la supplique muette du fauve. Les doigts délicats répandent leur volupté tout le long de l'échine puissante, suspendant son geste au bon moment pour le taquiner un peu. Au paradis, le Malinois halète avec régularité, sa langue rose sortie entre ses crocs de dépeceur rendus inoffensifs.

Une nouvelle créature apparaît sur la terrasse écrasée de soleil. C'est une brune robuste aux traits pleins de charme, vêtue d'une robe-blouse portée à même la peau.

— Allez hop, toi, dégage, c'est ma place.

De ses doigts aux ongles carrés, l'arrivante a saisi l'animal par son fort collier de cuir et l'a arraché à ses enchantements. Elle s'adresse à la blonde allongée :

— J'ai fait un tour dans les vignes. Une bonne cuvée s'annonce ; sauf s'il grêle bien sûr.

Elle tend ses lèvres pour quémander un baiser à son amie.

— Au fait, le vieux Salvonaro vend ses terrains. Une bonne occasion d'agrandir le domaine, qu'en penses-tu ? Les sous sont là maintenant. Tu crois que ça aurait plu à mon frère ?

Ice, souriante et relax, se contente de répondre.

— C'est toi qui sais, Bébé. Moi, tu sais, ces histoires d'argent… Viens plutôt me faire un câlin et profitons de ce tout ce que nous avons déjà. Toi, moi, le soleil, la mer pas loin et tout le reste…

Maria est folle de ses paupières quand elle sourit. On dirait des lunes à l'envers, les pointes des croissants tournées vers le bas. Elle s'allonge près de la fille au bikini humide et rafraichit son corps cuit par la marche en se glissant entre les bras frais. Les deux chevelures, la brune et la blonde, se mêlent à l'ombre du grand pin parasol.

Les bourgeons de la poitrine de Maria sont devenus deux mignons petits cailloux. Ice sent son trouble.

— Tu as froid ?

Maria répond, malicieuse :

— Je suis gelée.

Il fait 28 degrés. C'est beau l'amour. Ice se dit que c'est le bon moment.

— Dis Maria, et si on se mariait ?

Le Code de la propriété intellectuelle interdit les copies ou reproductions destinées à une utilisation collective. Toute représentation ou reproduction intégrale ou partielle faite par quelque procédé que ce soit, sans le consentement de l'auteur ou de ses ayant cause, est illicite et constitue une contrefaçon, aux termes des articles L.335-2 et suivants du Code de la propriété intellectuelle.

Printed in Great Britain
by Amazon